JN032902

もふもふ相棒と異世界で新生活!!

2

神の愛し子？
そんなことは
知りません!!

著 ありぽん
イラスト .suke

主な登場人物

クルクル
ホフティーバードの子供。
姿を隠してみんなの
様子を見守っていた。
アリスター
ドラゴンの子供。
まだ人間の姿には
なれない。
フィル
元はカナデが
助けようとした子犬。
神獣フェンリルに
生まれ変わる。
望《もち》月《づき》奏《かなで》
元中学生。
神様の手違いで
2歳児として
異世界に転生した
「神の愛し子」。

クラウド
カナデたちの
護衛をする
ドラゴン。
ウィバリー
人間。
エセルバードの親友だが、
現在喧嘩中。
アビアンナ
アリスターの
お母さん。
怒らせると、
エセルバードも
敵わない。
エセルバード
アリスターの
お父さん。
里で一番強い
ドラゴン。
イングラム
ワイルドウルフの
群れの長。

1. クラウドさんとの生活とフィルの羽？

中学生の僕——望月奏《もちづきかなで》は、子犬を助けようとして一緒に車に轢《ひ》かれ命を落としました。でも、神様の力で異世界に生まれ変わることになります。その子犬——フィルと名付けました——はフェンリルに、僕は……なぜか二歳児になって新しい世界へ、挙句《あげく》、神様は僕たちを間違えた場所に転移させてしまいました。どうすればいいのか分からなくて困ったけれど、寂《さび》しくはありません。なぜなら、僕とフィルは家族になったからです。

そんな僕たちの前に、ドラゴンの子供のアリスターが現れます。彼と友達になった僕たちは、彼の住むドラゴンの里でお世話になることになりました。

それから、僕が『神《かみ》の愛《いと》し子《ご》』であることが判明したり、ホフティーバードのクルクルがお友達になったりと、楽しく毎日を過ごしています——

ドラゴンのクラウドが僕たちの護衛をしてくれることになってから二日。初めて会った日は、僕たちと遊んで少しは緊張がほぐれたと思ったのに、遊ぶのが終わったら、またピシッとした態度になっていました。

もう少し力を抜かないと疲れちゃうよ？

ずっと僕たちの警護ということは、ずっと仕事ってことで。それだとピシッが続いちゃうから……う～ん、何かいい方法はないかな？　後で考えなくちゃ。

ちなみに、クラウドと呼び捨てにしているのは、クラウド自身に言われたからです。しかも、ちょうどタイミングがいいからと、筆頭執事《ひっとうしつじ》のセバスチャンさん、メイド長のマーゴさん、執事《しつじ》のストライドさんにメイドのアリアナさんからも、〝さん〟はいらないと言われました。

気は進まなかったんだけど、さんづけだと示しがつかないから、とアリスターのお父さんで、この里を治めるエセルバードさんに言われました。そこは、身分とかその人の職業とか、色々と関係するみたいで……

そして今日は、朝から魔法の練習です。この前の羽魔法の確認をします。

『羽！　カナデが出せなくても、僕がお手伝いするからね！』

アリスターが言ってくれました。

「ありがちょ！」

『フィルも魔力溜《た》めるの頑張《がんば》って!!』

『うんなの!!　がんばるなの！　フィルも、はねでないかななの』

僕は、すぐに魔力を溜《た》めることができました。最初は溜《た》める魔力の量が少なくなったり多くなったりしたけど、それも二、三回やれば一定にできるようになります。これに関しては、お医者さんでエセルバードさんの友人のグッドフォローさんが、もう少しでずっと一定にできるようになるだろうって言ってくれました。

溜《た》めた魔力が一定になったら、次は羽です。羽もすぐに出すことができました。ただ、羽を見たクラウドは、いつも無表情なのに、一瞬だけ驚いた顔になりました。

なお、ドラゴンは人の姿にもなれますが、今のクラウドはドラゴンの姿です。初めて会ったときは黒いドラゴンだと思ったけれど、それは首からお腹にかけてだけで、全体を見ると素敵なシルバードラゴンでした。

『グッドフォロー様、カナデ様のこの魔法は？』

『ああ、君は見るのは初めてだったね。この羽魔法は今のところ、カナデだけが使える魔法なんだよ。僕も初めて見たときは驚いた』

『カナデ様だけが……』

『ああ、それでね……』

『できたなの!!』

声を上げたフィルを見たら、僕よりも小さい土の羽が、背中についていました。おお!! やったフィル!!

『あ〜、この世界で二人だけができる魔法になったね。エセルバードに伝えないと』

『は？』

『ああ〜、きえちゃったなの』

フィルの羽がスッと消えました。羽の魔法は初めてだからかな？ でも、すぐにまた魔法を始めます。フィルが頑張《がんば》ってるんだから、僕も頑張《がんば》らなくちゃ！

僕も羽を出すところまではできました。さあ、次は羽をパタパタ動かして、今度こそ爪《つめ》の先よりも高く飛ぼう！

羽をパタパタ、羽をパタパタ。少ししてクルクルが、羽がパタパタしたって教えてくれました。鏡で確認したら、前回みたいにちゃんと羽が動いています。よし、あとは！

すぐに足元を見ます。そして、アリスターとクルクルが確認をしてくれました。

『う〜ん、カナデ、僕の爪先《つまさき》だよ』

『ボクの足は余裕で入るよ』

それは、クルクルの足が小さいからだよ。もう少しだけでいいから上に!!　さらに飛ぶことを考えますが、そのあと何回やっても、爪《つめ》の先よりも上に飛べませんでした。

『カナデ、そんなに焦《あせ》らなくていいんだよ。カナデたちは魔法の練習を始めたばかりなんだから。魔力を溜《た》められるだけだって凄《すご》いんだ。まあ、羽が出せること自体おかしいんだけどね』

グッドフォローさんがニヤニヤしながら、僕の羽を見てきます。なんかね、グッドフォローさん、僕の羽を研究したいらしくて、さっきから凄《すご》い勢いでノートに何か書いてるんだ。その目と仕草が……下手したら不審者だよ。

「どちて、とばにゃいにょかにゃ？」

『やっぱり羽が小さいからかな？』

僕の疑問に、アリスターが言います。

『ボクは小さいけど飛べる』

それはクルクルが鳥だし、体が小さいからだよ。やっぱり、すぐにはできないのかな？　そうだよね、こういうのはたくさん練習が必要なはずだもんね。

『前みたいに、ボクがお尻《しり》を持ちあげる？』

う～ん、変な格好《かっこう》になっちゃうけど、クルクルが手伝ってくれたら、僕だけよりも飛べるよね。やっぱりお願いしようかな？　それで飛べたら、今度は前に進む練習をする、できるのかな？　右左は？

『ほらカナデ、また色々考えてるんじゃない？　いいかい、一つずつ、一つずつだよ』

グッドフォローさんが、注意してくれます。そうだよね、一つずつだよね。うん、とりあえず一人でやってみて、それでダメならクルクルに手伝ってもらおう。まずは高く飛ぶ練習から。進むのはまたその後。と、練習を再開しようとしたとき――

『あらあ、またきえちゃったなの』

フィルの声がして、それに続いてアリスターが『あっ!!』と叫《さけ》びました。

『カナデとクルクルが一緒に飛んでる格好《かっこう》、カナデがフィルに乗ってるときのに似てるよ!!』

ん？　なんのこと？

『カナデ、ちょっとフィルに乗ってみて』

アリスターにそう言われて、僕がフィルによじ登ろうとしたら、クラウドが手伝ってくれました。

大丈夫だよ、僕、フィルには、ススッと乗れるようになったから。

『カナデ、僕たちは見慣れているけど、クラウドにはまだ、君がずり落ちそうに見えるんだよ』

そうなの、アリスター？　でも、本当に乗るの上手くなったんだよ。まあ、かっこいい乗り方じゃないけど。それでも、手伝ってくれてありがとう！

クラウドにお礼を言って、いつも通りの姿勢をとります。そうしたら、鏡を見てみてって、アリスターに言われました。

僕は相変わらずハイハイの姿勢で、フィルの背中にピタッとくっついていました。それから、ギュッとフィルの毛を握ります。フィル大丈夫？　痛くない？

「いちゅもどり、ふぃりゅ、いちゃにゃい？」

『だいじょぶなの！』

『ほら、やっぱり同じだよ。その格好《かっこう》、クルクルが手伝ってくれたときとそっくり。ねえ、体が浮くならさ、それを利用すれば、楽にフィルに乗れるんじゃないかな？』

そうか！　それなら、僕が毛をギュッと握って、フィルが痛い思いをすることもなくなるかも。あと、自由に飛べるようになれば、もっとかっこいい姿勢でフィルに乗れるようになるかも。

うんうん、やってみよう!!　僕はすぐに羽を出します。それから爪先《つまさき》分だけ浮きました。クルクルがそれを確認して、僕のお尻《しり》を持ち上げて飛んでくれます。

準備が終わったら、次はフィルが僕の下に入ってきます。僕はまだ前に進めないからね。そして、フィルはそのまま立ち上がります。僕たちの浮いてる高さは、フィルの背中の高さにピッタリでした。

僕もしっかり乗った感覚がありつつも、力を入れないで乗れています。そのおかげで、手にも力

が入らず、そっとフィルの首に添える感じになりました。

「のれちゃ!!　ぴっちゃり！」

『ちゃんと乗れてる？　ボクの浮いてる高さ、これで大丈夫？』

『わあ、なんか、のそのそ、しゅん、ピタッてかんじなの!!』

のそのそ、しゅん？　ピタッ？　それはどういう感じなの？　フィルの動作を表してるの？　と、それよりも。

「ふぃりゅ、いちゃにゃい？」

『うんなの！　さっきもいたくなかったなの、でもいまは、もっといたくないなの！』

……やっぱり痛かったんじゃん。もう、ちゃんと言ってよね。僕はフィルに痛い思いさせたくないんだから。でも……

「カナデ、これなら少しの間だけだけど、フィルに乗れるね。階段を上れるかも！」

そうだよ階段!!　早速やってみよう！　と思って階段まで行こうとしたんだけど、僕の羽が消えて前のめりになってしまいました。クルクルがお尻《しり》を上げてくれてたからね。

そのせいで変に体重がかかっちゃって、フィルがおとととととって、フラフラ歩いちゃって、最後はぺちゃって、前足と後ろ足を伸ばした伏せの姿勢になりました。

「ふぃりゅ、ごめにぇ」

『ボクだけだとお尻《しり》しか上がらない』

『ははは、階段はもう少し後でかな。まずは長く羽を出す練習と、長く今の状態でフィルに乗っていられるかを確認しないとね』

グッドフォローさんが言いました。そして、クラウドが黙ってじっと僕を見ていることに気づいたようです。

『どうしたんだい、クラウド?』

『飛べるものなのですか? 格好《かっこう》はその、あれですが、「神の愛し子」様だからですか?』

『まあ、それも関係はしてると思うけど、何度か調べさせてもらったが、今のカナデは普通の人の子だよ。まあ、強い魔力に、かなりの魔力量、そして全属性を持っているけれどね』

『その話を聞く限り、やはり今の状況は……』

『ただね、今のカナデは自分のことが全く分かっていないし、ここに来るまでは、魔法のことも、他のことも、何も知らない、まだ何も習っていないその辺にいる人間の子供と、変わりがなかった。いや、もっと知らないかもね。それと、体も体力も他の子と変わりない』

『それは確かに』

『成長すれば、僕たちなんて手も足も出なくなるだろうけど、今は本当に小さな子供だよ。だからね、僕は考えたんだ。あの独特の魔法は、カナデ特有の魔法なんじゃないかって。「神の愛し子」とか関係なく、カナデだからできた魔法だってね』

『それはどういう……』

『まあ、まだ僕も色々考えてる最中だからね。今はただ飛べるって思っておけばいいよ』

『はあ?』

『いやあ、調べがいがあるよね』

グッドフォローさんが笑っています。

よし、今日は羽を長く出す練習をしよう。フィルも一緒にね。羽を出すことができたフィルは大喜びでした。

ちなみに、最初に出たフィルの羽が土だったのは、フィルが最初に使った魔法が土の魔法をちょっと変えた、泥魔法だったからかもって。

グッドフォローさんたちが、僕のときみたいにフィルの羽を確認したところ、僕と一緒で、今できる全部の属性の羽ができました。

『う〜ん、はねだから、つちよりべつのがいいなの』

だから、好きな羽を思い浮かべて練習してみるそうです。そうか、僕もやってみようかな。色々な羽が出せた方が楽しそう。でも今日は、しっかり羽を長い時間出す練習だよ。

これでなんとか、フィルに乗る問題と、移動問題は解決できそうです。

＊

「そっちはどうだ？」

「大丈夫だ。誰にも気づかれてはいない」

「よし、じゃあそろそろ戻るぞ。時間がかかりすぎてしまった。もしかすると、移動用の魔法陣が

消えてしまっているかもしれない。そうなれば……さらに報告が遅れれば、俺たちがどうなるか」

「俺だって分かってるさ。だが死体はどうする？　下手に残しておけばやつらが」

「そんな時間はない。俺たちだという証拠を残さなければいいだけだ。あの力は使っていないだろうな？」

「ああ、もちろん」

「ならば、そのままにしておくのが一番だ。それに、ここには最近まで盗賊《とうぞく》たちがいたからな。そいつらの生き残りがやったとでも思わせておけ」

「ドラゴンたちに見つからずに、隠れてこれをやったと？　ちょっと無理がある気がするが」

「まあ、すぐに気づくだろうが、俺たちのことがバレなければどうでもいいさ。さあ、行くぞ」

2. 不穏な空気

『——まさか、フィルまで羽が出せるようになるとは。しかも、違う羽も出せるように練習を始めたなんて』

『まだできてないけどね』

『当たり前だ、そう簡単にできてたまるか！』

『羽はすぐ出せたじゃないか』

僕――カナデたちは夜のご飯が終わって、リラックスルームでごろごろしたり、遊んだりしていました。すると、そんなエセルバードさんとグッドフォローさんの会話が廊下《ろうか》から聞こえて、通りすぎていきます。アビアンナさんに『聞こえるわよ』と、エセルバードさんが怒られました。

うん、バッチリ聞こえたよ。別に、コソコソ話さなくてもいいのに。だって、もしも僕がエセルバードさんだったら、やっぱり同じことを言ってると思うし。

それはともかく、今は明日の予定を立てています。午前中はお店通りで遊んで、その後あの大きな公園に行きます。

お小遣《こづか》いももらったから、お店通りと公園で半分ずつ使おうって決めました。何が食べたいとか、あれが欲しいとか、みんなやっと外に出られるからワクワクです。遠足前の気分と同じかな。

クルクルは楽しみすぎて、ずっとリラックスルームにつけてもらった止まり木で、グルグル回転しています。ご飯を食べたばっかりだから、あんまり回ると気持ち悪くなって吐《は》いちゃうよ？

「あちた、たにょちみ！」

『ボクもなの！　いっぱいあそぶなの！』

『ボクも！　クルクルはクルクルでいっぱい遊ぶんだよ！　クルクル～！』

『あの大きなウォータースライダーもやろうね』

そうやって色々予定を考えていたら、もう寝る時間になりました。みんなで寝る準備を始めます。

そして、アリスターにおやすみをして、自分の部屋へ入ろうとしたとき、僕は足を止めました。

『カナデ様、どうされましたか？』

アリアナさんに聞かれたんだけど……ちょっと待ってね。今ちょっと……

『どうした？』

『カナデ様が止まられてしまって』

『どうされましたか、カナデ様』

クラウドがしゃがんで、僕と目を合わせます。先に部屋に入ったフィルとクルクルも、心配して戻ってきてくれました。

『カナデ様、何かあったなら、どんなことでもいいのでおっしゃってください』

『そうですよ、カナデ様。私はカナデ様のメイドなんですから！　なんでもおっしゃってください！　小腹が空《す》きましたか？　果物でも持ってきましょうか？　歯はまた磨《みが》けばいいのです！』

ふふ、アリアナありがとう。うん。心配かけるなら言った方がいいよね。気のせいだとは思うんだけど……

「えちょ、むこにょほ、にゃんかだめ」

僕は廊下《ろうか》の奥を指さします。

『廊下《ろうか》の奥ですか？』

「ううん、もっちょむこ、えちょね、しゃとのしょと、もっちょむこ」

『里の外で合っていますか？』

「うん」

『それは今も感じますか？』

「ううん、いまはちにゃい。しゃき、ちょちにぇ。いまはもにゃい」

『そうですか……』

「ちょまっちぇ、ごめんしゃい、も、にぇりゅ」

『待ってくださいカナデ様！　すぐに戻りますから！』

アリアナはどこかに行き、その間に僕たちは部屋の中へ入りました。そしてアリアナが戻ってきたら、今度はクラウドが出ていきます。アリアナはさっき話していた通り、果物を持ってきてくれました。嫌な感じがしたまま、寝るのはダメって言います。

ありがとう、アリアナ。彼女が持ってきてくれた果物は、ブドウに似たものと、みかんに似たものでした。でも味は、ブドウがさくらんぼで、みかんが桃でした。

最初食べたときは味とのギャップに、ちょっとビックリしました。でも食べている間に慣れて、美味《おい》しく完食できました。

それから、食べている間にアビアンナさんが来て、心配だから僕たちが寝るまで部屋にいてくれることになりました。心配かけてごめんなさい。でも、本当に少しだけ、嫌な感じがしたんです。なんて言えばいいのかな？　こう体が受けつけないっていうか、ドロドロしてるっていうか。それから嫌な感じがした場所は、嫌な空気がまとうっていうのかな。本当に嫌な感じでした。でも、ほんの十秒くらいで、何もなかったみたいに消えたんです。だから、思わずその場で立ち止まってしまいました。

『さあ、クリーン魔法をかけるわね。このまま寝たら、虫歯になっちゃうわ。クルクルはクチバシを綺麗《きれい》にしましょうね』
歯ブラシはなし。今日は遊び用の家で寝ることにして、アビアンナさんに絵本を読んでもらってたら、いつの間にか眠っていました。
朝起きて一応、昨日変な感じがした方を確認してみたんだけど、まったく問題なし。最初は気にしてたものの、今日遊びに行く話をしているうちに忘れていました。

＊

「ひょおぉぉぉ～!!」

『わお～んなのぉ!!』

『ぴゅろろろ～!!』

『クルクル、これでいい!?』

予定通りお店通りで遊んだ後、僕たちは午後から公園遊園地に行きました。そして今、あのウォータースライダーで遊んでいます。もちろん、人型用の方のね。

今日一緒に滑《すべ》ってくれたのはクラウドです。人型のクラウド、とってもカッコいいんです。アイドルみたい。それに、護衛の前はドラゴン騎士だったせいか、今も仕事の時間以外はトレーニングをしているらしくて、体ががっしり、筋肉がいい具合についています。

人型のクラウドを見た瞬間、僕もフィルもクルクルもカッコいいを連発してしまいました。アリスターは知ってたから、カッコいいの連発はなかったけど、『そうでしょう、そうでしょう』って、なぜか胸を張っていました。

アリスターじゃなくて、クラウドがカッコいいんだからね？　今アリスターが変身できても、人型だと五歳くらいなんでしょう？　きっとカッコいいよりも可愛《かわい》いだよ。うん、可愛《かわい》い。フィルたちと一緒。

『可愛《かわい》いのはカナデ様も一緒なんですけどね』

ん？　アリアナ、今何か言った？

それで、そんなカッコいいクラウドと一緒に滑《すべ》ったウォータースライダーは、この前と同じく、とっても楽しかったです。二回目だからか、周りを見る余裕もあったしね。

フィルは新しい滑《すべ》り方《かた》をあみ出していました。シャチホコみたいな格好《かっこう》で滑《すべ》ったり、でんぐり返しで転がりながら滑《すべ》って……というか、転がっていったり。

クルクルは、一回目はアリスターの膝《ひざ》に乗せてもらって、二匹で回転しながら滑《すべ》っていきました。あとはフィルみたいに、自分から転がっていったよ。まさか下りた勢いのまま、水面を転がるとは思わなかったけど。見ていたドラゴンたちが拍手《はくしゅ》していました。

人型用のウォータースライダーの後は、もちろんドラゴン用のウォータースライダーに行って、波の出るプールで遊びます。一回クルクルが波に飲まれちゃって大変でした。

すぐにクラウドが助けてくれたけど、助けてもらった後、クルクルは彼の頭の上で、波に向かって蹴りを入れてました。小さい足の蹴りだったので、とっても可愛《かわい》かったです。

それからちょっと休憩《きゅうけい》してから、クルクルが乗りたがっていた、メリーゴーランドに乗りました。クルクルはずっと目がキラキラ、顔はニコニコで、嬉しいなあ、楽しいなあって言っていました。そして、順番にみんなの頭を移動、最後は僕の頭の上で、可愛《かわい》い声で歌をうたっていました。

クルクルは途中でちょっとだけ泣いていました。今までずっと一匹だったからね。友達ができて、みんなと遊べて嬉しいって。僕は膝《ひざ》の上に降りてきたクルクルをそっと撫《な》でてあげます。そうだよね、一匹は寂《さび》しいよね。ボクもフィルと家族になれて、とっても嬉しかったし。

家族……あっ!! そうか、そうだよ。もう少しクルクルとの生活に慣れたら、クルクルに聞いてみよう!

メリーゴーランドが終わったら、やっぱりクルクルが乗りたがっていたコーヒーカップに移動します。

「うにょおぉぉぉ〜」

『おもしろいなのぉ!!』

『クルクルいっぱい!!』

『もっと回すよ!! それぇ!!』

ま、周りが見えない!? 体が飛ぶ!? 今日はアリスターが、コーヒーカップを回転させるためのハンドルを持ちました。

すると、アリスターは思いっきりハンドルを回したんです。なんとか体が飛ばされないように、一生懸命クラウドにしがみつきます。

でもコーヒーカップから降りたら、完全に目が回っていました。

ベンチに移動して、僕が落ち着くのを待っていると、アリアナがアイスを買ってきてくれます。

これで少しは頭がスッキリするかも。

『アリスター様、フィル様もクルクル様も、あまり無理をしてはダメですよ。カナデ様と乗るときは、もう少し優しくです！』

『回しすぎてごめんね、次は気をつけるね』

『うんなの。カナデ、ごめんなさいなの』

『ごめんなさい』

うん、わざとじゃないのは分かってるよ、だから大丈夫。でも、やりすぎは気をつけてね。

アイスはバニラ味でした。他にも色々な味があるけど、バニラ味が基本なんだって。アイスがあるってことは、ソフトクリームもあるのかな？　かき氷は？　今度聞いてみよう。

美味《おい》しいアイスを食べて、頭もスッキリ、ふらつきもなくなりました。帰るまでもう少しだけ時間があったから、最後になんで遊ぶか相談します。そのときでした。

カンカンカンッ‼

背後から大きな鐘《かね》の音が聞こえて、思わず振り向くと、里の門の方に赤い花火みたいなものが浮かびました。

そして、クラウドが僕とフィルを抱き上げて、アリアナさんがアリスターと手を繋《つな》ぎます。クルクルはクラウドに言われて、僕が抱っこしました。

『何かあったのかな？』

『アリスター様、鐘《かね》の音だけなので、すぐそこまで迫った危険ではないでしょう。ですが、カナデ様、フィル様、クルクル様、今日はこのまま屋敷へ帰ります』

『ボク、これ知ってる。ちょっと注意してって音だよね』

「クルクル、ちょ？　ちゅ？」

『カナデ様、屋敷に戻ってからお話を。アリアナ、行くぞ』

『はい！』

公園遊園地から帰るのは、僕たちだけじゃありませんでした。他のドラゴンたちもすぐに遊ぶのをやめて、みんなが帰りはじめます。帰らないドラゴンたちもいたけど、それは公園を管理しているドラゴンです。

『パパ、帰るの？　まだ遊べるよ』

『鐘《かね》が鳴ったからな。これからパパはちょっと用事ができちゃったんだ。少し早いが今日はもう帰ろう。また今度遊びに連れてきてやるからな。そうだ、帰りに飴《あめ》を買ってやろう。今日はそれで我《が》慢《まん》してくれ』

『うん‼』

そんな会話が聞こえてきます。みんな帰っているけど、だからといって、そこまで慌《あわ》てている感じもありません。

こうして僕たちはお屋敷に帰ることになりました。一体何が起きたんだろう？

＊

お屋敷に帰ってきたら、いつもより周りがざわついている気がします。ドラゴンや人型ドラゴンたちがいつもより多いしね。ただ門番さんはいつも通り、ニッコリ笑って『お帰りなさい』と言ってくれました。

玄関ホールに着くと、階段の上からエセルバードさんの声がします。相変わらずの高さの階段で、その上からなのに、すぐそばで呼ばれたくらい、大きな声でした。

「こえ、おきにぇ」

『とう様の声は、本気を出すともっと大きいんだよ。お家から里の門くらいまで聞こえるの。でも、それをすると喉《のど》が痛くなるからやらないって』

え？　そんなに？　凄《すご》いね。僕なんてこの前、部屋の端《はし》っこでアリアナを呼んだら、ぜんぜん気づいてもらえなかったのに。まあ、大きな大きな部屋だけどさ。それでかなり近くまで——部屋の半分くらいかな——そこまで移動して呼んでも気づいてもらえませんでした。でも、たまたまそのときくしゃみをしたら——

『カナデ様、部屋が寒いですか？』

僕の声よりもくしゃみの方が聞こえるって……

それはともかく、クラウドがエセルバードさんに呼ばれ、交代で別の人型ドラゴン騎士さんが来てくれて、僕たちはリラックスルームへ行きました。

お屋敷の中はいつも通りです。ザワザワしているわけじゃないし、慌《あわ》てている様子もありません。ただ、いつもよりはドラゴン騎士さんたちが多いくらいでした。

それからほぼ普段と同じ時間に夜のご飯です。ただ、食べたのは僕たちだけです。エセルバードさんとアビアンナさんがいないのは初めてでした。でも人数が少なくても、その分みんなでお話ししながら食べたから、楽しかったし、美味《おい》しいご飯でした。

食後、リラックスルームでゴロゴロしていると、僕、フィル、クルクルを、ストライドが呼びに来て、そのまま初めての部屋に行きました。会議室だって。

中に入れば、相変わらずの大きな部屋に、大きな大きな丸いテーブルがあります。テーブルについていたり、その周囲に立っていたりするドラゴンとたぶん人型ドラゴンたちが、一斉に僕たちを見てきたので、思わずフィルの後ろに隠れてしまいました。

座っているのは、エセルバードさんと隣にアビアンナさん。それから右から順番に、人型ドラゴンが二人、ドラゴンが二匹。その近くに立っているのが、やっぱり二人の人型ドラゴンに、ドラゴンが二匹です。

ストライドが僕たちを、アビアンナさんの隣に連れていき、僕たち専用の椅子に座らせてくれました。クルクルはフィルの頭の上です。

そして、エセルバードさんが口を開きました。

『カナデ、ビックリしたと思うが、ちょうど皆集まっているから、カナデたちを紹介しようと思ってな。ここにいるのは、この里を守るドラゴン騎士部隊の隊長と、副隊長だ』

隊長と副隊長、なんかカッコいいね。そんな凄《すご》い人たちが集まってるの？　今までちょっとビクビクしていたんだけど、すぐにそれが収まりました。

この里には五つのドラゴン騎士部隊があって、第一部隊はエセルバードさんが率いているそうです。それから、第二部隊隊長のリゴベルトさんに、副隊長のジェッドさん。二人は人型です。第三部隊隊長のトラビスさんに、副隊長のタイレルさん。二人も人型でした。

残りのドラゴンたちが、第四部隊隊長ヘクタールさんと、副隊長のホリスさん。最後は第五部隊隊長アンジェリナさんと、副隊長のトレーシーさんです。

僕たちはきちんと挨拶《あいさつ》しました。

『よろしくな！』

『本当にまだ幼いのですね』

『がはははは！　本当に集まっているんだな。まさかこんな一度に、色々と集まるとは』

『あらあ、可愛《かわい》いわねえ。持って帰りたいわ』

なんて返されながら、僕は全体を見て、確かに部屋は広くないといけないなあって思いました。大きいドラゴンが四匹もいると、大きな部屋なのに普通に見えます。もし全員がドラゴンだったら？

挨拶《あいさつ》が終わると、アリスターと会ったときのこととか、ドラゴンの里には慣れたかとか、そんな話をして、それが終わったらすぐに部屋を出ました。出るときはクラウドも一緒です。

もう寝る時間でした。でも、僕たちの部屋に戻る前にアリスターの部屋に寄って、おやすみなさいをします。アリスターは起きていてくれました。

それで、自分のベッドに入ろうとしたところ、クラウドに止められました。

『すみません。寝る前にお話があります。今日の鐘《かね》のことです』

ああ、そうか。だからみんなバタバタしてたんだもんね。あれはなんだったの？

今日鳴った鐘《かね》の音は、ドラゴンの里、または周辺で、ちょっとした問題が起きて、すぐに里に影響を与えないけど、それでも気をつけてほしいときに鳴るものだそうです。

鐘《かね》が鳴ったら、用事のないドラゴンは家に帰って、仕事があるドラゴンはその仕事を終わらせたら、すぐに家に帰るって決まりです。

そうか。だから、子供ドラゴンがいたあのドラゴン家族も、その他のドラゴンたちも、ささっと遊ぶのをやめて帰ったんだね。

「もんじゃい、あちゃ？」

『ええ、ですがちょっとした問題ですよ。ただ、もしこれからまたこういうことがあったら、私の言う通りにしてください。それは、カナデ様たちを守るためですので』

「あい！」

『うんなの‼』

『ねえねえ、他にも音、あるでしょう？』

クルクルがそう言いました。え？　そうなの？

「べちゅのおちょ、ありゅ？」

『うん、ボク前に聞いたよ。一回だけ』

『クルクル、それは二年前の、石の音か？』

クラウドが尋《たず》ねます。

『う～ん、二年？　たぶん？　でもずっと前だよ。それでその音の後、魔獣が里の周りに、いっぱい転がってた。だからボク、いっぱいご飯食べられて大満足!!』

え？　それも何か危険を知らせる音だったんじゃ？　魔獣がいっぱい転がってたのって、魔獣が里を襲ったんじゃないの？　大満足……

『やはりそうか。そうだ、確かに危険を知らせる音は、もう一つ、石を使ったものがあります。それは里に危険が迫っているときに鳴らされます。鐘《かね》よりも大きな音が鳴るのですよ。それは――』

『ふす～、ぷす～』

大事な部分をクラウドが話そうとしたとき、隣からそんな音が聞こえました。見たら、隣に座っているフィルが、完全に寝ています。しかも、ピシッとした姿勢で。ずいぶん器用に寝るよね……

「ふぃりゅ、おきちぇ？　おはなち、しゃいちゅよ？」

『う～ん、まほう、ば～んなの!!』

ば～んって言葉に、ビクッとする僕。でも、その後もフィルはまたぷすぷす言って寝続けます。

今の寝言？　かなりはっきりした寝言なんだけど。しかも『まほう、ば～ん』って。

『ふへへ、アリスターパパ、あたまぼ～んなの。ふへへへへ。ぷす～、ぷす～』

……え？　あたまぼ～ん？　どんな夢なの⁉

『あ～、今日はもう終わりにしましょう。明日、今の話の続きを。それと、音を聞いてもらった方が分かりやすいでしょうから、その石もお見せします』

というわけで、みんなでベッドに入って、お休みなさい。クラウドがフィルをベッドに寝かせてくれました。でもその後何回か、『ば～ん！』とか『ぼ～ん‼』とか、あげくのはてには――

『おちたなの‼　あっ、おかしのプールなの！　……ちがった、やさいだったなの、プールだったなの』

極めつけは――

『ボクのぬいぐるみ、やさいにおそわれてるなの⁉　たすけるなの！　たあー‼　なのぉ！』

本当にどんな夢を見てるの⁉　しかも『たあー‼』のときに、フィルは僕の顔をグイグイ押してきました。僕はほっぺをすりすりされたせいで、フィルの夢が気になって、ぐっすり眠れませんでした。クルクルはすぐに寝てました。よくあれで寝られるよね。

＊

私――エセルバードにクラウドがそのことを知らせに来たのは、前日の夜、カナデたちが眠りについた頃だった。カナデたちには他にも数人、護衛をつけてあるから大丈夫だろうと思うが、クラウドが自分から護衛対象から離れるとは意外だった。

彼は、カナデがおかしな様子を見せたと、伝えに来たのだ。部屋に入る途中で、突然立ち止まったカナデ。詳しく話を聞けば、里の外に、何か嫌な気配を感じたらしい、と。

ただ、そのときには、嫌な気配はもう消えていたという。そこで、部屋に入ると、アリアナにカナデたちを任せ、私のところへ来たそうだ。

『カナデ様は「神の愛し子」様です。私には分かりませんでしたが、カナデ様だから、何かの変化に気づいたのではと思います』

確かに、たとえほんの数秒でも、何かが起こった可能性がある。自然に発生したものか、または何者かが故意に起こしたものか。私たちに気づかれず、カナデにしか分からないようなことを。

『一応、調査した方がいいかと』

『そうだな、その方がいいだろう。今は何も感じないとはいえ、何かが起こってからでは遅いからな。明日早朝から、第三部隊に調査をさせよう。お前は通常通り、カナデたちの護衛を』

『はっ!!』

こうして次の日、私は第三部隊に、森の調査をさせたのだが――

その知らせは、昼すぎにもたらされた。私は、すぐに現場へと向かう。そこで見たのは、私の里に暮らす、三体のドラゴン騎士の遺体だった。

『これは一体？　トラビス、死因は分かったか？』

『魔法と剣による攻撃かと。しかも、かなりの腕を持っている者の犯行だと思われます。確実に殺しにきている』

『エセルバード様！　隊長！』

『タイレル、どうでしたか？　どこかに戦闘の跡は』

『隊長、どこにも、いつも通りの森です。この辺一帯の木々もそうですが、他でも木一本さえ倒れていません』

私は殺されたドラゴン騎士を確認する。傷の感じから、殺されたのは昨日の夜、フィルたちが寝る準備を始めていた頃……そうか、もしかしたらカナデは、これを感じたのかもしれないな。

カナデが嫌な気配を感じたという方角の探索は、トラビスたちの部隊に任せた。しかしそれ以外でも何かあるといけないので、他の場所にも数名ずつ、ドラゴン騎士を向かわせていた。だが、彼らからは、何も異常がないと、すでに報告を受けている。

傷はトラビスの言う通りに、魔法と剣によるもので、どちらかと言うと魔法の傷の方が多いが、一つ一つの攻撃が確実に綺麗《きれい》につけられている。しかも、森のどこにも余計な被害を出していない。そうなると、ドラゴン騎士たちは攻撃することさえできずに殺されたことになる。ドラゴンたちが攻撃をしていれば、木が一本も倒れていないはずがない。

つまり、相当な実力者が、ドラゴン騎士を殺したのだろう。

『エセルバード様！　こちらにこのようなものが！』

別の遺体の確認作業をしていたタイレルが私を呼んだ。すぐにそちらに行くと、タイレルの手には一枚の布切れがあった。その布切れにはドクロの絵が描いてあり、それと同じものを最近見たことがあった。

カナデたちが魔力を発散するために、初めて魔法を使ったとき、その魔法によって壊滅させられた盗賊《とうぞく》たちが使っていたものだ。

『これが遺体の下にありました』

落ちていた場所を確認する。

『これはおかしいですね、色々と』

……そうだ、タイレルの言う通り、どうにもおかしい。これだけで犯人が分かるのであれば、どんなに楽か。あのとき、カナデたちの攻撃から生き残り、さらに私たちの手から逃れ、そしてドラゴン騎士を倒す……そんな者があの盗賊《とうぞく》の中にいるとは思えない。

大体、これだけのことができる者が、このような証拠を残していくか？

これはまあ、とりあえず置いたものので間違いないだろう。犯人たちもこんなもので、私たちが騙《だま》されるなどと思ってはいないはずだ。少しでも捜査を遅らせるためだろう。

事実、いくら盗賊《とうぞく》ではないと分かっていても、ここに布切れが落ちていた以上、調べないわけにはいかない。そちらに少しばかりだが、ドラゴンを送ることになる。

『第三部隊はこのあたり一帯を詳しく調べろ。それと、夜には一度報告に戻れ』

『はっ!!』

私はその後すぐに里へ戻り、他の部隊に指示を出した。また、里のドラゴンたちに警戒するよう、里で一番弱い警報——鐘《かね》を鳴らさせた。そして夜は部隊長、副隊長を集めた。

私はここで、カナデを皆に会わせる。今後、何かあったとき、カナデを守るために部隊が動くことがあるかもしれない。すでに皆、カナデについて知っているが、カナデは皆を知らないからな。不安を抱かないように、会わせておく必要があると思ったのだ。

カナデだけが気づいた気配。もしかしたらカナデの存在に気づき、どこかの馬鹿が仕掛けてきたのかもしれない。そうなれば、私たちは全力でカナデを守る。『神の愛し子』を。そしてカナデの大切な家族と友を。

そのためにも今回の事件、早く解決しなければ。

3. 里の危険とフィルの寝言

朝、僕――カナデは寝不足で、目をしょぼしょぼさせていました。フィルにどうしたのか聞かれたけど……いや、フィルのせいだからね！　まあ、寝言だから仕方ないよね……今度耳栓《みみせん》がないか聞いてみようかな？

朝ご飯を食べた後は、昨日クラウドが言った通り、音を出す石を見に行くことに。アリスターはもちろん知ってるから、僕たちと来ないで、飛ぶ練習しに行きました。僕たちが魔法を頑張《がんば》ってるから、自分も飛ぶ練習頑張《がんば》るって。

庭に出てそのまま、まだ行ったことのない方へ向かいます。そう、まだ庭を全部見れてないんです。この前はケサオの花のせいで、途中でお庭見学が中止になったし。それからは色々毎日忙しくて、まだ半分見て回れていません。今日行くのは、僕たちが行ったことのある場所から、もう少し先。大きな縦長の塔みたいなものが立っていて、その中に入ります。

中に入ったら、クラウドが僕たちを抱っこして、一気に塔のてっぺんまで上がります。凄《すご》く高い塔なのに、二分くらいでてっぺんに着きました。ここまでとは言わないから、僕も自分の羽で登れるようになるといいな。もちろん、フィルに乗っての移動でもいいし。

塔のてっぺんは、三百六十度外が見えるようになっていて、また中央には、僕の顔よりも大きな石が置いてありました。

『この石を使って、里の住民に危険を知らせます』

鐘《かね》の音を鳴らすよりも危険なとき。それは、里のすぐ目の前まで危険が迫っているときです。

数年に一度、魔獣があふれかえって、里を襲ってくるときがあるそうです。最近では二年前。クルクルが聞いたのも、これのようです。そのときは魔獣たちが里を襲うと分かったのが一日前で、かなり大変だったみたいです。

でも、ドラゴンみんなで相手をしたら、無事に魔獣たちの大暴走は解決しました。クルクルは大満足って言ってたけど、危険だったんだからね？

『そして、その石と同じものがこれです』

大きな石を見ていたら、クラウドがポケットから、小さい石を取り出しました。今からこの小さな石に魔力を流すそうです。そうすると、音が鳴るみたい。どうして小さい石でやるのか？ それは、これくらいの石じゃないと、音が大きすぎて近くにいたら耳が壊れるんだとか。

『いいですか、では鳴らします』

クラウドが魔力を流すと、石が赤色に光ります。そして……

ぶおぉぉぉ～って、結構大きな音が鳴りました。

うん、考えていたよりもぜんぜん大きな音でした。小さい石でこれだけ大きな音が鳴るんじゃ、こっちの大きな石だったら、どれだけ大きいんだろうね。

しばらくして音が止まり、僕は耳から手を離します。フィルもクルクルも『あ～、うるさかった』って。

『いいですか？　これが、里に危険が迫っているときの音です。そのときは、魔力量の多いドラゴンがこの石を鳴らすことになっています。音が聞こえるのは里と、里から十分くらい出たところまででしょうか』

そんなところまで音が聞こえるんだ。やっぱり大きな音だね。里というけど、僕からしたら里じゃないもん。言いすぎかもしれないけど、国だもんね。

『この音を聞いたら、避難する者はすぐに避難、里を守る者は、すぐに準備をします。すぐ避難をするというのは、里を守る者たちの邪魔にならないように、というのも考えなくてはいけません。邪魔をして準備が遅れたら、取り返しのつかないことになる可能性もあります。皆が怪我《けが》をするかもしれないということです』

そうだよね、すぐそこに迫った危機だもんね。もし、『まだ大丈夫だよ』と思って遅れて避難したせいで、戦うドラゴンたちに迷惑をかけたら、里が被害を受けるかも。二年前だったら、魔獣がドラゴンの里に入って、ドラゴンたちが怪我《けが》しちゃうとか。最悪の場合は……

『ですので、私とともにいるときにこの音を聞いたら、屋敷の敷地外にいたなら、すぐに屋敷へ避難を。いえ、どこにいても私はいつもおそばにおりますが。昨日は静かについてきてくださった。それが正しい行動です。いいですね』

「あい！　しじゅかに、ひにゃん！」

『すぐににげるなの！』

『早くのときは、クルクル転がるのもいい？　ボクは転がるの速い』

いやいや、確かにクルクルは転がるのが速いけど、避難のときはクラウドに任せようね。

『ありがとうございます。それと、クルクル。あなたも私と避難を』

ほら、やっぱりそう言われたでしょう？

音の話が終わったら塔をおりて、アリスターの練習が終わるのを待つことにしました。待ってる間に僕たちも練習って思ったものの、変に今からやったら、逆にアリスターを待たせることになるかもしれないからね。

それで、玄関前で遊ぶことにします。遊びはじめてから少しして、ドラゴン二匹が大きな箱を抱えてやってきて、それを玄関の前に『ドシンッ！　ドシンッ‼』とおろします。気になった僕たちが、中を見てもいいか聞いたら、問題ないとのことでした。

だから、クラウドに抱っこしてもらって、箱の中を覗《のぞ》きました。だって、僕の背の三倍はある箱なんだもん。普通に見えるわけありません。

箱の中には、とっても綺麗《きれい》な石？　岩の塊《かたまり》？　がたくさん入っていました。キラキラ、ピカピカ、発光しているものも、ダイヤモンドみたいなものもあります。

「きりぇねえ」

『ボクたちがすきなやつなの！』

『ボクの宝物にも似てる』

「くりゃうど、こりぇ、にゃに？」

『これは武器や防具の材料です。他にも家具や調理器具にも使います。それにしても、今回は多いな』

『今回は、少し遠くの洞窟《どうくつ》に行ってきたんです』

『最近見つけた洞窟《どうくつ》で、他の洞窟《どうくつ》は石を育てている最中なんで』

クラウドの言葉に、二匹のドラゴンが答えます。

それにしても、石を育てるとは、どういうこと？　それに、こんな綺麗《きれい》な石が取れる洞窟《どうくつ》があるの？

「どくちゅ、ありゅ？」

『はい。アリアナ、カナデ様方は、まだあちらには？』

『ええ、まだ。なかなか時間が合わず、ゆっくり里をご案内すると、かなりの時間がかかるので。少しずつご案内することにしていたのです。なにしろ、庭もまだですから』

『そういえば、塔も初めてだと言っていたな。そうか』

クラウドは何かを考えはじめました。そこへ、セバスチャンが通りかかり、クラウドは彼と少し話したあと、僕たちのところに戻ってきます。

「おはなち、おわり？」

『ねえねえ、このいし、いまからどうするなの？』

『これから旦那様に石を確認してもらって、その後はそれぞれ石を分けて、色々な場所へ持っていくんだ』

『石を道具に変えてくれるお店や工場に持っていくんだよ』

ドラゴンたちが説明してくれました。どんな道具になるのかな。光ってる石で作ったら綺麗《きれい》な道具ができそう。

そして、すぐにエセルバードさんが来て、ドラゴンの姿で石をチェックします。これだけ大きな箱の中の石を調べるから、人型だとなかなか終わらないよね。

エセルバードさんが箱の中を調べていると、石以外のものも出てきました。

綺麗《きれい》に切り揃《そろ》えられた木材に、ツル、それから何かの骨みたいなもの。全部素材になりそうで、みんな同じ洞窟《どうくつ》から取ってきたみたいです。こんなものも洞窟《どうくつ》にはあるんだね。

ちなみに今回の洞窟《どうくつ》は、他の里のドラゴンとも共有していて、素材を一つの里が多く取りすぎないように、取っていい量が決まっているとのことです。もちろん、その里だけが使っていい洞窟《どうくつ》もあります。いい素材が取れる大きな洞窟《どうくつ》は、ほとんど共有らしいです。

確認が終わると、ドラゴンたちは素材を箱に戻して、またどこかへ行ってしまいました。そしてクラウドはエセルバードさんとお話ししています。僕たちは練習が終わったアリスターと合流して、お昼ご飯まで玄関前で遊ぶことにしました。

今日のお昼は、久しぶりにエセルバードさんも一緒です。エセルバードさんは一番偉いドラゴンだから、やらないといけない仕事がいっぱいで、このごろは一緒にご飯が食べられませんでした。

そんなエセルバードさんが言います。

『カナデ、フィル、クルクル、話があるんだが』

「おはなち？」

『なぁになの？』

『クルクル回るお話？』

『いや、クルクル回らないが、そうだな楽しい話だ』

楽しい話、なんだろう？

『さっき洞窟《どうくつ》から素材を持ってきていただろう？　そういう洞窟《どうくつ》には年齢制限があってな。人間の歳でいうと十五歳までは入れないことになっているんだ』

洞窟《どうくつ》にはいっぱい素材があって、定期的にそれを取りに行きます。でも洞窟《どうくつ》の中には、強い魔獣もいっぱいいます。だから、年齢制限があるそうです。特に、今日ドラゴンたちが行っていた洞窟《どうくつ》には。

なぜかは分からないけど、いい素材や、珍しい素材がたくさん取れる洞窟《どうくつ》には、強い魔獣が多くいて、他の魔獣や人間、獣人たちの侵入をはばんでくるんだとか。

でも、どこでも取れるような素材がある洞窟《どうくつ》には、大人や実力のあるドラゴンとなら、十五歳未満でも入ってもいいみたい。とはいえ、洞窟《どうくつ》の前には入場を確認するドラゴンたちがそれぞれの里から来ていて、ちゃんと年齢をチェックしているから、ごまかしはききません。

本当は今日、あの箱の中を見て、洞窟《どうくつ》に行ってみたいなあって思っていたんだけど、この様子だと僕たちは行けなそうです。強い魔獣とも遭《あ》いたくないし。強くてもエセルバードさんたちみたいに、優しい魔獣だったらいいのに。

エセルバードさんは僕たちが行きたいって言うと思って、先に話してくれたのかも。う～ん、残念。なんて思っていたら、急にエセルバードさんが真剣な表情から、ニッコリ笑顔になります。

『小さな子供でも入れる、特別な洞窟《どうくつ》があるんだが。どうだ？　行ってみたいか？』

なんですと!!　そんな洞窟《どうくつ》があるの!?　僕は思わず前に身を乗り出してしまいました。

フィルとクルクルは、どこまで話が分かっているかは分からないけれど、『洞窟《どうくつ》!!　遊ぶ!!』って、ジャンプしたりクルクル回ったり。クルクルは、まるでブレイクダンスの動きです。

「ぼく、いきちゃ！」

『ボクもなの！　どうくついくなの!!』

『キラキラ、ピカピカ、宝物増える!!』

『はは、聞くまでもなかったか。じゃあ、明日にでも行ってくるといい。時期的に今は空《す》いているから、ゆっくり中を見られるだろう』

え？　そんなすぐに行っていいの？　それに空《す》いてるって？　洞窟《どうくつ》にも混む混まないってある

の？　そういえば、さっきのドラゴンは、他の洞窟《どうくつ》は石を育てている最中だって言ってた。

「しゅいちぇりゅ？」

『ああ、それはな――』

洞窟《どうくつ》で採《と》れる素材には種類があります。もちろん石とかツルとか他にも色々。僕は素材を取ったら、それで終わりだと思っていたんだけど。素材の中には時間が経つと、また出てくるものがあるんだそうです。

例えば、ある石を取っても一ヶ月くらいすると、同じ場所にそれが復活するんだとか。どうやって復活するかは分かっていません。その復活を見た人の話を聞いたところ、その場にぽんっと現れたらしいです。

他にも、最初は小さい石として現れて、だんだんとそれが大きくなって、元の大きさになるものもあるとか。

だからドラゴンたちは、洞窟《どうくつ》の何かが、復活させられるものは復活させ、そして育てているんじゃないか、と考えているみたいです。それであの『育てている最中』って言葉だったんだね。

そして、素材が育つのに時期があるようです、今がその時期。だから今の洞窟《どうくつ》には、あんまり素材がないんだとか。ということは、素材を取りにくるドラゴンも少なくて、洞窟《どうくつ》は空《す》いています。

ちなみに、素材がいっぱいのときは、子供連れのドラゴン家族で大混雑だって。ゴールデンウィークとか夏休みの日本みたい。お父さんたちが、あ～疲れた、早く帰ってゆっくりしたいとか、次はもっと空《す》いているところに行こうとか、他の時期に行こうとか、そんなことを言ってそう。

ただ、まったく素材がないわけじゃないから、初めての僕たちにはゆっくり見ることができていいだろうということです。うん、初めてはゆっくり見たいよね。

『それに、小さな子供が入れる洞窟《どうくつ》だからな。準備するものもほとんどない。バケツやスコップ……そうだな、砂遊びの道具を持っていけば十分だ』

あら、そんな子供用の道具でいいんだね。

『道具は僕のを持っていけばいいよ。僕、三つ持ってるの。お家で遊ぶ用と、庭用、それからお外用。だから、みんなで使えるよ』

「ありしゅた、ありがちょ！」

『よし、決まりだな。明日は洞窟《どうくつ》だ』

と、待って待って。洞窟《どうくつ》ってどの辺にあるの？　里から遠い？　それとも結構近く？

「えちょ、どくちゅ　どこ？」

『すぐ近くだぞ。里の中にあるからな』

え？　里の中に洞窟《どうくつ》があるの？　外じゃなくて？　確かにドラゴンの里は大きくて、あの公園遊園地もあるけど、洞窟《どうくつ》まで？

『公園と真逆の方角にあるんだ。まだカナデたちが行っていない方だな』

そうか、なら知らないよね。ほわあ、まさか里の中にあるなんて。これなら本当に朝からゆっくり、洞窟《どうくつ》探索ができるよ。

「どくちゅいく！」

『あした、あそびいくなの!!』

『宝物探す!!』

『僕も久しぶり、楽しみ!!』

ドラゴンたちが素材を持ってきてくれてよかった。それを見たクラウドが、エセルバードさんに洞窟《どうくつ》の話をしてくれたそうです。クラウドもありがとう!!

わあ、明日楽しみだなあ。どんなものがあるのかな？　フィルたちが喜ぶキラキラ、ピカピカがあるといいなあ。それから、人の顔とか動物の姿とか、星とかさ、形が面白い石とか。洞窟《どうくつ》の中なら、壁とか、岩とかにぶつかって削《けず》れて、面白い形の石になってるかもしれません。

あとは、まだ見たことがない植物なんかも見たいです。ただ、ごき……ううん、あんまり好きじゃない虫が出てきたら嫌だな……

いずれにしても、明日の洞窟《どうくつ》探索、楽しみ!!

＊

次の日、予定通りに僕たちは、洞窟《どうくつ》へとやって来ました。しっかり、自分たちでバケツに道具を入れて持ってきています。ストライドやクラウドが荷物を持ってくれるって言ったんだけど、自分でできることは自分でしないといけません。

でも、途中でどうしても持っていられなくなったら持って、とお願いしました。さすがに、それそれで洞窟《どうくつ》探索が遅れたら困ります。

あと、お屋敷を出発する前に、アビアンナさんから特別なプレゼントをもらいました。僕とフィル、それからクルクルに、カバンです。

僕は肩からかけるタイプで、フィルのイラストが描いてあるカバンでした。

フィルとクルクルは、サイズピッタリのリュックで、ちゃんとそれぞれの絵が描いてあるから、誰のカバンか一発で分かります。二匹とも、つけた状態でしっかりと動けるか、動作確認もしました。もちろん、二匹ともいつも通りに走ったりジャンプしたり、飛んだり、まったく問題ありませんでした。

そのカバンにハンカチと、地球のティッシュに似ているもの、後は途中で食べるおやつを入れたら完璧です。僕もフィルたちもニコニコ。アビアンナさんにきちんとお礼を言いました。

アリスターのカバンは、アリスターの体と同じ色の、僕と同じ首からかけるタイプのカバンです。そこには、僕たちのカバンに入れたものの他に、ノートとペンが入っています。

見つけた素材について書くんだって。遊びに来たんだけど、初めてのことは書くのが勉強だと、エセルバードさんたちに言われてるみたいです。

今日洞窟《どうくつ》に行くのは、僕たちとアリスター、クラウドにストライド、それからアリアナです。洞《どう》窟《くつ》に着くまでにも、色々見たことがないお店がありました。気になったけど今日は洞窟《どうくつ》探索。今度また連れてきてもらおうって、みんなで話しながら進みます。

そして洞窟《どうくつ》の前に着きました。本当に大きな洞窟《どうくつ》が里の中にありました。入口には、ドラゴンたちによる洞窟《どうくつ》に入るための列ができています。僕たちも列に並びました。前から聞こえてきた声は――

『今日は何人で？』

『夕方までですね』

『ルールを守って楽しんでください』

洞窟《どうくつ》の門番さんが、色々と聞いていました。ちゃんと人数と帰る時間を確認して、しっかり書き留めています。いくら子供が入れるといっても、洞窟《どうくつ》は洞窟《どうくつ》です。記録しておけば、何かあってもすぐに分かります。

そして待つこと数分。やっと僕たちの番です。

『ストライド、話は聞いております。人数と時間もすでに』

『そうか、人数に変更はない。それに時間も予定通りだ』

『了解いたしました。ではみなさん、こちらをつけてください』

門番のドラゴンから渡されたのは、オレンジの石がついたペンダントでした。これはさっきの危機対策と同じく、洞窟《どうくつ》から帰ってこない人たちを見つけられるようにするためです。石に魔力を流すと、同じ材質の石が反応するので、それを辿《たど》って見つけるんだとか。

『では、洞窟《どうくつ》探索、楽しんでくださいね』

「うん！」

『はやくいくなの！』

『キラキラ、ピカピカ、宝物！』

『今日は何が見つかるかなあ』

みんなでぞろぞろ洞窟《どうくつ》の中へ入ります。入った瞬間、空気がヒヤ～としました。さすが洞窟《どうくつ》、外よりも涼《すず》しいです。

ちなみに、今この世界は、始まりの季節なんだそうです。他にも順番に緑の季節、次へ向かう季節、白の季節があります。話を聞いた感じ、日本で言うところの、春夏秋冬に似ています。

今は春にあたる始まりの季節で、暑くもなく寒くもなく、ちょうどいい時期です。

『ここから暗くなりますので、足元に気をつけて。私たちが明るくしますから大丈夫だとは思いますが』

すぐにストライドとクラウドが、周りを明るくしてくれました。といっても、暗くないと見つからないものもあるらしくて、足元がうっすら見える程度の明るさです。

『ねえねえ、カナデ。なにみつかるかななの！』

『みんなで宝物見つける、一緒の宝物。それで、みんなでしっかり宝物入れにしまう』

クルクル、それいいかもね。みんなお揃《そろ》い、絶対いいよ。

どんどん中へ入っていきます。少し行くと、先に入っていたドラゴンの家族が何かをしていました。子供ドラゴンが虫籠《むしかご》みたいなものに、何かを入れています。よく見たらクルクルみたいな、モコモコボールでした。僕の指の先っぽくらいの大きさです。

『あれは、チョウという虫です』

クラウドが教えてくれました。チョウって蝶《ちょう》？

『どこにでもいる虫で、可愛《かわい》いと子供に人気です』

あっ、虫籠《むしかご》の中で飛んだ！　本当だ、飛んだら蝶だって分かりました。クルクルみたいに、飛んでいないときは羽を丸くしているようです。うん、可愛《かわい》い！　僕も見つけたら捕まえたいな。飛ぶところが見たいんです。その後はちゃんと自然に戻します。

ちなみに、この蝶の寿命は、五十年以上でした。地球の蝶と全然違います。ビックリしてしまいました。ただ、この世界の生き物は、もともとそれくらい長生きするそうです。これは、ストライドが言ってました。

虫取りドラゴン家族を追い抜いて、さらに洞窟《どうくつ》を進んでいきます。

『あっ！　あそこ、何か光った！　行こう‼』

クルクルが僕の手に降りてきて、斜め前の方向を羽でさしました。

僕たちはそこに向かって走り出します……が、石につまずいて『べしゃー‼』と転びました。

ちゃんと前に手を出したんだけど、勢いがついていて、顔も手もお腹も膝《ひざ》も、全部が擦《こす》れるわ、ぶつけるわで、痛いのなんの。

「い、いちゃ、いちゃあぁぁ‼」

子供の体になっていて、痛みを我慢《がまん》できない僕は、ギャン泣きです。

『カナデ、だいじょぶなの‼』

『カナデ‼　大変！』

『ストライド！　早く薬！　持ってきたでしょう!?』

『カナデ様!!』

『クラウド、これを!!』

ストライドがクラウドに小瓶《こびん》を渡して、クラウドはギャン泣きの僕に、その中身を飲むように言いました。グッドフォローさん特製の怪我《けが》を治す薬で、飲めばすぐに効くそうです。

僕は泣きながら、なんとかそれを飲み干すと……飲んで数秒後、痛みが引きはじめたと思ったら、擦《す》り傷《きず》も消えはじめて、一分もしないで怪我《けが》が完璧に治りました。うん、やっぱりグッドフォローさんは凄《すご》い。

『カナデ、だいじょぶなの？』

『もう痛くない？』

フィルとクルクルが心配して尋《たず》ねてきます。

「うん、いちゃにゃい」

『カナデ様、皆様も、暗い場所で急に走ってはいけません。いくら明るくしていても、最低限の明るさなのです。今みたいに怪我《けが》をして、薬がなかったらどうしますか？　洞窟《どうくつ》探索はできなくなってしまいますよ。怪我《けが》が酷ければ動けずに、洞窟《どうくつ》から出られなくなる可能性もあるのです』

僕たちはストライドに、ごめんなさいをしました。

『いいですか、今度から何かを見つけても、決して走ってはいけませんよ。せっかくの楽しい洞窟《どうくつ》探索が、悪い思い出になってしまいます。この後は約束を守って、楽しく探索をしましょうね』

みんなでしっかり『はい!!』と返事をします。そうしたら厳しい顔をしていたストライドが、ニコッと一瞬だけ笑って、その後はいつも通り仕事中のスンって顔になりました。

僕は立ち上がると、気合を入れ直して、今度はみんなで歩いて、クルクルが何かを見つけた場所に行きます。

『ストライドさん、申し訳ありません。急なことに反応できませんでした』

『クラウド、子供は私たちが思っている以上に、急な動きをします。まあ、それが子供なのですが、あなたにもいい教訓になったでしょう。次からは気をつけてください。今回は危険がない洞窟《どうくつ》でしたが、いつも何もない場所であるとは限りませんので』

『はっ！』

走らずに気をつけて。うん、今みたいにしっかり歩けば大丈夫。よし、クルクルが見つけたものは……

「クルクルど？」

『なにもないなの』

『あれえ？　さっきはあったのに』

『別のところだった？』

クルクルが何かを見た場所と、その周辺を見たんだけど……これといって何もありません。壁にキラキラしているものが見えたそうです。う～ん、でも何もないよ。

『アリスター様、洞窟《どうくつ》では色々試しなさいと、旦那様に教えられませんでしたか？』

ストライドが言います。試す？　何を？　アリスターは何か気がついたみたいで、『あっ！』と言ったあと、ストライドにもう少し明かりを暗くするよう頼みました。ストライドが頷《うなず》いて、光魔法を弱めます。そうしたら……

『キラキラ出た!!』

『いきなりキラキラになったなの!!』

「にゃんで!?」

クルクル、フィル、僕は一斉に叫《さけ》びました。壁の一ヶ所に、キラキラが現れています。よく見ると、壁にとっても小さいキラキラ光る石が挟《はさ》まっていたんです。本当に小さくて、僕の指先くらい。でもキラキラが強くて、だから、遠くからでもクルクルは見つけられたようです。

『正解です』

洞窟《どうくつ》には、周りの明るさによって、見え方が変わるものもあるんだとか。今回は、明るいと見えない石です。明るいとただの石で、暗くすると、今みたいにキラキラ光ります。

夜、この石を部屋に撒《ま》いて明かりを消すと、星空の中にいるみたいにとっても綺麗《きれい》に見えるとのことです。

プラネタリウムの床バージョン？　それやってみたいかも。この石はお店で売っているから、ストライドが『買って帰りますか』と言います。でも僕はみんなと相談して、洞窟《どうくつ》で集めて持って帰ることにしました。

だって、せっかくの洞窟《どうくつ》探索だから、みんなで探して持って帰った方がいいに決まってます。

ということで、これからは他のものも探しつつ、時々周りを暗くして、この石を探すことにしました。

最初の一個目は、見つけたクルクルが取ります。上手く足を使って、ひょいっと壁から外した後、石が下に落ちる前に、空中でキャッチです。僕たちは拍手《はくしゅ》します。

クルクルは、なくさないように、持ってきていた小さな布袋に石をしまいました。袋は、小さいものを入れる用、ちょっと大きめなもの用を用意していて、もっと大きなものはバケツに入れます。

これも、洞窟《どうくつ》に行くときには大事なことです。小さなものをバケツに入れて、気づかないうちになくしてたら嫌ですから。

こうして、僕たちは最初の戦利品を手に入れました。もちろん、みんなで嬉しいときの『やったぁ！』のポーズをします。洞窟《どうくつ》探索はまだまだこれからです。

「ちゅぎは、あち!!」

『こんどはなにかなあなの!!』

『なんかピカッ、ピカッて点滅してる』

『あれ、僕も見たことないよ』

本当？　何回か洞窟《どうくつ》に入ったことのあるアリスターが見たことないなんて。もしかしたら、大発見かもよ。

「はちりゃにゃい、みにゃ、ゆっくり！」

『いくなの!!』

僕たちは、新しく発見した何かに向かって前進。でも約束した通り、走りません。また転んだら大変です。まだ薬はあるみたいだけど、最後まで怪我《けが》をしないことが大切です。

＊

『嫌だわ、ストライド、何あれ。早歩き？　それとも横走り？　いいえ、走ってはいないから横歩きかしら』

カナデたちの様子を見にやって来たアビアンナが言った。

『アビアンナ様、カナデ様方は、最初以外は私どもの言うことを聞いてくださり、どこへ行くにもちゃんと歩いて向かわれるのですが……』

『なぜかあのような歩き方に』

ストライドとクラウドが答えた。

『なるほどね、クラウド。早歩きの方は、細かく足を出して、なるべく走らないようにしているのが分かるわね。ただ、普通に歩いた方が前に進むでしょうに。横歩きの方は……どうして横に歩くのかしら？　子供って、時々謎の動きをするわよね』

『先ほど、普通に歩いていいのですよ、とお伝えしたのですが、カナデ様方は分かっていないご様子で』

『まあ、約束を守るのはいいことね。私も面白い動きが見られてよかったわ。早く仕事を切り上げてきた甲斐《かい》があったわよ』

＊

「とちゃく！」

僕――カナデたちの前には今、岩にくっついている何かがあります。石みたいなのに、もこもこした柔《やわ》らかそうなものがついているような、よく分からないものです。ただ、ピカッ、ピカッて点滅して面白いんです。

途中で合流したアビアンナさんたちがすぐに追いついてきました。

アビアンナさんは、僕たちの初めての洞窟《どうくつ》を心配して、様子を見にきてくれたそうです。エセルバードさんも来ようとしたんだけど……

来る前に、ストライドがリラックスルームで、エセルバードさんに書類の山を渡していました。僕の背丈の大きさの書類の山が、全部で五つ。今日のノルマだそうです。

それが全然終わらないんだとか。アビアンナさんが来るときに見たら、まだ一つ目の書類の山の途中だったみたいです。

そんなにたくさんのお仕事大変だねって、お話をしていたら……どうも、僕たちがドラゴンの里に来る前からのサボり分が溜《た》まりに溜《た》まっているだけで、今更後悔しても遅い、とストライドが言っていました。

それはともかく、アビアンナさんによると――

『これがここにあるのは珍しいわね。普通はもっと大きな洞窟《どうくつ》か、危険な洞窟《どうくつ》に生えることが多いの。これは光苔《ひかりごけ》の仲間よ』

光苔《ひかりごけ》にはたくさん種類があります。まず、光るときの色が白だったり、青だったりと、色んな色が。それから、苔《こけ》の葉の形も様々で、あと単体で生えているか、群生しているか……他にも色々と違うことが。今までに発見されている苔《こけ》の種類は千を超えているとのことです。

地球でも集めている人たちがいるように、この世界でもそういった人たちがいて、珍しい苔《こけ》は高値で売り買いされるんだとか。品評会とかもあるらしいです。

そして、今僕たちの前に生えている苔《こけ》は、とっても珍しい種類でした。本来は、僕たちが行けない、しかも年齢制限がかけられている洞窟《どうくつ》で、時々見つかるんだそうです。

『ストライド、確かこの苔《こけ》は、光り方が珍しいけど、育てるのは思ったよりも楽だったわよね』

『はい、環境さえ合えば、すぐに生長するかと』

『この量を育てれば増えるわよね。そうすれば、暗い部屋で綺麗《きれい》な苔《こけ》を見ることができるから、持って帰りましょうか』

『ピカピカきれい、もってかえるなの！』

『ピカピカが増えた！』

『しっかり持って帰ろうね。僕、帰ったら、ノートにしっかり絵を描こう！』

苔《こけ》を取るのはちょっと難しいから、ストライドがいくつか取ってくれました。それを、そのまま箱に入れます。今は少しの苔《こけ》でも、上手くいけば増えてたくさんの苔《こけ》が見られます。楽しみだなあ。

今、持ってきたバケツ三つのうち、一個と半分に、色々な素材が入っています。それとは別に、袋二つにも。

エセルバードさんは、素材が少ないから今の時期は空《す》いてるって言ってたけど、嘘でした。洞窟《どうくつ》の中は素材だらけ。まだまだ持って帰りたいのがいっぱいです。

今までに見つけたものは……最初の暗くすると光る石。それから踏むと『キュッキュッ！』と音が鳴る石。簡単に手でもちぎれるのに、水をかけてから切ろうとすると、まったく切れなくなる、とっても丈夫なツル。洞窟《どうくつ》にしか咲かない、とっても可愛《かわい》い花。あとはねえ、面白い形の石に、透明な石。これは僕が蹴るまで、そこに石があるって分かりませんでした。それからそれから……うん、いっぱい!!

ただ、とっても楽しいのはいいんだけど、やっぱり今日中に洞窟《どうくつ》を全部見て回るのはダメそうで、半分まで行ったら帰ることになってます。次回は別の入口から入って、もう半分で遊べばいいからって。

もちろん半分まで行っても、そのまま帰るわけがありません。戻るときだって、しっかり探索しながらです！

『じゃあ、ストライド、今日はそろそろ戻りましょうか？』

『そうですね、アビアンナ様。ちょうどいいくらいかと』

僕たちは帰りながらも、どんどん素材を集めていきます。部屋に撒《ま》くつもりでいる石もしっかり集めないと。だって、あれだけ大きな部屋なんだから、いっぱいいります。

あっ、それから、この石は踏んでも大丈夫です。壁から取るまでは、普通の石と同じく硬いんだけど、壁からとって少し経つと柔《やわ》らかくなるんです。ワタを丸く固めた感じ。だから踏んでも大丈夫です。

もちろん遊んだり、プラネタリウムみたいにしたりした後は、みんなでお片付けをします。風の魔法で集めてもらった石を、バケツに片付ける予定です。

『あっちにも、なにかあるなの！』

『発見！』

『あっ、これも持って帰ろう。まだまだ知らないものがいっぱいだよ』

洞窟《どうくつ》の奥まで分かれ道はなく、ただまっすぐ進んだはずなのに、見落としていたものがいっぱいありました。ちなみに、洞窟《どうくつ》の奥まで行くと、分かれ道になっていました。

右に行くと岩とか石とかがいっぱい、左に行くと苔《こけ》とか花がいっぱいなんだとか。同じ洞窟《どうくつ》なのに、あるものが違うって面白いです。

と、出口まで戻る途中、僕もキョロキョロ周りを見回していたら『ポワッ!!』と何かが輝いている感じがして、そっちを見ました。

でもそんな光っているものはなく、そこはただの壁でした。う～ん……なんか感じるんだよね。僕は壁に近づいて、しっかり調べてみます。もちろんストライドに灯りを暗くしてもらったり、さっと壁を撫《な》でてみたり。でも、やっぱり何もありません。

う〜ん、やっぱり僕の気のせい？　最初通ったときは、こんな感覚にならなかったのに。もう少し別のところも見てみようかな？　立ったまま見える範囲を調べていたので、しゃがんで地面や、壁の下の方を確かめてみました。

すると、地面と壁のちょうど境い目に違和感を覚えました。とはいえ、見る分にはただの地面と壁です。よし!!　僕は思い切って、その部分を触ってみることにしました。

「ちゃあ!!」

気合を入れて『ペシッ！』と思いきり叩《たた》きます。僕の手では、力の抜けた音しかしません。でも叩《たた》いてすぐでした。

ピシッ！　パシッ!!　ピシシッ!!　パラパラ、バラバラバラッ!!

突然のことにビックリしていると、隣にいたクラウドが慌《あわ》てて僕の前に立ちます。そして、僕が叩《たた》いた部分から壁が崩れて、僕が入るのにちょうどいいくらいの穴が開きました。

その壁の崩れた音に気づいたフィルたち、アビアンナさんたちも、急いでこちらに集まってきます。

「あにゃ、あいちゃ」

『え、ええ、穴ね』

「ぱちって、やっちゃの。あにゃ、ごめんしゃい」

いくらわざとじゃなくても、穴を開けてしまいました。しかも他の人たちも来る洞窟《どうくつ》。この穴、誰か塞《ふさ》げないかな？

　エセルバードさんたちの先生だったメイリースさんが魔法で木を生やすみたいに、もしくは僕が頑張《がんば》って土魔法を練習して穴を塞ぐとか、一生懸命アビアンナさんに伝えます。

『大丈夫よカナデ、そんなに心配しなくても。洞窟《どうくつ》なんてその日その日で変わるものなの。昨日はなかった穴が次の日には存在して、新しい道が見つかるなんてことはよくあるのよ。だから、心配しないで』

　そうなの？　はあ、よかった。ビックリしました。みんなで一緒に穴の中を覗《のぞ》き込みます。あっ！　光ってる！　ポワッて!!　綺麗《きれい》に光ってるものがあるよ。

『なにかあるなの！』

『ちょっと奥にあるね』

『綺麗《きれい》な光だね。かあ様、取ってもいい？』

『そうね、嫌な感じはしないし、大丈夫だと思うけれど。ストライド、クラウド、アリアナ、あなたたちはどう？』

『私も何も感じません。どちらかといえば、いい気配を感じます』

『私も同様に』

『わ、私もです！』

『なら、いいわね』

『やった！　カナデが見つけたからカナデが取ってくる？』

うん、アリスター！　僕が見つけたんだもん、僕が行くよ。それに、穴の大きさも僕にピッタリだし。僕はハイハイで穴に入っていきます。クルクルもついていくって、僕のお尻《しり》に掴《つか》まりました。穴は数メートル奥まで続いています。幅は入口は僕が一人、ハイハイで通れるくらいで、中は僕がハイハイのまま、スレスレでUターンできるくらいでした。

魔法で明るくしているとはいえ、そこまでよく見えるわけでもないので、ちゃんとクルクルがお尻《しり》にくっついているか確認しながら進みます。

そして奥まで行くと……そこには青色の涙の形をした宝石みたいな石が、キラキラ、ポワッと光っていました。

「きりぇにぇ」

『うん、とっても綺麗《きれい》‼　カナデが、とっても凄《すご》い宝物見つけた！　凄《すご》い‼』

「もっちぇかえりょ！」

『うん！』

そっと石を触ります。触っても光は消えません。持ってハイハイは大変だから、僕は石を服の中にしまって、そのままUターンしました。

穴から出た途端、フィルとアリスターがずずいっと僕の前に来ました。

『カナデ、なんだったなの⁉︎』

『石？　苔《こけ》？　花？』

待って待って、今見せるから。僕はみんなに石を見せました。

『わぁ！　すごくきれいなの!!』

『こんなの初めて見た!!　凄《すご》い凄《すご》い!!』

『これは一体……』

『私も初めて見たわ。こんなものが、こんなところにあるなんて』

『ここはこの里ができた当時からある洞窟《どうくつ》。何百年も誰にも気づかれず、ずっとここに？』

喜ぶ僕たちの一方で、クラウド、アビアンナさん、ストライドが考え込んでいます。一応持って帰っていいか聞いたら、洞窟《どうくつ》で見つけたものは、見つけた人のものだから大丈夫だって。ただ、目立つといけないから、クラウドが隠して持って帰ってくれることになりました。とっても綺麗《きれい》だもんね。

こうして僕たちは、その後も色々素材を集めて、初めての洞窟《どうくつ》探索を終えました。

＊

「しょれで、ふぃりゅがかおをいれちゃら、はしゃまっちゃ！」

『えへへ、ぬけなくなったなのぉ』

『みんなで引っ張った。大変だった』

ふんっと、クルクルはちょっと怒っています。

『でもそれで、根っこが採《と》れたよね』

『でも引っ張るの大変。今度は気をつける』

アリスターがフォローしても、クルクルは怒りが収まらないようです。けれど、それも楽しくて、僕たちは笑っています。そんな僕たちをエセルバードさんは優しい笑顔で見ています。でも本当は……

僕たちはお屋敷に帰ってきても、夜のご飯の時間になっても、仕事が終わらなくて、エセルバードさんが出てきたのは、ご飯が終わって少ししてからでした。

リラックスルームに来て、どさっとソファーに座ると、天井を見上げながら、『やっと終わった。これで明日はゆっくりできる』って言いました。でもね、終わりじゃなかったんです。

終わったのならって、ストライドが部屋を出て、戻ってきたら……ストライドはドラゴンの姿に変わり、大きな箱を持っていました。そして、箱の中には大量に紙が入っていました。

『まだまだ仕事は残っていますので、明日はこちらをお願いいたします』

エセルバードさんは、一瞬無表情になり、後はずっとニコニコ笑顔です。たぶん笑うしかなかったんだと思います。というか、どれだけ仕事をサボってたのかな？　これだけ溜《た》まるって相当だよ？　その前に、ドラゴンにこんなに書類仕事があるとは思わなかったけど。

『あなたがサボるのがいけないのよ。いつもいつも溜《た》めて。言っているでしょう、アリスターに示しがつかないって。今度からはカナデたちもいるのだから、しっかりしてちょうだい！』

『……はい、アビアンナ』

それで今、僕たちの今日の洞窟《どうくつ》探索の話を聞きながら、ニコニコしているというわけです。

『皆様、準備ができましたよ』

アリアナが呼びに来て、今日は寝るにはちょっと早いけど、みんなで僕たちの部屋に行きます。ちなみに今日はアリスターも一緒です。理由はもちろん、あの持って帰ってきた石を見ながら寝るためです。

帰ってきてすぐに、持って帰ってきた素材は使用人さんに渡して、綺麗《きれい》に洗ってもらいました。

そして洗い終わった素材は、今僕たちの部屋にあります。明日みんなで分けます。

お揃《そろ》いのものもあるけど、自分が見つけたものは自分で持っていたいし、今から分けると、絶対に寝るまでに終わらないはずです。

あっ、それから、僕が洞窟《どうくつ》の穴で見つけた綺麗《きれい》な涙の形の石は、自分で洗いました。洞窟《どうくつ》の中で綺麗《きれい》に見えていても、明るい場所で見たら、土や細かいゴミがついていました。

『クリーン魔法を使おうか』とアビアンナさんが言ってくれたんですが、せっかく自分で見つけたので、自分で綺麗《きれい》にしたかったんです。

桶《おけ》に水を入れてもらって一生懸命洗ったら、さらに綺麗《きれい》な石になりました。

今回見つけた素材の中で一番綺麗《きれい》です。だからみんなと相談して、みんなの宝物にすることにしました。今はみんな共有の宝物箱にしまってあります。

あのね、アビアンナさんがそれぞれの宝物箱を用意してくれていて、帰ってきたら部屋に置いてありました。明日仕分けをしたら、それにしまうんです。もちろんアビアンナさんには、きちんとお礼を言いました。

『僕、こっちに撒《ま》くね！』

『ボクはこっち』

『フィルはあっちなの！』

「ぼくここ！」

みんなで石を撒《ま》いて、みんなでクッションに寝転んだら、エセルバードさんが灯りを消してくれます。全部灯りを消しても、この石が光ってくれるから大丈夫。灯りを消した瞬間、部屋の中が星空になりました。

「ふわわ！　きりぇい!!」

『きれいなの!!　すごいなの!!』

『お星様の中で寝てる!!』

『こんなにいっぱい！　僕も初めてだよ。頑張《がんば》って集めてよかったね!!』

本当に星空に寝ている感じです。こんなに綺麗《きれい》な中で寝られるなんて。

『いいか、綺麗《きれい》で楽しいからって、騒ぐんじゃないぞ。ちゃんと寝るんだ』

『あんまり騒いでいたら、途中で片付けてしまうわよ』

「あい！」

『はいなの!!』

『『は〜い!!』』

エセルバードさんとアビアンナさんにおやすみなさいをして、その後はずっと綺麗《きれい》な石を見ながら、今日の洞窟《どうくつ》探索について話していました。もちろん騒いだりなんてしません……うん、していません。

そして、洞窟《どうくつ》探索で疲れていた僕たちは、その夜ぐっすりと、星空の中で眠りました。

＊

『楽しんだみたいだな』

時々騒いではいたが、そのうち子供たち全員が寝たのを確かめ、私――エセルバードとアビアンナは仕事部屋に戻ってきた。机にはストライドが用意した書類が、箱に入りっぱなしのまま置いてあった。が、今はそれは置いておく。

『アビアンナ、今日の午後、連絡が来た』

『連絡？』

『エルズワース・ウィバリーからだ。この森で何か起きていないか、確認しにくると』

『あなた、カナデたちのことを？』

『いや、まだ何も伝えていない。だが、やつのところの魔法師が、この森の異常を探知したらしい。それの確認をしにくると。あれ以来会っていなかったが、それでもやつ自ら来るとは。もしかしたら、カナデたちが現れたことと、あっちの魔法師の――おそらくイレイサーだとは思うが、感じた異変は何か関係があるかもしれん』

『そう。ということは他でも、こちらを気にしているやつらがいるかもしれないわね』

アビアンナの顔が険《けわ》しくなる。

『これからはさらに気をつけなければ。カナデたちに危害を加えられないためにも』

『そうね。でも、もし何かしてくるようなら、消してしまえばいいのよ。そうでしょう？』

アビアンナはニヤリと笑った。馬鹿なことを考える輩《やから》が来なければいいが……

4．急な知らせ

洞窟《どうくつ》探索から数日して、僕とフィルはドラゴンの里にも、お屋敷にも慣れてきて、今まで以上に元気よく過ごしています。もちろんこの世界生まれで、でも里に入ったことがなかったクルクルも、もうぜんぜん平気です。

そうそう、洞窟《どうくつ》探索の次の日は、予定通り素材を分けました。自分の宝物箱にどんどん素材を入れていって、片付いたのはお昼ご飯前です。あれだけたくさん持って帰ってきたと思っていた素材は、みんなの宝物箱に入れたらそうでもありませんでした。確かに宝物箱はとっても大きくて、僕が余裕で入れるくらいなんですが……

『これからどんどん宝物は増えるでしょう？　なら、すぐにいっぱいになってしまうような宝物箱じゃダメじゃないの』

うん、アビアンナさんの言う通り、洞窟《どうくつ》探索もまだまだだし、他でも宝物が見つかるかもしれないから、大きい宝物箱の方がいいよね。

ちなみに床に撒《ま》いた石は、僕たちの部屋のバケツに入れ、残りの石をアリスターの部屋と、エセルバードさんの部屋に分けて持っていきました。

それから、昨日ついて来てくれたクラウド、ストライド、アリアナ、そしていつも色々僕たちのお世話をしてくれる、セバスチャンとマーゴにも渡します。一個ずつだったけど、なんとか他の使用人さんたちにも渡せました。

また、昨日やっと庭の見学が終わりました。庭を見学するだけでこんなに時間がかかるなんて、里全部を見終わるのはいつになるんだろう？

まあでも僕は、今までに案内してもらった場所だけでも十分です。だって、いくら遊んでも遊びきれないんだもん。それに、みんなと遊べるならどこでもいいしね。

ただ、そんな毎日楽しく遊んでいる僕たちと違って、エセルバードさんはさらに忙しくしていました。エセルバードさんだけではありません。アビアンナさんもそうだし、お屋敷全体が少しざわついている感じです。

ドラゴン騎士たちも最近は毎日毎日、どこかの部隊が訓練をしていて、アリスターが、こんなにずっと訓練しているのは初めて見たって言ってました。それに、何かあったのかな、とも。

その理由が分かったのは、さらに数日後でした。

『え？　ここに人間が来るの？　いつ⁉』

夜のご飯が終わって、リラックスルームでゴロゴロしようとしたら、エセルバードさんたちが『話がある』と真剣な表情で言いました。そしてその内容が、人間がドラゴンの里に来るということでした。

『この前手紙が届いてな、早くて十日で着くだろう』
『とう様が呼んだの？　カナデのことお話しして、それで人間が来るの？』
『いや、私はカナデたちのことは伝えていない、この森の確認に来たいらしいのだ』
『……カナデのことお話しする？　それで、カナデは人間のところに行っちゃう？　バイバイ？』

そうでした。ここで普通に暮らしていたから、しかもドラゴンに慣れたこともあって忘れていたけど、僕は人間。それに、本当はここに来る予定じゃなかったんです。

もしエセルバードさんが、これから来る人間に僕たちの話をしたら、その人間がどう言うか分からないけど、やっぱり人の住んでいる街に行かないとダメなのかな？

僕もフィルも顔を見合わせた後、とっても悲しくなって、それから抱き合いました。フィルもバイバイの意味がちゃんと分かったみたいです。

『カナデ、フィル、バイバイ⁉　だめだめ、ボクはカナデたちと一緒にいるの‼』

クルクルが慌《あわ》てて僕たちの胸の間に挟《はさ》まってきました。もちろん、僕たちだってバイバイは嫌です。でも、僕たちは何もできない小さな子供。こういうことは大人が決めるものです。

『みんな落ち着きなさい。まだカナデたちがここを出ていくと決まったわけじゃない』

エセルバードさんによると、もともと僕のことは、知り合いの人間に知らせるつもりでいました。その知り合いが、今里に来ようとしている人です。

ここで僕は普通に生活しているけど、やっぱり生活もドラゴンと人間では違うところがあるとのこと。

ただ、僕たちが暮らす場所については、相談して決めるつもりだったようです。これから来る人は、人間の中で一番信用していて、僕たちのことを話しても問題ないと思っているんだとか。

まずは僕たちの話をして、それから実際に僕たちと会わせて、数日みんなでここで生活してもらい、その後、僕たちの意見を聞いて、どちらで暮らすか決めるつもりだったそうです。

もし僕たちがこのままドラゴンの里で暮らしたければ、エセルバードさんのお屋敷で暮らし、やっぱり人間の方がいいなら、そのままこれから来る人についていく形に。

これから来る人も、エセルバードさんみたいに、とっても偉い人らしいです。それから、とっても優しくて、僕たちが人間の街で暮らしたいって言えば、絶対に自分の家に招き入れてくれるって。

そうだったんだ。そんなことまで考えてくれていたんだ。ありがとうエセルバードさん、アビアンナさん。それにしても、エセルバードさんがそこまで言う人って、本当に優しくていい人なんだろうな。でも僕は……フィルだって。

「ぼく……」

『フィル、よくわかんないなの。でもバイバイはやなの』

『いっぱい考えていいんだ。それに、このまま私の屋敷で暮らしてもいいのだから。私も家族が増えて、とても嬉しいんだぞ』

『私もそうよ。だから、ずっとここにいてくれていいの。でも、少しだけ、考えることも大切なの。小さいあなたたちには難しいことだけれど、どうしても必要なことなのよ』

『僕はカナデたちと一緒にいたい！』

『アリスター、カナデたちの気持ちが大切なんだ。カナデたちの最善を考えなければ』

『うん……』

話が終わって、今日はそのまま寝ることにしました。いつもは廊下《ろうか》をみんなで楽しくお話ししながら進んで、最後は元気よくおやすみなさいをしてから部屋に入るんだけど、今日は……

僕たちがお屋敷を出ていくかもしれないって話を聞いたら……ね。僕たちはもちろん、せっかくお友達になったアリスターやクルクルだって、色々考えるよね……

『カナデ、フィル、クルクル、おやすみなさい。考えることいっぱいだけど、でも、明日もいっぱい遊ぼうね！』

「うん！」

『アリスター、おやすみなさいなの！』

『明日もいっぱい……』

そして、今日は何もしないでベッドに入りました。この前のキラキラの石の星空の中で寝たときと、部屋の雰囲気《ふんいき》がぜんぜん違います。最初に話しはじめたのはフィルでした。

『カナデ、もしかしたらアリスターとバイバイ？　クルクルともバイバイなの？』

「うん。もちかちたらばいばい」

『ボク、みんなといっしょにいたいなの。でも……みんなとバイバイしても、カナデはかぞくだから、いっしょだよねなの』

僕はもちろんだよって、ベッドから起き上がってフィルを抱きしめました。だって、僕たちは家族です。離れることなんて絶対にありません。

そんな僕たちを、クルクルはじっと見ています。そしてボソッと『一匹』と言いました。一匹？どうしたのって聞いたら――

『ボクは一匹。今はアリスターとカナデとフィルとお友達。でも、もしかしたら、もうすぐまた一匹になるかも』

とっても寂《さび》しそうな顔をして、小さな声で言います。

今までクルクルは一匹でした。でも、僕たちやアリスターとお友達になれて、それに僕たちと一緒に暮らせるようになって、とっても毎日が楽しくなったのに、もし僕たちがここからいなくなったら？

僕たちが出ていけば、僕たちの部屋はなくなって、きっとアリスターは自分の部屋においでって言ってくれます。それで、今度は二匹での生活が始まります。寂《さび》しいけど、アリスターがいれば大丈夫です。でも……

『カナデとフィルは家族、ずっと一緒、離れない。アリスターも家族いる、仲良し家族。だからいつも一緒。カナデがいなくなるときは、フィルも一緒にいなくなる。たぶんアリスターたちはここからいなくならない。でも何かがあって、ここからいなくなっちゃうかも。そうしたらボク……家族じゃないから、アリスターたちと一緒に、行かせてもらえない』

僕たちは遠くに行って、会えなくなっても、ずっと友達だと思ってるよ。きっとそれは、クルクルもアリスターもそうだと思います。ただ、家族として考えたら？　僕はさようならをしても、フィルが一緒にいてくれるから、寂《さび》しくても大丈夫です。

クルクルも今はアリスターたちがいてくれるから、最初は寂《さび》しくても、大丈夫なはずです。でも、クルクルが言った通り、何かがあって、エセルバードさんたちがここからいなくなったら。エセルバードさんたちは優しいから、クルクルを置いていくなんてことはないだろうけど、クルクルは確かに家族ではありません。

『ボク、一匹は嫌だなあ。みんなと一緒にいたい。どうしてボクには家族がいないのかな？』

そう言って、クルクルが泣きはじめました。すぐに僕はクルクルを抱きしめます。フィルもクルクルの頬《ほお》のあたりを、そっとすりすりします。

そうだった。その話をしようと思っていたんです。なんで早く話さなかったんだろう。話しておけば、ここで泣くことはなかったかもしれないのに。

「くりゅくりゅ、おはなちありゅ。ふぃりゅもおはなち。えちょ、くりゅくりゅ、ぼくたちと、かじょくにゃりゅ？」

『……え？』

『ふわ!?　クルクル、ボクたちのかぞくなるなの！　フィル、うれしいなの！』

わわ、待ってフィル、まだ話をしているだけだからね。フィルはベッドから降りて、しっぽをブンブン振りながら、ベッドの周りをぐるぐる回ります。まあ、フィルはそうしてて……

「あにょね、ぼくとふぃりゅ、こにょまえ、かじょくにゃっちゃ。しょれまでくりゅくりゅと、いちょ。ひとりだった」

『カナデたちも一匹？』

「しょう。だかりゃ、ひちょり、しゃみちいわかりゅ」

『……』

「しょれでね」

もし僕たちと家族になったら、今度ここに来る人たちとの話次第では、ここから出て行くことになります。でも家族だから、アリスターとは離れることになっても、僕たちが離れることはありません。

そしてもし、また別の場所に行くことになっても、僕たちは絶対に離れることがないんです。そうなれば、クルクルが一匹になることは絶対ありません。僕たちだって、大切な家族のクルクルを一匹だけ残して、どこかに行ったりなんて絶対にしないよ。

僕は一生懸命クルクルに話しました。僕だってもしフィルがいなかったら？　一人は嫌だもんね、寂《さび》しいもんね。

クルクルは、僕の話を聞いて、泣きながらも色々考えているみたいです。友達、家族、一匹にならない、なんて色々と呟《つぶや》いています。家族になるって、とっても大事なことです、そして、これはやっぱり誰かが決めるんじゃなくて、クルクルが決めないといけません。

もちろん、それは僕たちにも言えます。クルクルが家族になるのは問題ありません。そのことではなく、これから会う人について行くかです。まあ、話し合いでどうなるか、しっかりと決めたいと思います。

抱きしめていたクルクルが僕の手のひらに乗ってきたのは、少し経ってからでした。

『ボクね、いつもいいなあって思ってた』

クルクルはアリスターたちを初めて見た日から、アリスターたちがクルクルの住んでいた場所の近くに来るたび、その様子を見ていました。

それはどんな日でも、晴れの日も、雨の日も、暑い日も、寒い日も、ぜんぶ隠れて様子を見ていたんです。

そして、アリスターたちを見ながら。家族について考えていたそうです。

元々クルクルは家族も友達も、どちらも今まで関係なく生きてきました。周りの魔獣たちを見て、少しは気になっていたけど、でもそこまで必要だとは思っていなかったそうです。

ただ、アリスターたちに出会ってからは——友達と楽しそうに遊ぶアリスター、家族で楽しそうに、幸せそうに過ごすアリスターたちを見て、友達と家族は、そんなにいいものなのかなって考えはじめたんだとか。そしてそれはクルクルにとって、一番気になることに変わっていきます。

そんな中、いつも楽しく幸せそうなアリスターやエセルバードさんたちが、その日は何があったか分からないけど、今までで一番幸せそうに笑っていたそうです。それを見た瞬間、クルクルは孤独を感じてしまいました。

それからは、生まれたときから一緒にいるのが家族で、でもそれは自分には無理だから、友達なら作れるんじゃないかって思いはじめます。そしてついにこの前、クルクルは僕たちと友達になったんです。

『家族って、途中からでもなれるの？　友達はいつでも友達になれる。今まで見てきたから分かる。でも家族は？』

家族だって、いつでもなれるよ。僕とフィルだって、生まれたときから一緒じゃなかったけど、こうして出会って家族になれたんだから。それに、そんなに気にしなくていいんだよ。自分たちが家族って思えば、もうそれは家族なんだから。誰にも文句は言わせないよ。

僕は一生懸命クルクルに伝えます。クルクルも真剣に聞いてくれています。いつのまにか、クルクルの涙は止まっていました。

『ボク、誰ともバイバイしたくない。でも友達のままだと、みんなバイバイになるかも。もしカナデとフィルと家族になったら、アリスターとバイバイになるかも。色々バイバイになるかも』

「うん」

『でも、カナデたちと家族なら、カナデたちとは絶対にバイバイしない？　ずっと一緒にいる？』

「じぇったい、いちょ！　バイバイなゃい！」

『わわ!?　かぞくはバイバイしないなの！　ぜったいにいつもいっしょなの！』

バイバイの話を聞いて、今まで走り回っていたフィルが戻ってきました。

『絶対？』

「じぇったい！」

『ずっといっしょなの！』

し～んと静まり返る部屋の中。そして――

『ボク、もう一人になりたくない。カナデとフィルと家族になりたい。なりたい……ピュロロロロ』

ああ、またクルクルが丸まって泣き出してしまいました。僕はクルクルを抱きしめて、フィルも僕たちに抱きついてきます。

泣かないで、僕たちはきっといい家族になれるよ。そして、どんな家族よりも幸せに暮らすんだ。絶対にバイバイになんかならない、ずっと一緒にいるんだから。だから泣かないで。

「ぼく、ふぃりゅ、くりゅくりゅ、かじょく。みんにゃ、かじょく!!」

『かぞくなの!!　いつからかぞくなの？』

「ふぃりゅ、もうかじょく」

『そか！　クルクルかぞく、うれしいねえなの！』

『ピロロロロロ～!!』

僕たちは今日家族になりました。一人と二匹、ちびっ子だけの家族だけど、誰にも文句は言わせません。

さて、クルクルが泣きやむのを待って、次は家族って、どうやって証明すればいいか考えます。

例えばこれから来る人に、いくら僕たちが自分たちで家族って言っても、じゃあ何か証明するものは、と言われてしまったら？

僕とフィルはどうだっけ？　確かフィルは、僕の契約魔獣ってステータスに表示されて、それでエセルバードさんたちは家族だと分かってくれました。契約魔獣になってもらえれば、証明になるかな？　でもどうやって？

「けいやくまじゅ、どやりゅ？」

『ボクわかんないなの』

『ボクも分かんない』

う〜ん、小説とかアニメだと、魔法や魔法陣を使っていました。ただ、何もしなくてもフィルは契約してたので、とりあえずステータスを見てみようと思います。

「すちぇーちゃしゅおぷん!!」

シュッと僕の前にステータスボードが出ます。それを見て、クルクルはビックリしています。そうか、クルクルは見るのが初めてなのか。僕はステータスボードについて説明しました。

『これ見れば、色々分かる？』

「うん！　でも、かみしゃま、いりょいりょだめ。みれにゃいのいぱい」

『ボクのも。ダメダメかみさまなの！　それでねなの……』

神様のダメダメ具合を、全部話したフィル。それを聞いたクルクルは、うんうん頷《うなず》いてます。

『神様知らない。でもダメダメなんだね』

『うん、だからボクたち、ダメダメかみさまっていってるなの』

『そっか。ダメダメ神様か』

そして、二匹だとアリスターみたいに肩は組めないから、フィルの頭の上にクルクルが乗ります。フィルはあの、一匹のときにやる、左右の片手片足を上げるポーズ。クルクルも片足と片羽を上げるポーズです。ポーズが決まったら、二匹でダメダメ神様って歌いはじめました。

まあ、いいや。フィルたちが歌っている間に、僕はステータスボードを確認しよう。前に見たときから変わってるかな？　パッと見た感じ、相変わらず分からない文字と記号ばっかりです。僕は上から順に、ステータスボードを見ていきました。

名前とか歳とか、その辺は変わるわけありません。変わるとしたら、どんな魔法が使えるかとか、魔力がどれくらいかとかかな？　でも、神様が間違えたステータスボードです。どこも変わっていないかも……

ちょっとドキドキしながら、ステータスボードを見ていきます。そして、やっぱり何も分からないまま、少し下の方を見ると――

あっ!!　何か書いてある！　今まではなかったやつだ!!

そう、新たに表示されているところがありました。

能力って表示があって、今までは分からない文字、記号だったのに、今は『全属性』とあります。しかも、ただの全属性じゃなくて、『初級全属性』と表示されていました。

ということは、そのうち強い魔法が使えるようになったら、中級とか、上級とかが増えるのかな？

また、『羽魔法』という表示も気になりました。羽魔法？　それって、僕とフィルの背中に出せた羽のことだよね？　あれ『羽魔法』っていうの？　初めて聞きました。

何冊か魔法の出てくる小説を読んだことがあるけど、羽魔法なんてなかった気がします。まあ、あれは本の中だし、この世界には羽魔法というものがあるのかもしれません。後でエセルバードさんに聞いてみようかな？

その後もしっかりステータスボードを見たものの、結局変わっていたのは能力のところだけでした。あ〜あ、他にも何か分かるようになったかなって、ちょっと楽しみにしてたのに。それに、クルクルとの契約のことが少しでも分かればと思ったのに……

う〜ん、やっぱり何か魔法か魔法陣がいるかな？　考えはじめるとステータスボードが消えて、目の前には、相変わらずダメダメ神様と、ポーズをとって歌っているフィルとクルクルの姿がありました。ねえ、そろそろ一緒に考えない？

フィルたちに声をかけると、二匹はハッとして、僕の前に戻ってきました。

「にぇ、ぼくとふぃりゅ、いちゅけいやく？」

『わかんないなの。でもステータスみたとき、けいやくしてたなの。だからかぞくだったなの』

うん、そうなんだけどね。フィルとの契約はこの世界に来てから？　それとも、神様にフィルと一緒にいるって言ったとき？　なら、もしかしたら神様が契約してくれた？

『契約、クルクルも分かんない。契約するって言えば、家族になる？』

どうかな？　言葉ではなれるけど、ステータスボードはそれで変わるかな？

それからも色々考えたけど、結論は出ません。さすがにもう夜も遅いから、とりあえず契約するって言ってみてから、ステータスボードを確認して寝ることに決まりました。

「くりゅくりゅ、けいやく、い？」

『うん！　クルクル、カナデと契約する！　家族になる!!』

クルクルがそう言った瞬間、光りはじめて、僕も光りはじめます。みんなビックリして、あわあわしてしまいました。でもすぐに光は消えます。

すると、ドアの方がバタバタして、『失礼します』と、クラウドが入ってきました。それから他の騎士さんも遅れて入ってきます。なんだろうと思っていたら、クラウドは僕たちの体を隅から隅まで調べました。

『カナデ様、フィル、クルクル、怪我《けが》は？　苦しいところは!?』

もうね、何がなんだか。そんな訳の分からない状況の中、今度はエセルバードさんとアビアンナさんが飛んで部屋に入ってきて、クラウドと同じことを聞いてきました。それからエセルバードさんは、騎士たちにお屋敷の中と外を確認するように指示を出します。

『カナデ、フィルもクルクルも、本当に大丈夫なのね。怪我《けが》も苦しいところもないのね』

「あい」

『だいじょぶなの』

『元気』

『はあ、ならいいのよ。それにしても……みんな今、ここに誰か来たかしら？』

誰か？　僕たち以外いなかったよね？

『そう』

アビアンナさんがエセルバードさんの方を見ます。エセルバードさんはクラウドと一緒に部屋の中を見て回り、ちょうど僕たちのそばに戻ってきたところでした。

『カナデ、みんなも、どうしてこんな時間に起きていたんだ？　クラウドが部屋に入ったとき、全員ベッドに座っていたらしいが』

僕たちは今までのことを話しました。別に隠すことでもありません。

「しょれで、みんにゃかじょくにゃる、きめまちた！」

『うん、ボクたちかぞくなの！』

『もう絶対に離れない！』

『そうか、みんなしっかり話をしたんだな。我々も、もっと時間をとって話すべきだったな』

『でも、みんな偉いわね、ちゃんとみんなでお話しして決められて』

褒《ほ》めてもらえて、みんなでニコニコしてしまいます。あっ！　今エセルバードさんたちがいるので、僕は契約について聞いてみました。だって、早く契約したかったんです。

クルクルも同じだったみたいで、エセルバードさんの頭に乗って、足で頭をパシパシしながら、『方法？』と聞いています。

『契約か。そうだな。カナデとフィルは、私たちがステータスを見たときには、すでに契約していたからな。カナデは契約の方法を知らないんだな？』

「ぼく、けいやくちらない。でもけいやくちてた」

『ならば、カナデとフィルの契約は、神がここへカナデたちを送る前に成立させた可能性が高いな』

『契約には特別な魔法陣が必要なのよ』

あっ、やっぱり。じゃあ、その魔法陣が描ければ……

『ただ、魔法陣は契約する者自身が、描かないといけないんだ。魔力を流しながらな。今のカナデでは……』

え？　僕が描かないとダメなの？　今の僕に描ける？　しかも魔力を魔法陣に流すって？

『カナデ、むずかしいなの？』

「うん……むじゅかち」

『さっきみたいに〝契約する〟って言うだけならよかったのに』

クルクルの言葉に、エセルバードさんたちの動きが止まりました。

『あ〜、クルクル、今なんと言った？』

『うえ？「さっきみたいに〝契約する〟って言うだけならよかったのに」って言った』

『今さっきか？　そう言っていたのか？』

僕たちは今さっきのことを話します。エセルバードさんたちには家族の話をしたけど、この話はしていませんでした。

『……アビアンナ、どう思う？』

『きっと今、あなたが考えていることを、私も考えているわ』

『だよなあ、そうだろうなあ』

何々？　どうしたの？　クラウドもいつもの無表情ですが、気になったみたいで、エセルバードさんにどうしたのか聞きました。何かあるなら、調べてきますが、とも。でも、エセルバードさんは首を横に振りました。

『いや、大丈夫だ。というか、お前も確認するべきだろうな。カナデのステータスを、そしてここで何が起こったかを』

エセルバードさんに言われて、僕はステータスボードを出します。出しながら、能力のところだけが変わったと言いました。

『そうか！　能力が表示されたか。よかったな、カナデ』

「うん！　ダメダメかみしゃま、ちょっちょ、なおちてくれたにょかも。しょりぇかりゃ、はねまほ、あった」

『羽魔法？』

不思議な顔をしながら、出したステータスボードを見るエセルバードさんたち。クラウドは一瞬驚いた顔をしたけど、すぐにいつも通りに。そしてエセルバードさんは『あ～あ』って顔をして、アビアンナさんはニコニコと僕の頭を撫《な》でてくれました。

『よかったわね。しっかりと表示がされているわ。そのうちできることが増えたら、また能力が増えるはずよ。羽魔法もよかったわね』

「ふへへへへ」

『あ~、まあ、そうだな。羽魔法よかったな。それとカナデ、フィル、クルクル、心配しなくても、もうしっかりと家族になれているようだぞ』

エセルバードさんは僕に、フィルと契約しているという表示の隣を見てみろ、と言いました。

さっき見たよ？　それで、何も変わってなかったのを確認しているんだけど……

でも今確認すると、数分前にはなかった、『クルクルの契約者』って表示がありました。

あれ？　いつ契約したの？　だって、魔法陣がないと契約できないはずなのに。

どうしてどうして、と考えていたら、クルクルが来て、どうしたのって尋《たず》ねられました。大変だよクルクル、僕たちは契約できたんだ。家族になってたんだよ。慌《あわ》てて説明します。クルクルは僕と同じくビックリして、文字が読めないのに、僕のステータスボードを見ました。

『家族、家族になった⁉』

「うん‼」

『フィル、家族になった！』

『ふわぁ、よかったなのぉ‼』

『待て待て騒ぐな！　どうするかな……時間は遅いが、カナデたちに話を聞いた方がいいか』

『そうね、なるべく早く聞いた方がいいと思うわ、エセルバード。カナデ、みんなも、もう少し起きていられるかしら。もう少し詳しく話を聞きたいの』

大丈夫だよ、アビアンナさん。フィルは危ないけど、僕とクルクルはたぶん大丈夫です。その後は、僕たちがお話ししていたときのこと、契約してってやっていたときのことを再現しました。

もちろん、契約してって僕が言って、それにクルクルが答えたとき、僕たちを光が包んだことも話しました。

最後まで話し終えると、エセルバードさんは『あちゃあ！』って顔をして、アビアンナさんは苦笑い、そしてクラウドはいつもよりも目をぱちぱちさせています。

『カナデは魔法陣を使わずに契約ができるようだ。見ていないから、絶対にとは言えないが』

魔法陣で契約するときは、魔法陣ができ上がった後に、契約したい者同士——例えば僕が他の魔獣と契約したいとします。そのときは、僕と契約したい魔獣が同じ魔法陣に入り、僕が契約してくださいと言って、相手の魔獣がそれに対して返事をします。そうすると、魔法陣に練り込んだ魔力が、契約の魔法を発動させるんだそうです。

そのときに光るらしいんだけど、それがさっきの僕たちを包んだ光と似ているんだとか。

「でも、けいやく、いっちゃだけ」

『魔法陣ない』

『あ～、だからな。カナデは魔法陣がなくとも、契約ができるようなんだ。いや、そう決まったわけではないが』

「けいやくできちゃ……」

『けいやくできた』

『契約できたなの』

みんなで顔を見合わせます。それからもう一回だけエセルバードさんに『ちゃんと契約できた？』と確認した僕たちは……みんなで『やった！　嬉しい』のポーズをして、その辺を走り、飛び回りました。

「やっちゃ！　けいやくできちゃ!!」

『できたなの!!』

『家族、しっかりなれた!!　ピロロロロロロロッ!!』

どうして魔法陣なしで契約できたのか。僕たちがただ契約って口に出しただけで、本当に僕が契約の魔法を使ったかは分かりません。でも、とりあえず契約できたんだからいいよね！

そして数分後、再び確認したステータスボードには、能力のところに『契約魔法』という表示が増えていました。

＊

『カナデ、フィル、クルクル、遅くなってしまったが、ゆっくり寝るんだぞ。朝もいつも通りに起きずに、ゆっくり寝ていていいんだからな』

「あい！　おやしゅみなちゃい！」

『おやすみなさいなの！』

『おやすみなさい！　家族、家族、ふへへへへ。ピロロロロ！』

ニコニコのままベッドに入ったカナデたちが寝たのを確認すると、私――エセルバードたちはリラックスルームへと向かった。

カナデたちと話をしている間に、騎士たちの屋敷の中と外の確認が終わり、彼らは通常の仕事に戻らせる。もちろん何も異常はなかった。

セバスチャンにワインを用意してもらい、それを一気に飲み干すと、大きくため息をつく。そんな私にアビアンナが『飲みすぎないでよ』と。一応気をつけるが、これが飲まずにいられるか。カナデがまたやらかしたんだぞ。

まあ、周りに何か被害が出るようなやらかしではなかったが……

『はあ、まさか言葉にするだけで、契約をしてしまうとは。これは問題だぞ。お前だって分かっているだろう』

『それはもちろん。これについてはなるべく早く、カナデに注意をした方がいいわね。でも今はとりあえず、家族になれたことの喜びを味わってほしいわ』

『それは、まあ』

言葉にしただけで契約ができる。これがどれだけ問題か。

相手の同意がないと契約できないのであれば問題はない。しかし、相手の意思を無視して契約できる場合――通常の魔法陣での契約は、条件はあるもののこれが可能なのだ。契約した魔獣は契約主に危害を加えることができない。だがカナデ以外に対しては？

カナデに限ってそんなことはないと思うが、カナデがもし凶悪な魔獣と契約して、里を襲え、街を襲えと命令を出せば、魔獣はそれに従いドラゴン、人、獣人、エルフなどを襲い、様々なものを破壊するだろう。

カナデが命令したくなかったとしても、誰かがカナデを使って、それをやらせたら？　例えばあの里には盗賊《とうぞく》がいるから、攻撃してくれと。そんな事実はないのに、カナデを使って里を滅ぼすことだってできるのだ。その後カナデが真実を知れば、苦しむことになるだろう。

苦しむのはカナデばかりではない。同意なしに契約させられた魔獣たちもまた同じだ。

『カナデの契約の力がどれほどのものか。まさか試すわけにもいかんし、だからといって、カナデの魔力量が分かったわけでもないしな。さて、どうやって調べるか』

『そうなのよね。ステータスボードは相変わらず、魔力量は表示されていなかったものね。能力は少し見られるようになっていたけれど』

そう、魔力量も問題だ。

無理やり契約をする場合は、相手よりも魔力量が多くなければいけない。そのため通常は、そこまで強い魔獣と無理矢理契約をすることができない。

だがカナデは？　絶対に魔力量は多いだろう。つまり、カナデならどんな魔獣とも契約できてしまう可能性がある。

『はあ、なぜ神は、カナデの魔力量を隠しているんだ。それに、カナデが隠蔽《いんぺい》の魔法を使えるようになるまでは私たちが隠せばいいが、羽魔法など聞いたこともない。これも問題だ。おそらくこの世界初の魔法だろう……考えることが一気に増えたな』

契約魔法だけでも問題なのに、羽魔法など、なぜこんなときに？　いや、魔法で羽を出したとき、一体どんな魔法で何属性だ、とは考えていた。だが、すべての属性が羽として現れた。じゃあ大元はなんだと考えていたら、まさかの新しい魔法だった。

カナデは、練習すれば色々と動きやすくなる、フィルにも乗りやすくなると、とても喜んでいたからな。羽を出すのをやめろとは言えない。だが人前であれを使えば、周りがどんな反応をすることか。

そしてそれが他の地域にも広がれば……カナデの存在に気づき、カナデを手にしようとする輩《やから》が現れかねない。

今は練習でも屋敷の敷地外には出ないが、もし飛んで動けるようになっても、なるべく敷地内だけで使ってもらうか？　いや、しばらくは屋敷の中だけの方がいいかもしれない。カナデは嫌がるだろうが、これもカナデを守るために必要なことだ。カナデが自分で自分を守れるほど力を身につければいいが。それまでは……

ただ、私たちがいくらカナデを守っても、もう少し外の力も必要だ。人間の方はやつに任せよう。やつなら信用できるし、王族との関係も深いからな。

まだ王族に伝える段階ではないが、私たちとやつがカナデたちの後《うし》ろ盾《だて》になれば、ちょっとやそっとでは、手を出せなくなるはずだ。

それには、カナデのことをしっかりとやつに伝える必要がある。いつまでも避けているわけにもいかないし、そもそもやつがもうすぐここへ来るからな。そのときにカナデの話をするつもりだ……と、その前に、どうやつと会うべきか。

喧嘩《けんか》別れをして一年とちょっと。どうにも顔を合わせづらい。

『あなた、どうやって顔を合わせようか、考えているんでしょう。今回は、カナデたちのことがあるのだからね。さっさと仲直りをして、しっかりカナデたちの話をしなさい。大体、あんなくだらないことで喧嘩《けんか》したのだから、いい加減お互い謝ればいいものを……』

『くだらなくは……』

『くだらないわよ。ローズマリーもそう思っているわよ。この前の手紙で、いい加減にしてほしいわと書いてあったもの』

『なんだ、手紙のやり取りをしているのか』

『当たり前でしょう。私たちは親友なのよ。なのに、あなたたちが揉《も》めるから、これ以上面倒になると嫌ねって、お互い行き来するのを控えていただけよ。まったく、迷惑だわ』

『す、すまん』

『だから今回きちんと仲直りをして、これ以上私たちに迷惑をかけないでちょうだい。そして、ちゃんとカナデたちのことを話し合うのよ』

『分かっている』

アビアンナが、絶対よと念を押してきた。分かっている。分かっているぞ。

その後カナデの対応をどうするか少し話し、寝ることにした。はあ、やつが来るまであと少し。

カナデに注意をしながら、これからのことを考える。やることはいっぱいだ……

5．注意といつも通りの毎日へ

次の日、ゆっくり起きた僕——カナデたちは、いつもよりも遅いご飯を食べて、昨日のことをアリスターに伝えました。大切なことは、ちゃんとアリスターにも報告しないとね。そうしたら、アリスターもとっても喜んでくれました。

『クルクルやった。これでみんな一緒、誰かの家族だね‼　もしかしてバイバイになるかもしれないけど、そうしたら僕が人間の街に行ってもいいし。クルクルが一匹にならないなら、僕はそれでいいよ‼』

クルクルはそれを聞いて、また大喜びです。家族、家族って、連呼していました。本当に嬉しかったんだね、きちんと家族になれてよかったです。自分で契約の魔法を使った覚えはなかったけど、しっかりステータスボードには、規約魔獣と表示されています。

あと、そのことについてはエセルバードさんたちから注意がありました。今回の魔獣契約は僕的には嬉しいことだったんだけど、他の魔獣さんにとっては危ないことだったそうです。

嫌がる相手を、僕が契約魔獣にしてしまったら、その魔獣に苦しみを与えることになります。

そうならないためにも、契約って言葉は、簡単に言わない方がいいって言われました。確かに、僕だって嫌いな相手に勝手に契約させられたら、ずっと嫌な、最悪な気持ちで過ごすことになると思います。地球で暮らしていたときみたいに。

そんなの他の魔獣に味わわせたくありません。みんな幸せな気持ちで暮らさないと。うんうん、そうならないためにも、簡単に契約してなんて言わないようにしよう。この契約の件については、エセルバードさんたちが調べてくれることになりました。

それから、ここに残るか残らないかも、これから来る人に会ってからしっかり決めていいという話でした。まあこの前の話のときにも、そう言われていたけれど。でも、クルクルと家族になったことで、不安よりも自信が持てたような気がします。

今度そのときが来たら、三人でしっかり考えて、これからのことを決めます。まずはその人のことをよく知らないといけません。

それに、さっきアリスターが言ってたように、僕たちがバイバイしても、街に遊びに来てもらえばいいし。今度来る人はこのドラゴンの森に一番近い人間の街に住んでいて、エセルバードさんたちに連れてきてもらえば、すぐなんだとか。

ちなみに、人間がドラゴンの森に入って、この里に着くまでには二十日くらいかかると聞いたけど、それは信用できる人にだけ教える特別な道を通ったときなんだって。今回来る人はこの道を使っているの。

もし普通に森の中を進めば、一ヶ月はかかってしまうそうです。それだけ、このドラゴンの森は大きいってことです。そりゃあ、これだけ大きな建物ばっかりで、農地や魔獣牧場に、公園遊園地、洞窟《どうくつ》まであればね……

しかも大きな里が一つに、普通の里があと二つもあるんだから。それくらいの大きな森なんです。今度、どのくらい大きいのか見に森の出口まで行ってみたいです。

と、こんな風に、午前中は色々お話をして過ごしました。全部大切なお話です。僕もしっかり約束を守らないといけません。

午後は、最近遊んでばかりだったので、少しだけ魔法の練習をすることにしました。アリスターも飛ぶ練習してなかったからね。みんなで色々練習です。

まずは魔力を溜《た》める練習からです。久しぶりだからできるかちょっと心配だったけど、問題なくできました。

あ、そうそう。練習するメンバーが一匹増えました。クルクルです。クルクルも僕たちを見ていて、自分で魔法がやりたくなったそうです。

この世界の生き物は、みんな魔力を持って生まれてくるから、クルクルにも魔力はあります。でも、クルクルは今まで魔力がどういうものか知らなかったので、僕たちと同じ練習をすることになったんです。

練習をする上で、属性判定をしました。クルクルの属性は……エセルバードさんたちが首を傾《かし》げて、僕たちは大喜びだったんだけど、闇魔法以外の属性が使えることが判明しました。

しかも、闇属性がまったくないってわけではなく、薄く薄く反応していました。

ちなみに最後は、僕たちみたいにピカピカ、キラキラの虹色じゃなかったものの、薄い虹色に光りました。

半分は強い虹色の光で、半分が薄い虹色の光です。だから、エセルバードさんたちは驚いたり、首を傾《かし》げたりしていました。

濃い光は濃い光だけ、薄い光は薄い光だけ。それが一緒に出たから、どうしたらいいか分からないと言っていました。もしかしたら、練習しているうちに、完全な虹色になるかもしれないみたいです。とりあえず、クルクルもほぼ全属性が使えるからＯＫです。

『ボクも練習頑張《がんば》る！　それからカナデと一緒に飛ぶの頑張《がんば》る!!』

『うん！　ぼくも、がんばりゅ!!』


『――うん、カナデとフィルは、魔力を溜《た》めるのは完璧だ。頑張《がんば》ったね。でも練習を始めてまだ少しだから。もう少しこのまま魔力を溜《た》める練習をしようね。もちろん、その後に羽の練習もしていいからね』

僕たちはグッドフォローさんに褒《ほ》められてニコニコです。魔力を溜《た》める練習が上手くいったから、一旦休憩《きゅうけい》して、クルクルの応援をすることにします。クルクルは今ストライドと、魔力を感じる練習の最中です。まずは魔力がどういうものか、しっかり感じないと。溜《た》めるのはそれからです。

『いいですか？　先ほど感じた温かいものが魔力です。もう一度私の魔力と混ぜて溜《た》めますから、しっかりと魔力を感じてくださいね』

『うん！』

僕たちは邪魔にならないように静かに応援します。ただフィルは、大きな声は出していなかったけど、クルクルの前でしっぽをフリフリしたり、周りをフラフラしたりしたものだから、クルクルにうるさいと怒鳴《どな》られました。さらに、一旦練習を中断して、フィルの鼻先をつっつきます。それから、耳を引っ張ったり、足で引っ掻《か》こうとしたり。

フィルは『ごめんなさい』と、僕のところに戻ってきました。応援してただけなのにって、しゅんとしてますが……あれじゃあ、クルクルだって怒ります。離れたここで、動かずに静かに応援しようね。

その後も、練習中のクルクルは、少しでもフィルが動くと『きらんっ！』と睨《にら》んで、その度にフィルはしゅぱっと僕の隣で、姿勢をよくします。みんな、自分のことに集中してよ……

そんなことを繰り返しながら、ついにクルクルは一匹で魔力を溜《た》めることに成功しました。こんなに早くできるなんて、クルクルも凄《すご》いって、グッドフォローさんが言いました。

クルクルの練習が一段落したから、僕たちも練習に戻ります。魔力を溜《た》める練習は終わってるから、次は羽魔法の練習です。今日こそもう少し高く飛べるといいなあ。まだ爪《つめ》の先しか飛んだことないんだもん。ささ、羽を出して……と。

僕は鏡の前に行きます。背中だから鏡がないとわかりません。フィルは振り返れば、なんとか見えるみたい。ただ見る度に、その場でぐるぐる回ってしまいます。その動きが面白かったです。

羽はすぐに出すことができました。大きさは変わらないけれど、以前より凄《すご》い早く出せるようになりました。

さあ、次は羽を動かします。高く飛ぶには、どんなことが必要なんだろう。もっと羽を速く動かす？　それとも、もっと大きな羽？　クルクルは体に比べて羽が大きいです。僕の体に、僕の手のひらサイズの羽だと、やっぱり小さいのかな？

羽をたくさんパタパタさせます。フィルが僕の足の下に手を入れて、いつもと同じ高さだって報告してくれます。それを聞いて、僕はもっと羽をパタパタさせます。でも、結局高く飛ぶことはできません。やっぱり羽の大きさなのかな？

最初に羽を出したときは、羽が生えたらいいのにって考えました。なら、大きくなれって考えたら、大きくなる？　よし、やってみよう。何事も試してみないとね。羽、大きくなあれ、羽、大きくなあれ。鏡を見ます。う〜ん、ダメだ。でも諦《あきら》めずに！

僕が羽を大きくしようとしている間、フィルはフィルで羽魔法の練習です。

『ボクもとべるようになるなの？』

『きっと飛べるようになるよ。でも、フィルは羽がなくても、大きくなれば、飛ぶように走れるようになると思うけど』

グッドフォローさんが答えています。

『う〜ん、でも、カナデやクルクルと、みんなでとべたら、たのしそうなの！』

『そうだね。楽しい方がいいよね。じゃあしっかりと練習しないとね』

『うん、いっぱい練習するなの!!』

走り回ってから、むんっと気合を入れるフィル。すぐに羽を出すことができて、羽をパタパタさせます。フィルの羽は僕よりも大きくて、僕の顔と同じくらいです。でも、まだフィルは飛べていません。ただ体が持ち上がっている感覚はあるみたいで、もう少しもう少しなのって言いながら、練習していました。

羽の練習を始めて少し経った頃、たまたまそのときグッドフォローさんは、僕にアドバイスをくれていました。ストライドはクルクルの魔力を一定にする補助をしていて、クラウドは定時の連絡に行っていました。つまり、フィルのところに誰もいなかったんです。そうしたら、いきなりフィルが、

『できたなの!!』

と叫《さけ》びました。僕はてっきりフィルも飛べたんだと思って、急いでフィルを見ました、でも、フィルは飛んでいません。グッドフォローさんたちも僕と同じことを思ったみたいで、何ができたのかフィルに聞きました。そうしたら――

『ぜんぶのまほうのはね、できたなの！』

全部の羽？　よく分からないまま、フィルが羽を僕たちに見せます。そうしたら徐々にフィルの羽が変わりはじめました。土の羽から火の羽に、火の羽から水の羽に、水の羽から風の羽に、そうやって次々に変わっていき、最終的には全部の属性の羽ができました。

あれ？　フィルは飛ぶ練習していたはずでは？　まあ、いいんだけど。凄《すご》いねフィル、僕はまだ水の羽だけです。この前手伝ってもらって全部の羽を出せたけど、一人ではまだやれていません。

「ふぃりゅ、しゅごい!!」

『全部の羽、綺麗《きれい》!!』

『……なんだろうね、これ』

『旦那様に報告が増えましたね』

グッドフォローさんとストライドは変な顔をしています。

「ぼくもやりゅ！」

羽を大きくすることに疲れていた僕は、気分転換に羽を変える練習をしてみることにしました。

フィルにやり方を聞いたら、全部の魔法のことを考え、それからパッパッって変わることを考えたそうです。

やっぱり考えることが大事みたいです。僕もそうしてみます。そして……

「う～ん」

『う～んなの』

『う～ん』

『みんな、何をう～ん、う～ん、唸《うな》っているんだ？』

久しぶりに仕事が早く終わったエセルバードさんが、僕たちの様子を見に来ました。エセルバードさん、ちょっと待って。もう少しでできそうな気がするんです。こう、パッ！　パッ！　って。

『ああ、今は羽の属性を変えられるか試してるんだよ』

『属性を変える？　どういうことだ、グッドフォロー？』

『ほら、最初に羽が生えたとき、カナデは水の羽で、フィルは土の羽だっただろう？　それで、他の属性にも変えられるのかやってみたじゃないか』

『ああ、あのときか。あのときは、手分けする形で、全属性で羽ができることはわかった』

『あ〜、それをね、フィルが一匹でやったんだよ』

『は？』

グッドフォローさんがエセルバードさんに説明してくれている間も、僕は羽の属性を考えています。そんな僕を応援してか、フィルとクルクルが、一緒に唸《うな》っています。

『なんだと？　全部の属性が出せるようになったのか⁉』

『ああ。しかも一回できると、あとは簡単だったみたいで、何度もフィルは違う属性の羽を出してるよ。カナデはそれを見て、飛ぶ練習に飽《あ》きたから、気分転換に羽を変える練習をしてるところだよ』

『なんでまたそんな練習を。というか、まだ一属性でいいだろうに』

『まあ、できちゃったものは仕方がないね。ただ、後でこれも注意した方がいいよ。練習前に聞いた……羽魔法だっけ？　新しい魔法で喜んでいるだけじゃダメだよ』

『そうだな。一日に何個も注意しては可哀想《かわいそう》だと思ったが、そうも言ってられないな』

羽を変える。パッ！　パッ！　と変える。フンッ‼　僕は気合を入れ直しました。次の瞬間――

『カナデ、できたなの‼』

『変わった！　風の羽になった‼』

言われて、すぐに鏡を見ます。おおおお⁉　本当に羽が変わっています。風の羽です‼　やったあ!!　僕もフィルたちも万歳《ばんざい》です。飛ぶよりも先にこっちができるようになるとは思いませんでした。

でも喜んでいる場合ではありません。今の感覚を忘れないうちに、他の属性の羽に変わるかやってみないと！

急いで元の位置に戻り、また羽を変えることを考えます。結果、僕もフィルと同じく、全部の属性の羽を出すことに成功しました。

『あ〜だよなあ。そんな気はしていたが』

『だろうね。うん、また魔法の研究のしがいがありそうだ。メモを取らないと』

凄《すご》い凄《すご》い。これで、好きなときに好きな属性の羽が出せます。あっ、でも、他にも確認しないといけないことがありました。

僕はすぐにクルクルを呼びます。そして、腰を掴《つか》んで飛んでもらった状態で、全部の属性の羽を出してみました。そうしたところ、火の羽と氷の羽は、クルクルが掴《つか》んでくれているときはやらないことにします。僕はともかく、クルクルは火はちょっと熱くて、氷は寒いそうです。

確認してよかったです。手伝ってもらってるのに、負担はかけたくないからね。

『風のときもダメかも』

「かじぇ？」

『うん。ボクは周りの風を感じて飛ぶ。でも、カナデの羽から別の風が来る。そうすると上手く飛べない気がする』

「しょか！　かじゃもやりゃない！」

そうか、そういうのもあるんだね。やっぱり調べてよかったです。

羽の属性が変えられることが分かったら、こっちの練習は終了し、飛ぶ練習に戻りました。あっ、そうそう、僕たちはかなり羽を出しておけるようになりました。ここまで三回しか羽を新しく出していません。凄《すご》いでしょう！

でもその後の練習でも、高く飛ぶことはできませんでした。他はできるのに、なんで飛ぶのはダメなのかな？　それを考えると、だんだんテンションが落ちてきました。

『カナデ、言っただろう。カナデたちはなんでもできすぎなんだよ。だから、一つや二つできなくったって、それはおかしいことじゃないからね。練習は始まったばかりなんだし、ゆっくりゆっくり、やっていけばいいんだよ』

グッドフォローさんが僕を慰《なぐさ》めてくれます。

「うん……」

『さあ、今日は次で終わりにしよう。いっぱい練習したからね。最後はクルクルと一緒に飛んでごらん』

『カナデやる！　最後がんばる!!』

「うん!!」

最後はクルクルに手伝ってもらって、前に進めるかやってみます。羽は元の水属性です。そしてクルクルが腰を掴《つか》んでくれて、そのまま飛んでハイハイの格好《かっこう》に。

『カナデ前見る！』

「うん!!」

前を見て、羽を一生懸命パタパタさせて、十分くらい経ったときでした。グッドフォローさんが、そろそろ終わりにしようと声をかけてきました。僕は残念に思いながらも、クルクルに降りようって言ったとき――

『すすんだなの!!』

フィルが叫《さけ》びました。

『すすんだなの！　ボクのにくきゅうくらい、すすんだなの！』

フィルが一生懸命僕に肉球を見せてきます。肉球？　爪《つめ》の先だったり肉球だったり、いつも先っぽだね。それはともかく、進んだ？　肉球分だけ？　もっときちんと進んだって分かるものない!?

『あっ！　カナデ、鏡見て。後ろの棚だよ。僕たちはいつも練習のとき、絶対にその場から動かなかった。今日も最初あの棚の端《はし》っこと一緒のところにお尻《しり》あった！　でも今は本が見える！』

本当だ!!　本が見える!!　そう、僕たちは今まで飛んでも、少しも動けませんでした。多分一ミリもです。本当に上に飛んでいるだけで、他の動きがありませんでした。それは三度確認していて、飛んでるときに足の位置で床にチェックを入れて調べてるから絶対です。

びっくりして、そのことを忘れていました。

前にも後ろにも、ぴくりとも動いたことがなかったのに、今日は棚の端《はし》にあったお尻《しり》が前に進んでいて、本が見えています!!

「ふぃりゅ！　くりゅくりゅ！　しゅしゅんだ！」

『すすんだなの!!』

『やった!!　ピロロロロロッ!!』

＊

『あら、それで、ここまで進めるようになったの？』

その日、仕事で遅く帰ってきたアビアンナさんに、僕たちはピカピカ変わる羽と、飛んでの移動を見せました。

あの後、もう一回やってみたら、十五センチくらい進んだんです。今、アビアンナさんが見ている前でもそれはできていて、しっかり十五センチくらい進めました。バックはできないけどね。

『よかったわね。一生懸命練習したから進んだのよ』

「うん！　でも……たかく、ちょべにゃい」

『大丈夫よ、今日いっぱい色々なことができるようになったでしょう？　これからも練習を続けていけば、きっと高く飛べるようになるわ。それに、自由に進むこともね』

「うん!!」

『カナデ凄《すご》いね。もちろん、フィルたちもね。僕は今日ちょっと穴開けちゃったよ。足が抜けなくなっちゃって大変だった』

僕たちの練習が早く終わったから、アリスターを迎えに行ったら……そこには一生懸命、壁に埋《う》まった足を抜こうとしているアリスターがいました。どうも飛んでいて勢いがついて、そのまま壁に突っ込んじゃったみたいです。

最初は、あんまり壁の穴を大きくしないように、そっと足を引っ張っていたんだけど、それでは抜けません。だから、最後は『シュシュッ！』とセバスチャンが壁を壊して、アリスターの足を救出していました。

穴が開いた場所には今、板が打ちつけられています。明日、アリスターとセバスチャンが直すんだそうです。

『アリスターはもう少し、壁に突っ込まないように練習しないとな。でも、前よりも突っ込む回数は減ってきているから、頑張《がんば》っている証拠だな。これからも頑張《がんば》るんだぞ』

『えへへ、うん!! ありがとう、とう様！』

みんな、褒《ほ》められてよかったね。でも……僕がアリスターと初めて会ったとき、本当によく、何事もなく連れてきてもらえたものです。分厚い壁を蹴り破っちゃう勢い。うん、本当によかったです。

と、そんな話をしているときでした。ドアがノックされて、聞いたことのない元気な声がします。

『旦那様、奥様、アリスター様、ただいま戻りました！』

『ああ、帰ってきたのか。入れ！』

エセルバードさんの返事に、すぐにドアが開いてドラゴンが入ってきました。燃えるような真っ

赤なドラゴンです。やっぱり初めて会うドラゴンでした。そしてドラゴン姿で敬礼し、

『ただ今訓練より戻りました。これから護衛に戻ります!!』

と言いました。ドラゴン姿の敬礼は手が微妙に頭に届いてなくて、なんとなく面白いです……じゃなくて、護衛に戻る？

『ジェローム、お帰りなさい！』

アリスターが駆け寄っていきます。ジェローム、確かアリスターの護衛のドラゴンがそんな名前でした。それで、聞いたときは、今は訓練に行ってるということだったので……そうか、アリスターの護衛のドラゴンが、戻ってきたんだね。

『訓練はどうだった？』

『はっ！　アリスター様、とても充実した訓練になりました。訓練で討伐したコカトリスを持って帰ってきましたので、後ほどお届けします！』

『そうか、それはいい。と、カナデ、フィル、クルクル、こっちに』

エセルバードさんが、僕たちのことをジェロームに紹介してくれました。

『お初にお目にかかります。私の名前はジェローム。アリスター様の護衛をしております。よろしくお願いします！』

「よろちくおねがいちましゅ！」

『よろしくおねがいなの！』

『お願いします！』

『さて、叔父《おじ》さん、そろそろいつもの通り、戻っていいかな？』

『まあ、いいだろう。挨拶《あいさつ》はきちんとしたからな』

エセルバードさんがそう言うと、ジェロームはアリスターを抱き上げました。

『約二週間だったけど、ずいぶん楽しそうにしてるじゃないか』

『うん！　新しいお友達、いっぱいできたんだ！』

『そうか、それはよかったな。それにしても、本当に人の子がいるとは。ドラゴンの姿のままだと、蹴飛ばしちゃいそうだな』

『そうよ、ジェローム。気をつけてね』

アビアンナさんが言います。

『そばにいるときは、人の姿の方がよさそうだな』

『ええ、そうしてちょうだい』

『分かった』

急にフレンドリーになったジェロームは、人型に変身しました。クラウドと同じくらいの歳で、髪の毛が短く、背はクラウドよりちょっと大きくて、日焼けしています。

そしてアリスターを下ろすと、僕たちの方に来ます。それから、僕たち一人ずつの頭を撫《な》でたんだけど、力が強くて頭がぐいんぐいんってなりました。

『これからよろしくな！　カナデ、フィル、クルクル！』

あまりの変わり具合に、ボケッとジェロームを見る僕とフィル。頭をぐいんぐいんされすぎて、イラついたらしいクルクルは、僕の頭に乗って、ジェロームに向かって蹴りを入れています。

『カナデ、フィル、クルクルも驚いたと思うが、こっちが本当のジェロームだ。こんな調子でグイグイ来ると思うから、あんまりうるさいようならすぐに言ってくれ』

え？　それでいいの？　いや、僕たちにはそれでもいいけど、エセルバードさんたちにも同じ態度です。なんて考えていたら、ジェロームはエセルバードさんの甥《おい》なんだとか。

だから、公の場では最初僕たちに挨拶《あいさつ》したときみたいにしっかりするけど、普段はこんな感じなんだと、アリスターが教えてくれました。

『よし、じゃあ、私はジェロームの報告を聞こうか。護衛はそうだな、明日からにしよう。今日はゆっくり休め』

『分かった。じゃあ、明日からよろしくな』

そう言って、エセルバードさんとジェロームは部屋を出ていきました。うん。ギャップが凄《すご》かったし、あの勢いです。僕、大丈夫かな？

＊

『それで、何か問題は？』

『叔父《おじ》さんももう気づいていると思うけど、ワイルドウルフが数匹、こっちに向かっているのと、人間が森へ入ってきたくらいかな？』

『はあ、ワイルドウルフまで来るとは』

『なんで急に森に集まってきてるのか、叔父《おじ》さんは何か知ってる？』

『まあなあ。今からお前に話をするが、これは他言無用だ。お前だから話すんだ。アリスターの護衛にあたるということは、カナデたちのそばにもいるということだからな』

『分かった』

6．動き出す脅威

とある場所のとある組織――

「コースタスク様、ドラゴンの森に調査に出ていた者たちが戻ってきました」

「そうか、それで？　あのときから状況は変わっていないか？」

「はい。ドラゴンの森、そしてドラゴンの里には、なんの変化もございません。ですが」

「あの子供のことか？」

「はっ、どうも子供が魔法の訓練を始めたようです」

「なに？　確か子供は二歳くらいだと聞いていたが？」

「その通りでございます。ですが、最近はグッドフォローとエセルバードの秘書が、子供とおそらくフェンリルだと思われる魔獣に、魔法を教えていると」

「二歳で魔法を？　そんなことが？」

「そしてすでに、魔力を溜《た》めることまではできるようになったとのこと。また、魔力を溜《た》めること自体は、どうも一日で習得したようで、その後は魔力を一定にする練習をしていたようです」

「まさかそこまで……」

私――コースタスクが最初に子供の情報を聞いたのは、ドラゴンの森に異変が起き、その詳細とドラゴンの里の現状を部下に調査させたときだった。

はじめは「なぜドラゴンの森に人間の子供が？」と疑問に思ったが、それに加えてフェンリルの子供と思われる魔獣もともにいるとは……しかもその子供とフェンリルは、里の長《おさ》、そしてあのドラゴンの森の頂点に立つ、エセルバードが保護しているというではないか。

これは何かある。もしかしたら森の異変とも何か関係が？　そう考えた私は、すぐにまた部下をドラゴンの森へと送り、やつらの動向を探っていた。

「それで、今はどうなっている？」

「実は、魔力を一定にする訓練から、グッドフォローがあの特別な結界を張るようになり、途中からは進行具合がわからなくなったようです」

「グッドフォローか。やつの魔法はかなり上級。部下の力では、グッドフォローの結界の中まで見ることはできないか」

部下をドラゴンの森に送るとき、彼らにはあるものを持たせていた。我が組織が新たに開発した薬で、どんな相手にも気配を悟られないようにするものだ。何度かドラゴン相手に実験をし、その効果は証明されている。

その薬のおかげで、部下はドラゴンの里の中へ侵入することができたのだが、一つ問題があった。薬の効果が長く持たないのと、力のある者に近づきすぎるとバレてしまうのだ。

そう、エセルバードのドラゴン一家、そしてやつの周りにいるドラゴン騎士などには、この薬を最大限には活かすことができない。それでも、ギリギリまでやつらの近くで調査をしていたのだが。

「ですが、最初に子供が放った、あの常識では考えられない魔法、そして力のコントロールの習得の早さからして、今ではかなりのことができるようになっている可能性があります」

「そうだろうな。その子供のステータスを確認できれば、一番早いのだが」

「それは無理かと。かなりの数のドラゴンが陰から護衛し、またクラウドというドラゴンが、常にそばにいましたので」

「護衛が多いのもかなり珍しい。我々に、いや外の人間や獣人たちに気づかれないように、そこまでしてエセルバードが保護する子供たちだ。絶対にただの子供ではない。どちらにしろ、それだけの魔法を一気に放ったのだ。魔力量は相当なものだろう。やはり、彼《か》の方《かた》を復活させるために、その力を手に入れたい」

しかしそれには、エセルバードたちを相手にしなければならない。途中までやつらの里に入り込めたとしても、子供に接近する前にやつらに気づかれ戦闘になる。そうなったら、今の私たちではどうすることもできない。ドラゴンとの力の差は分かっている。

どんなに人間の中で力を持っていようとも、ドラゴンの長《おさ》には敵《かな》わないだろう。しかしもしも、やつらをどうにかできるものがあれば？

「私はあれを確かめに行く。一週間前の状態で、かなり力が溜《た》まっていたからな」

「では、もうすぐ」

「ああ。今日も贄《にえ》を与えてきた。これで明日の夕方には、しっかり力が満ちるだろう」

「まさか、本当にあれが目覚めると？」

「何かに使えればと、あれを見つけたときから、長い間少しずつ力を集めてきた。前回は私の認識不足で失敗してしまったが、今回は、あれが動き、ドラゴンたちを全滅させることができれば、あの子供を奪い、後は彼《か》の方《かた》を復活させるのみ」

「ですが、お気をつけください。あれは、ドラゴンたちだけでなく我々も、いや、世界をも滅ぼしかねないもの」

「案ずるな。やつが復活し、様々なものを消し去ろうとも、彼《か》の方《かた》が復活すれば、何も問題はない。彼《か》の方《かた》が全てを片付け、彼《か》の方《かた》の世界が始まるだろう」

「ついに我々の悲願が」

「いいか、他の者たちにはまだ何も言うな。いつも通りの行動をさせておけ」

「はっ!!」

部屋に中に一人残った私は、棚に隠してある箱を取り出す。中にはやつを復活させるために、大切な鍵となるものが入っている。そう、ドラゴンを、いやこの世界の力ある全てのものを、滅ぼすことができる、やつを復活させるためのものだ。

あれを私が最初に見つけたとき、伝説は本当だったのかと驚いた。その後資料を集め、時には命の危機に晒《さら》されながらも、ようやくやつを復活させるための〝これ〟だと分かったときの喜びといったらない。だが、すぐに復活させることはできず、ここまで時間がかかってしまった。

とはいえ、復活の準備ももうすぐ終わる。そうなれば、ドラゴンたちを全てやつに倒させ、私が突如現れた不思議な子供を手に入れ、次はいよいよ彼《か》の方《かた》を復活させる。

そうだ、もうすぐだ。ここまでどれだけ長い時間を過ごしてきたか。だがそれももうすぐ終わり、私たちの、彼《か》の方《かた》の時代がやってくるのだ。待っていろ、お前たちの平和な生活も、あと少しで終わりを迎える。

*

『カナデ、頑張《がんば》って!!』

『がんばるなの！　カナデ、がんばるなの!!』

クルクルとフィルの応援を受け、僕――カナデは気合を入れます。ほんの少しだけ飛んだ状態で前に進めてから三日。前に進めたことが嬉しくて、毎日午前中は羽魔法の練習をしています。でもお屋敷の中だけでです。

外で使うのはダメって、エセルバードさんたちに言われたからです。羽魔法は新しい魔法らしくて、他のドラゴンたちは知らないので、もし見たら驚いて、寄ってくるかもしれないそうです。

そこから、人とか獣人とか、他の種族たちにも広まったら大変です。いい人ばっかりだったらいいけど、悪い人に誘拐されるかもしれません。

だから今は、お屋敷の中だけで使うようにしなさいということでした。僕たちだって、面倒なことに巻き込まれたくありません。

それで今は、一人で高く飛ぶ練習中です。それが終わったら、クルクルと一緒に飛ぶ練習をします。

またまたそれが終わって、お昼のご飯を食べたら、お菓子《かし》を買いにお店通りに行くつもりです。今日はね、大福を買いに行きます。ドラゴンサイズと人型サイズ。ドラゴンサイズは……大きなクッションサイズなんです。乗ったらふわふわ、とっても気持ちよさそうでした。

もちろん食べ物なので、乗ったりしないけど、それくらいふわふわもちもちしてると思います。この前お店通りを歩いているときに、ベンチに座ってそれを食べているドラゴンがいたんです。それで、すごい勢いでお餅《もち》が伸びていました。お餅《もち》は柔《やわ》らかくて、早く食べないと、どんどん下に垂《た》れてきていました。

う〜ん、考えてたら早く食べたいなあ。よし、しっかり練習しなくちゃ！　頑張《がんば》ろう！

『カナデ、今僕の爪先《つまさき》だよ。もう少し頑張《がんば》って！』

「ふにょおぉぉぉ!!」

ふっと羽が消えます。またダメでした。どうしても高く飛べません。

『やっぱり、飛ぶことより、羽をもう少し大きくすることを先に練習した方がいいかもしれません。

僕たちのは、体と同じくらいの翼か、体よりも大きいかで、こんなに小さい羽は見たことないから。グッドフォロー、その方がいいのでは？』

『そうかもしれないね、ストライド。ただ、カナデは人間で僕たちとは体の構造が違うから、そうでないかもしれない……う〜ん、でもそうだね、確かに僕たちは人型のとき、体と同じくらいの羽が多いね』

そっかあ。やっぱり羽を大きくした方がいいかな？　次からはどっちも練習する？　羽を大きくしなくても飛べるようになればそれでいいし、先に羽を大きくできるようにしてもいいし。

とりあえず今日は、クルクルと練習して終わりにします。僕が羽を出すと、すぐにクルクルが腰を掴《つか》んで飛んでくれました。今日の羽は闇魔法の羽です。ブラックの羽、カッコいいんです。

ハイハイの格好《かっこう》になって、すい〜。前に進むのはもうまったく問題ありません。部屋の中だったら端《はし》から端《はし》まで飛べるようになりました。

でもまだUターンができません。行ったら行ったきり。誰かに方向を変えてもらわないとダメなんです。今もフィルとアリスターに変えてもらいました。

『だいぶ飛べるようになったね。次からは廊下《ろうか》で飛ぶ練習をしてもいいかもしれない。後はフィルに乗る練習もするだろう？』

グッドフォローさん、もちろん！　フィルに乗って階段を上り下りするのが、一人で飛ぶよりも先の目標です。みんなに抱っこして移動してもらえるのは、とってもありがたいけど、僕はフィルと移動がしたいんです。

そんなフィルは今、僕たちの前をすいすい～と飛んでいきました。しかも自由自在に。もうフィルは好きなように飛べます。しかも凄《すご》いのは、飛んでいる最中に羽の属性を変えることができるところです。パッ！　パッ！　と土から火に、火から水に、という具合に。

いいなあフィル。僕はクルクルに手伝ってもらって、やっと飛べる程度なのに。それに、羽がなくてもシュシュシュッって走れるし。僕は歩くのもよちよちです。神様、やっぱりもう少し大きくしてくれない？

なんて思いながらも、気を取り直して練習を再開します。前に進むことはできるから、僕とクルクル、その隣にフィル、そのまた隣にアリスターが並んで、みんなで揃《そろ》ってすいすいすい～と進みます。端《はし》っこまで行ったら、また方向を変えてもらって、すいすいすい～。

たまに、フィルとアリスターが僕の前を交差して飛んですいすいすい～。これは楽しい！

『ハハハッ！　これは確かに凄《すご》いな！』

『ジェロームはカナデに会って二日だからね。最初からカナデを見ていたら、もっと驚いていた……いや、面白がっていただろうね』

『あの魔法は凄《すご》かったですからね』

『グッドフォロー、ストライド、そんなに凄《すご》かったのか？　あ～あ、それなら見たかったな。でも、さすがと言ったところか。まさか本当に実在するなんてな。叔父《おじ》さんに話を聞いたときは冗談《じょうだん》かと思ったが』

『カナデたちの力は未知数だ。ここに来てまだ少ししか経っていないのに、規格外のことをどれだけやっていることか。これが外にバレれば大変なことになるだろうね。だから、僕たちでしっかりカナデたちを守らないと』

『俺はアリスターの護衛だけど、カナデたちのこともしっかり守るぜ。なっ、クラウド』

『はい』

『相変わらず硬いやつだな。もう少しこう肩の力を抜いてさあ』

『仕事中です』

『いや、そうだけどさ。はあ』

すいすいすい～すいすいすい～すいすい～!! しゅっと羽が消えます。今日の練習はこれで終わりです。ちょうどセバスチャンが呼びに来て、みんなで食堂まで移動します。さあ、これから大福だ!!

＊

午後、予定通り大福を買いに行きました。まさかドラゴンの里に、和菓子屋さんみたいなお店があるなんて想像もしていませんでした。僕はこの前のドームのお菓子屋《かしや》さんに行くと思ってたんです。そうしたら今日は別のお店で、和菓子屋さんとは言わず、お餅屋《もちや》さんと言うんだって。

売っているものは、串に刺さっているお団子や、お饅頭《まんじゅう》、練り菓子《がし》や、どこを切っても同じ模様が出てくる飴《あめ》とか。お餅屋《もちや》さんって言っても、色々な〝和風〟のお菓子《かし》を売っています。

そして、その中にありました。全部の商品がドラゴン用と人型、どちらも作ってあり……そのお店名物、ふわふわ、もちもち、とろっとろの大福です。

ショーウィンドウにへばりつく僕たちと、そんな僕たちを引き剥《は》がそうとするクラウドとジェローム。でも、なかなか僕たちを離すことはできません。

『くっ！　なぜ離れなんだ？』

『クラウド、これが子供の力だぞ。よく覚えておけ。こういうときの子供は最強になる、俺たちの力が及ばないくらいにな。こんなときに何かあってみろ。いつも力を入れて過ごしていたら、すぐに動かないといけないときに、反応ができなくなるぞ。これは、オレからのアドバイスだ』

『だからといって――』

『前にオレが身をもって体験してんだよ。先輩の言うことは聞いとけ。とりあえず、アリスターたちを離すぞ。これじゃあ買い物もできない』

僕たちはベリベリベリとショーウィンドウから離されてしまいました。でもすぐに戻ろうとします……が、結局僕たちはジェロームにショーウィンドウの前でバリアをされ、クラウドが人数分の大福を買いました。

でも、特別なことがありました。お店のおばさんが、つきたてのお餅《もち》で大福を作ってくれたんです。それを、お店の前のベンチに座ってみんなで食べました。もちろん買った大福は、お屋敷に戻って、夜のデザートに食べます。

つきたてのお餅《もち》でできた大福は、本当にとろっとしていて、ふわふわで、どこまでもどこまでもお餅《もち》が伸びました。フィルとクルクルなんて、フィルがお餅《もち》を咥《くわ》えて、クルクルがその端《はし》を持って飛び、凄《すご》い勢いで伸ばしていました。うんとね、五メートルくらいです。

本当はもっと伸びそうだったんだけど、地面にお餅《もち》が垂《た》れそうになって、慌《あわ》てて持ってきたお皿の上に、くるくる置くと……モンブランみたいな形になっていました。

そんなとっても美味《おい》しかった大福は、夜になってもそのふわふわもももちもちも、とろっも変わらず、とっても美味《おい》しいままでした。

「もっちぃ～!!」

『もちもちなのぉ！』

『もっちもち、もっちもち』

『もちもちもちもち！』

「『『もっちもち～！　もっちもち～!!』』」

『どうして子供って、すぐにこう、なんでも歌にしちゃうのかしら』

『そういえばそうだな。気づくと歌っているな』

『可愛《かわい》いからいいのだけど、でも即興でよくみんな合わせて歌えるわよね』

エセルバードさんとアビアンナさんが話しています。そのとき、アリスターが言いました。

『明日は何して遊ぶ？』

『う～ん、またどうくつにいきたいなの』

『クルクルもまた宝物見つけたい』

ます。

「ぼくも！」

『とう様、明日洞窟《どうくつ》行っていい？』

アリスターがエセルバードさんに聞きます。でも、エセルバードさんは何も言わずに窓の方を見たままです。それに、さっきまでニコニコしていたアビアンナさんも、真剣な顔をして窓を見ています。

『アリスター、よく里の周りを感じてみろ』

ジェロームがアリスターに言いました。アリスターは目を閉じ、部屋の中がし～んとなります。僕とフィルとクルクルは慌《あわ》ててしまいました。クラウドは問題ないと言うんですが……

そのとき、アリスターが『あっ!!』と叫《さけ》んで、窓の方に行きます。

『とう様、お客さん？　里に誰か近づいてくるよ』

『おお、ちゃんと感じたか。偉いぞ、アリスター』

『えへへへへ』

『そう、客だ。明日か明後日になるかと思っていたが、よほど早く会いたかったらしい』

『向こうも二年ぶりだものね。気配が浮かれているわ。きっと、あれを頼んでくるでしょうけど』

『それは諦《あきら》めてもらうしかないだろう。向こうも話をすれば、無理強《じ》いはしないだろうしな。ただ、ガックリして帰ることになると思うが』

里に誰かが来たみたいです。もしかして十日くらいで来るって言っていた、この世界で初めての人間のこと？　エセルバードさんに聞いてみます。思ったよりも早くない？　心の準備が……

「ありぱぱ、おきゃくしゃん、ぼくあうちと？」

『あ、ああ、そうか。いや、違うぞ。今回は別の客だ。え～とだな、フィルに会いに来たんだ』

え？　フィルに？　どういうこと？

『お客さん、フィルに会いに来たの？　僕、誰か来たって分かったけど、でも誰かは分からないよ』

『さすがにアリスターもそこまでは分からないか。今里へ来ているのは魔獣だ。ワイルドウルフが来たんだ』

ワイルドウルフ、初めて聞く魔獣です。でもそんな聞いたことない魔獣が、どうしてフィルに会いに来たの？　だって、僕たちは知らないんですよ？

『おそらく、フィルの気配に気がついたんだろう。フィルの、というよりも、フェンリルの気配と言った方がいいか』

フェンリル？　それがどうしたの。

色々聞きたいことはあったんだけど、ワイルドウルフの動きは速いから、色々準備をするそうで、エセルバードさんたちは部屋から出ていきました。出るときに、僕たちもワイルドウルフと会ってほしいから、このままこの部屋で待っていてくれと言われます。

う～ん、なんか心配になってきました。大丈夫だよね。フィルに会いに来たって言ってたけど、フィルを連れていかないよね。もしそうでも、僕たち絶対離れないもん。たぶんクルクルも同じことを思っていたんじゃないかな。顔を見合わせたとき、お互いに大きく頷《うなず》き合いました。

数十分経ち、セバスチャンが呼びに来たので、僕たちは気合を入れてエセルバードさんが待つ部屋へ移動します。抱っこしてもらっているから、そう見えないかもしれないけれど、しっかり気合は入ってました。

向かったのは二階の来客部屋です。大きなドアを開けてもらって中に入ります。中にいたのは、エセルバードさん、アビアンナさん、それからストライド。そして彼らの前には、大きな大きな黒い狼みたいな魔獣が五匹座っていました。大きさ的にはゴールデンレトリバーを四倍くらいにした感じです。その中でも、一番前の魔獣が一番大きくて、毛並みも一番ふさふさしていました。

あの魔獣がワイルドウルフ？　あまりの大きさと、初めて見た魔獣に、思わずクラウドの後ろに隠れてしまいました。

『カナデ、大丈夫だ。この者たちは私の友人だ。だから怖がらなくていい』

え？　そうなの？　エセルバードさんの友達なら大丈夫だね。僕はそうっとクラウドの後ろから顔を出します。そして、ワイルドウルフたちをよく見てみたら、なんか様子が変でした。

みんな目がキラキラ輝いていて、それからだらしなく、にへらぁって笑っているんです。

さっきまでそんな顔してたかな？　僕はドキドキしました。さっきは怖く見えちゃっただけ？　だって、今のワイルドウルフたちに怖い感じは一切ありません。

『さあ、カナデ、フィル、クルクル。こっちにきて座るんだ。話をしよう』

エセルバードさんにそう言われて、僕たちはエセルバードさんとアビアンナさんの間に座りました。その間も、ワイルドウルフたちは僕たちをじっと見てきます。本当にどうしたの？　もともとこういう魔獣なの？　それとも何か理由があって、そんなだらしない表情になってるの？

みんなが座ると、エセルバードさんが紹介をしてくれました。一番前に座っている大きなワイルドウルフがリーダーで、名前はイングラムです。

イングラムの後ろに座っているのが、セバスチャンやストライドと同じ、お付きのようです。名前はラニーとレット。そのまた後ろに座っているのが、護衛のカルビンとポーリーです。

次は僕たちの紹介をささっとエセルバードさんがしてくれました。それから、みんなで挨拶《あいさつ》しようとしたら、その前にいきなりイグラムたちが凄《すご》い勢いで伏せの姿勢をしました。顎《あご》も含めて全てをぺたっと床につけます。みんなビックリして、挨拶《あいさつ》が引っ込んでしまいました。

『お初にお目にかかります!!　今ご紹介にあずかりましたイングラムと申します！　フィル様!!　あなた様にお会いできて、とても感動しております!!』

『すぐに挨拶《あいさつ》に来なかったこと、誠に申し訳ございません』

『ここまで来るのに、少々手間取ってしまい、遅くなってしまいました』

話しながらも伏せをやめないイングラムたちです。ここまでぺたっと地面に張りついてる伏せは初めて見ました。というか、群れのリーダーのイングラムが、そんな伏せをしていいのかな？　他のワイルドウルフたちに示しがつかないんじゃ？

『お前たち、頭を上げろ。カナデたちがビックリして固まっているぞ。それに、その姿勢じゃ話ができないだろう。まったく』

エセルバードさんに言われて、イングラムたちはお座りの姿勢に戻ります。座り直したときは、申し訳なさそうな顔をしていたんだけど、フィルを見た途端、またあのだらしない顔に変わっていました。一体これ、どういうことなの？

そこからは、エセルバードさんが説明してくれました。この世界にフェンリルと呼ばれる存在は一匹しかいないそうです。その時代にフェンリルがいれば、別のフェンリルは生まれず。その一匹のフェンリルが亡くなれば、次のフェンリルが生まれます。そう、生まれてくるはずだったんだけど……

歴代のフェンリルは、大体がワイルドウルフが生息している場所の近くに生まれました。それはイングラムたちの群れが住んでいる森だったり、他の森や林、色々な場所に住んでいる別の群れの近くだったり。

フェンリルが生まれると、彼らにはすぐに分かるんだそうです。それで、その近くに住んでいるワイルドウルフたちが、他の群れにそれを伝えて、彼らもまた別の群れに知らせていきます。

ところがここ数十年、フェンリルが生まれたという報告がありませんでした。先代のフェンリルが亡くなっているのに、どうして次のフェンリルは生まれてこないんだと、みんなずっと不安に思っていたみたいです。

フェンリルはワイルドウルフたちにとって、神に近い存在とのこと。だから、その神が生まれないのは、とても問題でした。

そんなある日、突然魔力の爆発のようなものを感じたイングラムたちは、その魔力の中にフェンリルの気配を感じました。ただその気配は一瞬で、本当にフェンリルが生まれたか確証が持てず、まずは魔力の爆発を感じた場所の様子を調べることにしました。

調べている過程で、やっぱりフェンリルはいると確信し、エセルバードさんから情報を得ようとここまで来たそうです。

なぜエセルバードさんなのか？　それは、その魔力の爆発が、ドラゴンの森であったからです。

魔力の爆発？

『私はそれが、カナデたちがこの森へ来たときのものではないかと思っている。あのときカナデたちは、間違いだがここに送ってもらったと、そう話してくれただろう？　その送ってもらったときのエネルギーが、魔力の爆発として感じられたのではないかと思っているんだ』

『ただ、その魔力の爆発を、私たちは感じなかったわ。だから本当にそれが正しいとは言えないけれど、カナデたちが現れた日と、イングラムたちが魔力の爆発を感じた日は確かに同じなのよ』

エセルバードさんとアビアンナさんが言います。

魔力の爆発は本当に僕たちと関係あるのかな？　爆発と同時にフィルが現れたのはたまたまだったとか。そういうことはない？　エセルバードさんたちも感じなかったって言ってるし……どうなんだろう？

『それでだな……』

話を続けようとするエセルバードさん。でも、ここでまたイングラムが口を開きました。

『今は、魔力の爆発のことはいいのです！　フェンリル様がお生まれになったことが大事なのです‼　ああ、本当にフェンリル様に出会えるとは。なんと私たちは幸せなのでしょう！』

しかも、ワイルドウルフ全員が泣き出しました。それから、幸せだ～とか、今死んでも本望だとか、こんな凛々《りり》しいお姿をとか、もう止まらなくなってしまいました。僕はちょっと引き気味に、フィルはポカンと口を開け、クルクルに至っては――

『うざい』

ちょっと、そんな言葉、どこで覚えたの⁉　というか、そんな言葉がこの世界にあるの⁉　なんて思っていると――

『きも！』

クルクルやめて！　可愛《かわい》い顔でそんな言葉使っちゃダメだよ。まあ、僕もちょっとうざいとか、なんかテンションが嫌だなあとは思ってるけど……声に出しちゃダメ。

『クルクル、イライラする。エセルバードパパ、止めて！』

あ～あ、ついに僕の膝《ひざ》の上で蹴りを入れる動きを始めてしまいました。エセルバードさんとアビアンナさんが苦笑いをしています。

『ほら、イングラム、他のやつらも。お前たちのテンションにカナデたちが引いているぞ。それに、そのままじゃ話が進まないだろう』

『は⁉　申し訳ございません‼』

……本当に分かってる？　みんなは涙を拭《ふ》きながら、お座りの姿勢に戻ったんだけど……またあのだらしない顔をします。はあ、気にしないようにして話さないといけません。面倒だな、普通にできない？

『それでな、フィル、カナデたちも。これについては、フィルたちが来てからちゃんと話して、カナデたちからしっかり断ってもらおうと思ったんだ。今回イングラムたちがここへ来たのは、フィルの存在を確かめるだけじゃない。フィルにイングラムたちの群れのリーダーになってもらいたくて、会いにきたんだ』

え？　群れのリーダー？　だって群れのリーダーはイングラムでしょう？　そう言ったら、それは今までのことで、フェンリル――フィルがいると、また話は変わってくるらしいんです。

フェンリルが生まれると、代々近くの群れのリーダーになってきました。他の群れはそのまま、選ばれたワイルドウルフがリーダーのままです。

なお、現在はフェンリルがいなかったので、どの群れも選ばれたワイルドウルフがリーダーになっています。

ということは、フィルがリーダーになるってこと？　フィルがもしリーダーになるなら、それはイングラムたちの群れが暮らすところへフィルが行くことにならない？　そして、ワイルドウルフじゃない僕とクルクルは残されて……

わわわ!?　ダメだよそんなの!!　絶対にダメ！　フィルは僕たちの家族で、ずっと一緒にいるんだから！

クルクルもそれを理解したみたいで、さらに蹴りを入れる動きが激しくなり、今にも本当に蹴りを入れに行きそうです。フィルは……いまいちよく分かってないみたい。『リーダー？　ボクはフィルだよ』なんて言っています。

そんなフィルに、アビアンナさんが分かりやすく説明してくれます。群れで一番偉くなるとか、別の森に行かないといけないとか、僕たちと離れないといけないとか。

それを聞いてやっと状況が分かったフィルは、ブンブン頭を横に振って、『ボクいかない』とハッキリ言いました。

しんとなる部屋の中、もうドキドキでした。『どうしてですか』とか、『そこをなんとか』とか、『もう少し考えてください』とか、粘《ねば》ってくると思っていました。でも――

『分かりました、諦《あきら》めます!!』

僕もクルクルも『え?』って顔をしてしまいました。フィルは『うんうん』と頷《うなず》いています。

え? いいの? そんな簡単に? もしかして、他に何か考えてない? 無理やり連れていこうとするとか。エセルバードさんの知り合いだから、それはないと思いたいけど……

僕とクルクルが心配になってイングラムたちを睨《にら》んでいると、エセルバードさんが言います。

『カナデ、クルクル、そんなに睨《にら》まなくても、本当にイングラムはフィルを連れていかないぞ。実はな、カナデたちがフィルと別れるはずもないし、さっきイングラムたちにはそのことを伝えておいたんだ。カナデ、フィル、クルクルの意志を尊重しろとな。フィルに分かりやすく言うとだな、フィルが行かないと言ったら、諦《あきら》めろと言っておいたんだ』

エセルバードさんたちは、僕たちを呼ぶ前に、そこまで話をしてくれていたんだね。

しかも、イングラムたちはフェンリルを崇《あが》めているので、フィルの言うことは絶対みたいです。

『フェンリル様の言うことは絶対です!!』

『我々はフェンリル様の言うことに従います!!』

『フェンリル様ですから!!』

『『『我々のフェンリル様!!』』』

……その勢いでくるの、やめてくれない？

それでも、どうしても心配だった僕は、確認のために、イングラムたちにフィルのことを改めて聞くことにしました。

「ほんちょ、ふぃりゅ、いかにゃい？」

『そうだよ、本当に連れていかない？』

クルクルも一緒に尋《たず》ねます。

『もちろんです!! フェンリル様、いいえ、フィル様が来ない、そうおっしゃるのならば、私たちはそれに従います。お前たちそうだろう？』

『『『はっ!!』』』

おお!? 今までで一番しっかりとした顔になっています。でも、なんかその顔がわざとらしくて違和感があります。う～ん、これは慣れたら平気になるのかな？ すぐには慣れる気がしないけど。

でもこの感じは、本当にフィルを連れていくことはなさそうです。

『ですが、一つだけお願いが』

一旦話が途切れた後、イングラムが口を開きました。

『私たちの群れのリーダーになっていただけない、その理由をお聞かせください』

あっ、そうだよね。こんなに大袈裟《おおげさ》ってほどに、フィルに会って喜んでいたんだもんね。理由くらい聞きたいはずです。

それについては、エセルバードさんが話してくれることになりました。僕が話してもいいけど、僕は話すの遅いので。フィルは途中で話がズレるかもしれないし、クルクルは……相変わらず蹴りを入れる姿勢だし。

ただ、僕たちの話を聞かせるのは、イングラムと、セバスチャンと同じ立ち位置のラニーだけにするということです。

それを聞いた他のワイルドウルフたちは、最初は反対したんだけど、イングラムに言われて、隣の客室で待つことになりました。

たぶん、僕が『神の愛し子』ということも話さないといけないって考えたんだと思います。だって、家族というだけなら、他のワイルドウルフたちに聞かれても問題ないはずです。

ワイルドウルフたちが部屋から出ていったのを確認したエセルバードさんは、ゆっくりと話しはじめました。

『フィルに会えて嬉しいのはいいが、いい加減その顔はやめろ。ここからはちゃんと話したいからな。いつものしっかりしたお前に戻れ。どうにもお前たちは嬉しいことがあると、そうやって顔がだらしなくなるな。普段はあんなにキリッとしているのに』

え？　キリッと？　本当に？　僕たちは、じっとイングラムたちを見ます。それを見て、エセルバードさんたちが笑います。

『ハハハッ、ジト目で見られているな。お前たちの印象が大変なことになってるぞ。最初が悪かったな、あんなにだらしない姿ではな。ハハハハハッ!!』

『むっ、それはまあ。我らは本当に嬉しかったのだから、仕方がないだろう』

そう言ったイングラムと後ろに控えているラニーの雰囲気《ふんいき》が変わりました。さっきまでのだらしない姿はなく、キリッとした嫌味のない、普通の（？）魔獣がいます。これが本当の姿なの？

『皆を部屋から出したということは、フィル様に関して、それだけ大切な話ということだな』

おお！　話し方もキリッとしてる。うんうん、そっちの方がカッコいい。いつもそれでいればいいのに。あのだらしない格好《かっこう》はやめた方がいいよ？

『ああ。まず、最初に言っておくと、カナデとフィルとクルクルは家族だ。そして、カナデとフィルたちは契約関係にある』

『なんだと？　フェンリル様が、フィル様が、人間と契約しているだと!?』

『ああ、だから、フィルは絶対にカナデたちから離れることはない』

『そうか、まさか人間と契約しているとは。しかも、こんな幼子と。それだけフィル様がこの幼子を気に入ったということか。羨《うらや》ましい』

イングラムは本当に羨《うらや》ましそうに見てきます。そんな目で見てきても、僕は何もしないよ。なんか、イングラムたちも契約してくれって言ってきそうで……

『しかし、ただ気に入ったとしても、それだけが理由とも思えん。お前たちの態度もな。この幼子に、何かあるのか？』

えー？　あまり話していないのに、そんなことまで分かるの？　契約してるって言っただけだよ？

『それに、お前たちが人間を保護するなどとはな。もしあの魔力の爆発とフィル様たちが関係しているのであれば、二週間くらいは保護していることになる。普通なら、さっさとエルズワース・ウィバリーに託しているはずだ』

ん？　エルズワース・ウィバリー？　誰それ？

『まあ、そうなんだが。お前も来るとき気配で気づいただろう？　あいつも今ここへ向かっている』

『ああ、あれはお前がこの幼子のことで呼んだのではないのか？』

『そうなのか？』

『いや、ウィバリーも魔力の爆発について確認しにくるんだ』

『それでだ、もちろんやつにもカナデについて話すつもりだったが、お前も気にしているからな、やつとお前とラニーにだけ話をする。きっとこれからのことについて、この話を聞けば、お前たちの対応も変わってくるだろう』

『なんだ？　変にもったいぶるな。早く話せ』

『ああ、だがその前に――カナデ、イングラムはとても信用できるやつだ。そして、フィルに何かあったときに、必ず力になってくれる。フィルと家族のカナデたちにも。だから、なるべくカナデのことは話しておきたい。いいか？』

僕は頷《うなず》きます。今話さなくても、そのうちバレそうだし、そうなったら、余計面倒なことになりそうですから。だったら、しっかり僕のことを話した方がいいです。それに、エセルバードさんが信用しているなら、僕も信じます。

『よし、じゃあ話すぞ。カナデは「神の愛し子」なんだ』

し～ん。部屋の中が静まり返りました。そしてイングラムが――

『は？』

変な顔をしてそう言いました。

『「神の愛し子」？　この幼子が？』

『ああ、そうだ』

『まさか、まさか。今までどれだけの間、「神の愛し子」様が不在だったと？』

『驚くのも分かるが、これは事実だ』

『いや、お前はよく冗談《じょうだん》を言って、私をからかってくるからな。何度騙《だま》されたことか。今回は騙《だま》されないぞ。しかも「神の愛し子」様を出してくるなど罰当《ばちあ》たりな』

今度はエセルバードさんを見る僕たち。

『カナデ、クルクル、そのジト目はやめろ』

いやいや、エセルバードさん、イングラムのことどれだけからかったの？　そのせいでぜんぜん信じてくれないじゃん。大切なことなんじゃないの？　僕もいまいち『神の愛し子』については分かってないけど、この世界では結構大事なことだったんじゃないの？

『はあ、だから、これは本当のことなんだ』

『だから、こっちも騙《だま》されないと言っているだろう。確かにこの幼子、ええとカナデだったな。カナデはフィル様と契約できるほどだ。他の人間に比べて、何かが違うんだろう。だが、「神の愛し子」など……』

『まあ、「神の愛し子」関係なく、カナデとフィルは契約したと思うが。カナデ、イングラムにステータスボードを見せてもいいか？』

うん、ここまで話したしね。それに、読めない文字と記号ばっかりで、大したことは分からないし。

『それで、ステータスボードを見る上で注意がある。これはフィルにも関わってくるから、しっかり見ておいてほしい。これからカナデたちがどういう状態になろうと、お前たちの誰かがそばにいるだろうからな』

ん？　そばにいるってどういうこと？　聞きたかったけど、エセルバードさんにステータスボードを出してくれって言われて、結局聞けませんでした。すぐにステータスボードを出します。

イングラムとラニーがステータスボードを見て約五分して、あれがまた始まりました。あの、にへらぁとした、だらしのない顔と、それから体全体を使った伏せです。あげく、あのバカみたいなテンションになりました。

『「神の愛し子」様、お会いできて光栄です!!　まさかフィル様だけではなく、「神の愛し子」様まで。ラニー、私は今、本当に死んでもいいと思っている！』

『私もです。こんな素晴らしい出来事がいっぺんに！』

その二匹だけの盛り上がりが、その後十五分は続きました。僕もフィルもクルクルも、イングラムたちを無視することにしました。アビアンナさんも、すぐには止まらないわねって、僕たちに遊び道具を用意すると言ってくれました。

エセルバードさんが、これがなければ完璧な魔獣なのに、と呆《あき》れていました。イングラムたちのこれは、ワイルドウルフたちの中でも珍しいみたいです。

興奮すると止まらなくなるせいで、周りの魔獣や他の種族たちから、『残念ウルフ』と呼ばれてるそうです……

やっとバカみたいなテンションが止まったのは、三十分後のことでした。アビアンナさんがいい加減にしなさいって魔法を放とうとして、ようやくイングラムたちは止まりました。

『私たちはそう簡単にやられないが、あれは受けない方がいい』

『そうですね、イングラム様』

なんて、ぼそぼそ話していました。こうして、ようやく話が再開されます。僕もいい加減、疲れてきました。早く話を終わらせてほしいです。

『ごほんっ、いやすまない。あまりに嬉しいことが続いてしまってな。それで、ステータスボードを見てのことなのだが、ほとんど分からないのだな』

そう、この前クルクルと契約したときと、ステータスボードの内容は変わっていませんでした。

『能力のところに気になる表示があるのだが。羽魔法とは？』

エセルバードさんも『やっぱり気になるか』と言います。そこで、実際に羽魔法を見せることになりました。今日は特別、初めての相手だけど見せます。

これまでの練習で、すぐに羽を出せるようになっていた僕は、ささっと羽を出しました。それを見て、イングラムたちはポカンと口を開けます。

『……あ～それは飛べるのか？』

「いま、れんしゅうちゅう」

『みんなで、れんしゅうしてるなの！』

『ボクはお手伝い』

『ちなみにだが、この羽魔法はフィルも使える』

エセルバードさんが補足します。

『は？』

フィルも僕みたいに羽を出しました。それから、僕はクルクルに腰を掴《つか》んでもらって、フィルと一緒にすいすいすい～と飛びました。

『……』

『凄《すご》いだろう、イングラム？』

『……エセルバード、おかしいだろう？　なぜそんな魔法が？　「神の愛し子」様だからなのか？　そしてそんな「神の愛し子」様とフィル様は契約しているから、こんなことができるのか？』

『まあ、こればかりはなんとも。カナデたちのもともとの才能かもしれんしな。だが、これで色々分かっただろう？　私がなぜカナデたちを保護しているのか、なぜすぐに他のものたちと連絡を取らなかったのか』

『はあ……ああ、分かった、これでは簡単に外に情報を出せないな。しかしまさか、「神の愛し子」様と、フェンリル様が、同時に現れるとは……』

ここまで来ると、もう僕たちは話さなくてもいいみたいです。あとは、エセルバードさんたちで話し合うんだとか。それで部屋に戻ろうとしたんだけど、イングラムが僕たちを止めてきました。そして、言いました。

フィルと僕たちを絶対にバラバラにはさせないって。それから、何かあれば僕たちのことを守ってくれる、とも。そのときの表情は、今までで一番しっかりとしていました。

僕たちは頷《うなず》いて部屋から出ました。

疲れる話し合いでした。でも、フィルが連れていかれないでよかったです。

＊

『イングラム、カナデたちのことは理解したか？』

『ああ、まさかここまで大変なことになっているとは。色々な意味でな、エセルバード』

『確認だが、フィルは連れていかない。それでいいんだな？』

『当たり前だろう！　フィル様が行かないと、家族と離れないと、おっしゃっているのだ！　そして「神の愛し子」のカナデ様からも釘《くぎ》をさされたんだ。絶対にフィル様を連れていくことなどしない!!』

『そうか。じゃあ、とりあえずお前の方は終了だな。はあ、あいつらと同じ日にお前たちが来なくてよかった。カナデやフィルの話はするつもりだったが、お前たちの今日の様子にあっちが加われば、一日かかっても話が終わらないところだった』

『エルズワース・ウィバリーか。あいつは私たちよりも後に森に入ったからな。まあ、先に入っていたとしても、途中で我らが追い抜いていただろう』

カナデたちが部屋に戻り、今からは私――エセルバードたちだけでの話し合いだ。これからのカナデたちに対して、イングラムも色々言いたいことがあるだろう。

イングラムが、フェンリルであるフィルがここにいると分かれば、連れて帰りたいと言うのは分かっていた。が、もしフィルが行かないと言えば諦《あきら》めることも分かっていた。

もともとイングラムは話の分かる男だ。相手の話をよく聞き、相手がきちんとした理由で断ってくれれば、無理に迫ることはしない。

また、家族を、群れを大切にする男でもある。家族に何かあれば、全力で守り、少しの脅威《きょうい》でも排除する。その熱い思いが皆に認められ、リーダーにまでなった男、それがイングラムだ。

ただ、イングラムのあの相手が引くテンション……しかもイングラムだけではなく、彼の群れのワイルドウルフたちも、同じテンションになる者が多い。

おかげで、イングラムがリーダーと決まったとき、森に住む魔獣たちが少しの間、姿を消すという、珍事が発生した。まあ、それを除けば、いい男なのは間違いない。

そんなイングラムだ。カナデたちが家族だと知れば、そして深い絆《きずな》で繋《つな》がっていると分かれば、無理やりフィルを連れていくはずがないのだ。

そして結果は、やはりカナデたちの気持ちを尊重した。まあ、そもそもフェンリルの言うことに従わないわけもないのだが。イングラムたちにとって、フィルは神みたいなものだからな。

それにしても、まさかここに『神の愛し子』がいるのは、予想外だっただろう。

『で、お前はカナデ様をどうするつもりだ？』

『それなんだが、もうすぐウィバリーが来るからな。あいつと話し合ってから決めようと思っている。その話し合いの結果では、あちらにカナデを保護してもらおうとな』

『カナデ様たちはそのことを？』

『話はしておいた。もちろん、最終的に決めるのはカナデたちだ。カナデたちが決めたことに私は従うつもりでいる。あいつもお前と一緒で、カナデに無理を強《し》いることはないだろうからな』

『まあ、あいつはな。無理強《じ》いはしないだろう』

『だが、カナデがここに残りたいと言った場合でも、ウィバリーには協力してもらうつもりだ。カナデは「神の愛し子」とはいえ人間。人間にしか分からないこともあるだろう』

『確かに、ドラゴンと人間ではさすがにな』

『話し合いによるが、そうなった場合は、週に何度か私たちの誰かが、人間をここに連れてきて、カナデに色々と教えてもらおうかと思っている』

『そうだな、それがいいだろう。はあ……でもお前もさっき言っていたし、私が言うのもなんだが、大変なことになりそうだな』

『ははは、あいつも熱い男だからな。カナデたちに、あのジト目で見られそうだ』

『話し合いの場には私も出ようと思うのだが？　フィル様の護衛についても話したいし、もし人間のもとへ行くのならば、その対応策も話したいのでな』

カナデが人間の街へ行くとなったら、フィルもクルクルも行くことになる。そうなれば、また対応が変わってくる。話し合いの場にはいたいだろう。

それに、護衛の件だ。これも絶対に言ってくると思っていた。イングラムたちの神フェンリルだ。そんなフィルに護衛をつけたいと思うのは当たり前だろう。まあ、成長すればそんなもの必要なくなるだろうが、今のフィルではな。

しかし、あまり護衛をつけるのもな。今、カナデたちにはクラウドの他に八人の護衛をつけている。もちろん八人は隠れているが、そこにイングラムたちの方の護衛が合わさると……さらには、ウィバリーの方も護衛をつけたいと言ってくるだろう。そうなったら、護衛だらけになってしまう。あまり多いのも問題だ。

『クラウドのようにそばにいる護衛と、隠れて護衛をする者を、私の方もつけたいのだが』

『お前がそう言ってくるとは分かっていた。が、分かるだろう？　ウィバリーも同じことを言ってくると』

『だから、それも考えるための話し合いを、今度するんだろう。だがその前に、一応私の考えを伝えておきたい。私たちの方の護衛だけつけられない、そんなことにならないようにな。それと、せめてここに私たちがいる間だけでも、先にカルビンとポーリーを、護衛としてそばにいさせてはダメか？』

『ダメだ。今はなるべく目立たないようにさせているんだ。人間の子供とフィル、クルクルというだけで、かなり目立っているのに、これ以上目立たせて何かあったらどうする』

『ダメか？』

『ダメだ。もし護衛するなら、隠れてやってくれ』

『そうか、ダメか。仕方がない。目立つのはまずいからな』

その後も色々と話をした。その中でもちろん、森での魔力の爆発についても話したのだが、結局そちらについては何も分からなかった。これについてもウィバリーと話し合うことにする。

もともとあいつは、そのことについてここに来るからな。カナデたちのことを知ったら……本当にまた、カナデたちのジト目を見ることになりそうだ。

7．素材いっぱいの洞窟《どうくつ》

イングラムたちが来た次の日、僕――カナデたちは二回目の洞窟《どうくつ》探索へ行きます。それについて来ようとしたイングラムたちを、アビアンナさんが叱《しか》りました。そんな大人数で行っても迷惑だし、昨日話したことを忘れたのって。

僕たちが出ていってから、イングラムの方でも僕たちに護衛をつけたいという話が出たと聞かされました。でも、エセルバードさんが断ってくれたそうです。

それなのに、護衛じゃないからいいだろう、という理屈で遊びについてこようとしたんです。

イングラムたちは、アビアンナさんに注意されると『やはりダメか』って、笑いながらお屋敷に戻っていきました。そうそう、あんまり目立たないように。僕は注目されるのが苦手です。

それに、エセルバードさんが、ちゃんとイングラムたちに言ってくれてよかったです。ようやくクラウドの護衛に慣れてきたところで、また増えたら……

そんなこんなで、出かける前にちょっと揉《も》めちゃったけど、予定通り僕たちは洞窟《どうくつ》に来ることができました。今日もたくさん素材を見つけるんだからね、なんて意気込んで入ったら——

「はにゃあぁぁぁ？」

『ふわぁぁぁなのぉ』

『ありゃあぁぁぁ』

『凄《すご》いね、僕こんなの見たの初めてだよ』

中に入るとビックリ、洞窟《どうくつ》は、素材だらけになっていました。この前は色々な場所にちょっとずつだったのに、今日はあたり一面、素材だらけです。この前見つけた素材はもちろん、新しい素材もいっぱい。

これが原因で、お客さんが増えて入場規制がかかり、抽選制になっていました。抽選方法は簡単で、大きな箱の中に赤い石と白い石がたくさん入っていて、赤を引いたら当たり。石がなくなり次第終了です。

ちゃんと午前の部と午後の部に分けてあって、どちらかの時間しか入れないから、一日で見ればたくさんのドラゴンが中に入れるようになっています。

みんなを代表して抽選した僕は赤い石を引き当て、午前中に洞窟《どうくつ》に入ることになりました。そうしたら、そんな光景だったんです。

本当は、この前行っていない奥の方へ行こうと思っていたんだけど、予定を変更して、見られるだけ見て、素材を採《と》れるだけ採《と》ることにします。

もちろん素材は午後のために残しておきます。他のドラゴンたちも、ちゃんと残しています。

『これは一体どうしたんだろうね。僕もこんな光景は見たことないよ』

たまたま洞窟《どうくつ》の奥を調べて戻ってきた係のドラゴンに、グッドフォローさんが言いました。

『それが、どうもおかしくて。いや、この洞窟《どうくつ》がこれだけ素材で溢《あふ》れかえることも珍しいというか、初めてなのですが』

『どうしたんだ？』

『ある地点から奥は、いつも通りだったんです。今の時期の洞窟《どうくつ》といった感じで』

『本当か？　ここはぜんぜん違うじゃないか』

『そうなんです。最奥まで調べましたが、本当にある部分からは普段の洞窟《どうくつ》に戻っていました』

『そうか……』

グッドフォローさんは何かを考えはじめました。今の話は本当かな？　場所によってそんなに差が出るの？

僕たちは素材を探しながらどんどん進んでいき……ある場所に着いたときでした。そこまでに、持ってきた三つのバケツは満杯になっていました。そこでストライドが急いで、別のバケツを持ってきてくれたんだけど、そこから先は、この前入ったときと同じく、ほとんど素材がなさそうでした。さっきのドラゴンの話は本当でした。

『いっぱい、おわりなの？』

『終わっても、戻ればいっぱいある』

『そうだね。まだまだいっぱいだもんね。向こうは行かなくても大丈夫そう』

「もじょって、またしゃがしゅ」

『もどるなの!!』

みんなで戻ることにします。でも戻る前、アリスターが気がつきました。

『ここ、この前来て、戻ったところだね』

横の方の小さな岩を指さしています。そういえばそうかも。あの小さい岩は独特の形をしていて、小猿と小猿が寄り添ってる感じに見えます。誰かが石を加工したのかもって、グッドフォローさんは言っています。

彫刻《ちょうこく》を練習するために、洞窟《どうくつ》に入ってくる人やドラゴンもいるらしく、この岩に限らず、洞窟《どうくつ》のいろんなところに彫刻《ちょうこく》してある岩や石があるそうです。

それで、このお猿さんの岩は、確かに僕たちが初めて来たときに見たもので、この前はここからUターンして帰っています。

『……今日はもう少しだけ奥へ行ってみようか。ほんの十分くらいだよ。それならすぐに戻れるからね』

そうグッドフォローさんに言われて、僕たちは少しだけ進みます。でも、この先は、前のときと変わらない素材の量で、すぐに戻って素材採取を続けました。

そんな素材集めを楽しむ僕たちの後ろで、グッドフォローさんとストライドが何か話をしていたなんて、このときは知りませんでした――

『数日後、確認を。もしかしたら、カナデたちが洞窟《どうくつ》に入ったからかもしれない。前回の「神の愛し子」様に、これと同じような能力があったと、何かの本で読んだ気がするんだよね』

『かしこまりました』

『本当にそんな能力があるなら、カナデにその力を制御させないと』

＊

お屋敷に帰ってくると、イングラムたちが物凄《ものすご》い勢いで僕たちのところに走ってきました。そして、みんなが伏せの姿勢で、しっぽをブンブン振ります。まるで大きな大きなワンコみたいです。

このワイルドウルフの姿、ぜんぜん本に書いてあることと違うんだけど……

昨日はもう夜遅かったから、朝起きてからセバスチャンが、ワイルドウルフについて書いてある子供用の図鑑を見せてくれました。

その図鑑には一匹の魔獣に対して、二ページにわたって簡単な説明と、イラストが四、五点あり、ワイルドウルフの絵は四点ありました。

説明には、ランクAの魔獣で、とっても強いって。それから、群れによっては敵対してくる群れもあるから気をつけるように、なんてことが書いてありました。

それからイラストは、とってもカッコよくて――狩りをしているイラスト、群れのイラスト、リーダー格のワイルドウルフが岩の上に乗って凛々《りり》しい姿をしているイラスト、最後は子供のイラストです。

ちなみに魔獣のイラストは、本当にその姿を見て描いているんだとか。

それは、大人が見るための図鑑だろうが、小さい子が見る図鑑だろうが一緒らしくて、理由は魔獣の情報を正確に知らないといけないからです。この世界には、弱い魔獣から、物凄《ものすご》く強い魔獣、珍しい魔獣と色々います。

物凄《ものすご》く強い魔獣に至っては、遭遇《そうぐう》するだけで命に関わることもあります。ドラゴンでも戦うのが大変な魔獣もいるみたいです。それなのに、もしイメージで魔獣を描いて、それが間違っていたら？　ただでさえ危ないのに、余計命の危険が増すことになります。

そうならないためにも、説明もイラストもとっても大事です。ただ、子供用の方は、説明は簡単に、イラストは少し柔《やわ》らかい感じになっています。小さい子がその魔獣の特徴を覚えやすいようにしてあるんだとか。

この仕事をする人たちは、かなりの実力の持ち主らしくて、王様とか、偉い人たちによくスカウトされるそうです。

それはともかく、図鑑のワイルドウルフとイングラムたちはぜんぜん違います。

僕たちが昨日から見ているイングラムたちの姿は、だらしない姿に、暑苦しい姿、そしてちょっとだけ真面目《まじめ》な姿。今なんて、伏せをしてしっぽフリフリしているし。本当にこの図鑑は合ってるのかな？　それともイングラムたちが、普通のワイルドウルフと違うだけ？　残念ウルフ……

『ふふ、カナデたちのそのジト目も、板についてきちゃったわね』

アビアンナさんが苦笑しています。

「じゅかん、ちがう」

『ぜんぜんちがうなの。えはカッコいいなの』

『違う生き物。ボクは苦手』

あ〜あ、クルクルがまた、蹴りを入れる動きをしています。どうしてもこの、グイグイくる感じとノリが嫌みたいです。僕はちょっと慣れたかもしれません。

『ねえねえ、みんな。早く部屋に行って、今日取ってきた素材分けようよ』

アリスターがまったく気にせずに、イングラムたちの横を通りすぎていきます。僕たちもそれに続き、イングラムたちもついてこようとして、怒られています。

部屋に行くと、早速バケツいっぱいに入っている素材を、床に出します。今日だけでバケツ六個分の素材を集めることができました。そのおかげで、宝物を入れる箱の中身もかなり増えて、みんなはニコニコです。

そうそう、珊瑚《さんご》みたいな石を見つけて、それは部屋に飾ることにしました。明るく光る石じゃないけど、暗い場所ではぼわっと光って、とっても綺麗《きれい》なんです。夜にベッドの近くとかに置けば、灯りの代わりになります。

魔法の光も綺麗《きれい》だけど、せっかく見つけたんだから、今日からこれを灯りにしたいと思います。色は白に黄色に、青にオレンジにピンク。他にも何十種類も色があるらしいんだけど、今回見つけた色は五種類でした。他の色もいつか見つけられるといいなあ。

『これは、どうする？』

アリスターが尋《たず》ねます。

『みんなのたからばこに、いれるなの！』

『これはボクの入れものに』

「しょれ、ぼくにょ」

どんどん宝物の箱に入れていきます。もちろん素材を分けるときに喧嘩《けんか》なんかしません。見つけたものは基本自分のものだし、もし何か欲しいものがあっても、ちゃんとお願いしたり、他のものと交換したりします。

アビアンナさんが、それは大切なことだって言っていました。この世界には、冒険者という職業があるそうで、もし大きくなって冒険者になったとき、仲間がいたらこうしてちゃんと分け合うことが大切になってくるんだとか。

う～ん、僕、大きくなったら、何をしているのかなあ。フィルとクルクルと旅に出るのもいいかも。それでまだ見たことないものをたくさん見つけるんです。

8. 初めての人と、なぜか避難の話

それからも僕たちはいつもの毎日を過ごしました。魔力を溜《た》める練習に、飛ぶ練習。それからお屋敷の中を探検したり、庭も探検したり。ようやくお庭は全部を見学することができました。

お庭で行ってなかった場所には、エセルバードさんたちが飼育している魔獣たちがいました。その魔獣たちに畑を耕すお手伝いをしてもらったり、卵やミルクを分けてもらったりしているそうです。

畑を耕すのには、ドラゴンだと力が強すぎるし、魔法でやるには面倒なんだって。

また、野菜を育てるには、フワフワすぎる土もダメだし、硬すぎるのもダメ。均一に耕されていないとダメなんです。

それをするのは、飼っているラクダみたいな魔獣に頼むのが一番らしいです。いい具合にいつも

土を耕してくれるんだそうです。ラクダ魔獣は、とってもおとなしい魔獣でした。大きさは地球の牛くらい。好きな食べ物は花です。

エセルバードさんの庭の畑はかなり広くて、二十五メートルプール六つ分くらいあります。このラクダ魔獣を十四飼っていて、いつも手伝ってもらっているとのことでした。

その他、畑のお手伝い以外にも魔獣がいます。それは、森で怪我《けが》をしたり、病気になったりした魔獣たちです。エセルバードさんはそういう魔獣たちを保護して、治療《ちりょう》をしているんです。

グッドフォローさんがいるときは、ささっとすぐに治してもらって、この前みたいにどこかに出かけているときはメイリースさんか、エセルバードさんたちがお世話します。そして、少し様子を見た方がいい魔獣は、元気になるまで庭で保護してるんだとか。

僕たちが見に行ったときは、ハリネズミみたいな魔獣と、モルモットみたいな魔獣。それから、羽の生えている馬に、ツノのあるうさぎ、軽自動車よりも大きなカメ魔獣もいました。まさか近くにこんなに魔獣がいたなんて。まあ、近くっていっても、僕にとっては遠いけど。

みんなもうすぐ森に帰れるらしいです。ただ、カメ魔獣はかなりの歳でゆっくり暮らしたいそうで、里の魔獣牧場に引っ越すことになっています。

新しい棲処《すみか》でゆっくり暮らせるといいね。

と、こんな感じでお庭の見学はようやく終了です。もちろん里の中の見学も終わらせました。さっとね。本当にささっとだったので、また今度行くことになっています。

入ってみたいお店がいっぱいあって、でも時間がなくて、ぜんぜんゆっくり見て回れなかったたんです。一つのお店がとっても大きいから、一日ではそんなにいっぱい回れません。

そして、イングラムたちが来てから五日目のことでした。いつも通りにお昼ご飯が終わったとき、エセルバードさんが『来たな』と言いました。それから、『今日はもう魔法の練習もしないで、遊ぶのはアリスターの遊び部屋だけにしてくれ』と僕たちに言います。

『カナデ、カナデに会わせたい人間が来た』

わわ⁉ ついにこの日が！ エセルバードさんの言葉に、思わずその辺をふらふら歩いちゃいます。そんな僕に、フィルとクルクルが言います。

『カナデ、だいじょぶなの！ ボクたちはいつもいっしょなの！』

『そうだよ。いつも一緒。約束したもんね』

その後、僕にすりすりしてくれました。そう、ここ数日、僕とフィルとクルクルは、色々お話をしてきました。イングラムのときもちゃんと断ったんだから、次ももし行きたくなかったら、ちゃんと断ればいいと結論を出しています。

エセルバードさんたちも、このままここにいていいって言ってくれています。もし人の住むところに行くことになって、アリスターとバイバイになっても、僕たちは絶対に離れません。文句を言われたら、フィルとクルクルが突撃すると……いや、突撃はちょっとね……

まあ、こんな感じで、いつ人が来てもいいように、心の準備をしていました。フィルたちのすりすりでそれを思い出した僕は、深呼吸をして「うん」と頷《うなず》きました。

まず最初に、エセルバードさんとアビアンナさんがお話をします。もともとこれから訪ねてくる人は、僕のことについて話をしに来たんじゃないそうです。だから、最初はまずその話から。

ただ、その話をする前にも、とっても大切なことがあるみたいです。それによっては、僕の話をするのが遅れる可能性もあるということでした。ううん、それどころか、僕たちやアリスターは、避難しなくちゃいけないかもしれないんだとか。

アリスターの遊び部屋にいてほしいって言われたのは、ふらふらしないで、いつ呼ばれてもすぐに行けるようにだと思ったんだけど……不思議に思っていたら、アビアンナさんが『その理由もあるけど、一番の理由は避難しやすいから』と言いました。

避難？　人と会うだけなのに？　もっと首を傾《かし》げる僕。話し合いで避難なんて聞いたことがないよ。

あっ、一番外に避難しやすいのはアリスターの部屋で、次がアリスターの遊び部屋なんだとか。じゃあ、なんでアリスターの部屋に行かないのか。それは、絶対避難ってわけじゃなくて、もしかしたらだからです。アリスターの部屋でもいっぱい遊べるけど、もっといっぱい遊べる部屋で待ってる方がいいだろうということでした。

『いい？　ジェロームとクラウドの言うことをよく聞いて、避難するときはすぐにするのよ。ふらふらしちゃだめよ』

『はい！　かあ様！』

「あい！」

『はいなの！』

『はい！』

僕たちの返事を聞いて、エセルバードさんとアビアンナさんは部屋から出ていきました。僕たちはすぐにアリスターの遊び部屋に移動です。

そして、僕たちが部屋に移動して一時間くらい経ったとき――

ドガァァァンッ‼　バリバリバリッ‼

いきなり大きな爆発音が聞こえて、大きなお屋敷がみしみしみしって揺れました。

急なことに、何もできない僕は床にへばりつきます。そんな僕の上にフィルが覆いかぶさってくれて、クルクルはすぐに僕の洋服のポケットに避難しました。その上からさらに、クラウドが覆いかぶさってくれます。

今の爆発音何？　しかもかなり揺れました！

『ジェローム、クラウド、庭の塔に避難を‼』

ストライドがノックなしに部屋に入ってきて、そう叫《さけ》びました。その途端、クラウドは僕とフィルを持ち上げて、横を見れば、やっぱりアリスターの上に覆いかぶさっていたジェロームが、アリスターを持ち上げて、全員でそのまま窓の方に行きます。

『右から塔へ！　左は危険だ！』

ストライドが指示を出します。

『アリスター、約束通り静かにしているんだぞ』

『うん！』

『カナデ様、フィル、クルクルも、静かにしていてください』

「あい！」

『はいなの！』

『うん！』

返事をしてすぐに、クラウドとジェロームが窓から飛びました。そして、かなりのスピードで右に進んで裏庭の方へ行きます。そのときまた大きな爆発音がしました。思わず振り向きそうになったら、クラウドに動かないでくださいって言われました。

でも、横目で爆発音が聞こえた方をチラッと見てみたら、モクモク煙が上がっています。あれ大丈夫なの？　避難、塔で大丈夫なの？

この前見に行った、里に危険を知らせるときの石が置いてある塔へ向かっています。そして数秒後、僕たちは塔のてっぺん、石の置いてあるところへ着きました。さすがクラウドたち。早いです。

僕もすいすい飛べるようにはなったけど、Uターンとかはまだできないし、時々ふらふらもしちゃうのに。

『あらあ、かあ様の趣味のお部屋が壊れちゃった。それに、とう様の仕事部屋も。とう様は喜びそうだけど』

塔の周りのへりに乗って、アリスターはお屋敷の方を見ています。僕も急いでアリスターの方へ行ってお屋敷を見ようとします。

フィルはすぐにアリスターみたいにへりに乗ります。僕の方はクラウドが抱っこで見せてくれました。クルクルも顔だけポケットから出します。

お屋敷の左側から、モクモク煙が上がっていました。

『あ～あ、かあ様怒るよ。この前新しいものを買ってきたって、とっても喜んでたもん。あれだと、壊れちゃってるんじゃないかな。かあ様が怒ったら、他の場所も壊れちゃう』

『まあ、アリスターたち関係のものは壊さないと思うけどな。でも確かに被害が拡大するかもしれないな』

ジェロームとクラウドがのんきに言います。

『私はカナデ様方が、無事ならばそれでいいです。そしてカナデ様方の宝物も』

『とう様の趣味の部屋を壊すかも。それからあとは、一ヶ月お酒禁止？』

『二ヶ月かもな。ついでに言えば、あっちもかなりやられるだろうな』

『あの気配はローズマリー様ので？』

『ああ。クラウド、お前はまだ会ったことがないのか。そうだ、あそこで魔力の圧が強くなってきているのが、ローズマリー様だ』

『どのくらいで止まるかな？』

アリスターが聞きます。

『叔父《おじ》さんたちはそろそろ止まるだろうけど、その後のおねえさんたちがなあ。そっちの方が長引く可能性があるな』

『今日、カナデたちお話しするかな?』

『あ〜、その辺はちょっと。もしかすると、明日になる可能性も出てきたな』

『そっかあ』

……ずいぶん軽いね。これって大問題じゃないの?

「ばくはちゅ、ちゃいへん!」

でも、ジェロームはけろっとしています。

『ん? ああ、大変だが、みんなこうなるだろうと思ってたからな。見てみろ。ドラゴン騎士たちも慌《あわ》てていないだろう? ここからじゃ見えないが、里のみんなも、ここに今誰が来ているか分かっているからな。慌《あわ》てていないはずだ』

そういえばその通りです。それどころか、やれやれって顔をしているドラゴン騎士もいます。

え? 一体これってどういうこと?

「みんにゃ、わかっちぇりゅ?」

『僕は知らなかった!』

『ボクもなの!』

『ボクも知らない』

いや、アリスターはともかく、フィルとクルクルは当然知らないでしょう? 僕とずっと一緒にいて、こんな話聞いてなかったもん。

『そういえば、アリスターはまだ会ってなかったよな。本当は会うはずだったが、あの事件があって、ここ数年、交流が途切れていたからな。他の街には時々行ってたが……』

事件？　なんだろう？　その事件について、聞きたくなったのは僕だけじゃありませんでした。

フィルもクルクルもアリスターも、みんながジェロームの方を見て、目をキラキラさせています。

多分、僕もなってるんじゃないかな。

『あ〜その原因を話すと、叔父《おじ》さんは怒ると思うから、何があって、今こうなっているか、簡単になら教えてやるよ。もしかしたら原因はいつか叔父《おじ》さんが、教えてくれるかもしれないけど』

爆発音がする中、ジェロームの話を聞きます。

数年前までエセルバードさんは、今訪ねてきた人が住んでいる街に、ちょくちょく遊びに行っていました。人間が移動すれば、かなりの日数がかかるけど、エセルバードさんにとってはすぐなので。

なんでそんなちょくちょく遊びに行っていたかというと、それは今日尋《たず》ねてきた人と、同級生で親友だったからだそうです。同級生の名前はエルズワース・ウィバリーさん。

この世界にも学校があって、エセルバードさんとウィバリーさんは、同級生でした。

とっても仲がよくて、それは大人になってからも続き、ドラゴンの里から一番近い街に住んでいることもあって、ちょくちょく遊んでいました。

ちなみに、ウィバリーさんもとっても偉い人みたいです。公爵家の当主で、街を治めている人なんだとか。公爵がどれくらいなのかいまいち分からないんだけど、ジェロームが『とにかく偉い人だと思っておけばいい』と教えてくれました。

それでそんなに仲がよかった二人は、数年前にちょっとしたことで大喧嘩《おおげんか》をしたみたいです。その喧嘩《けんか》で、ドラゴンの里もウィバリーさんの街も、まああの被害があったそうです。

それで、理由を聞いたドラゴンたちと人間たちはさらに怒って、でもそれ以上に呆《あき》れて、罰の一つとしてお互いの里と街を、それぞれ一人で直させたんだとか。

エセルバードさんはウィバリーさんの街を、大工さんに指導されながら修復し、ウィバリーさんもドラゴンの大工さんに指導されながら里を修復しました。それからそれぞれに、さらなる罰が与えられました。その罰は、原因に関わるから内緒だと言われて聞けませんでした。

それからは、二人は絶交状態になりました。ここ数年は全く会うことはなく、今日が久々の再会だそうです。それで、まだあの事件のことを根に持っていて、今の状態になっているんだろうという話でした。

え～!!　二人が喧嘩《けんか》したことが原因で、今この状態になってるの!?

『ケンカでぼろぼろなの？』

『喧嘩《けんか》って、壊すこと？』

いやいやいや、フィル、クルクル、違うよ。絶対違うからね。違うよね？　待って、この世界の喧嘩《けんか》って、こういうことが普通なの？　周りを巻き込んで、そして家をボロボロにして……

『ははは っ！　まさか、普通の喧嘩《けんか》はこんなことにはならないさ。叔父《おじ》さんとウィバリーおじさんの喧嘩《けんか》だから、こんなことになってるんだ』

あ、やっぱり今の状況がおかしいんだね。よかった、間違ってなかった……じゃなくて、そんな激しい喧嘩《けんか》しちゃダメだよ。お屋敷壊してるんだよ！

話を聞いて、再びお屋敷を見る僕たち。あっ！　今ドラゴンの姿が！　あれってエセルバードさんだよね。ん？　エセルバードさん、ドラゴンの姿に戻って喧嘩《けんか》してるの？

じっとエセルバードさんを見ていると、何かが飛び出してきて、エセルバードさんの肩あたりを攻撃しようとしました。でも、エセルバードさんは翼でそれを弾いていています。

今エセルバードさんに攻撃したの、人だよね？　いやいや、喧嘩《けんか》しているのは、人のウィバリーさんなんだから、人なんだろうけど……ドラゴンに人間が攻撃？

『あっ！　今のはとう様が喧嘩《けんか》してる人間？』

『ああ、今の人間がウィバリーおじさんだ。ウィバリーおじさんは、叔父《おじ》さんと同じくらい、とっても強いんだぞ。人間の中で最強かもしれないって言われているんだ』

ええ!?　そうなの？　だからドラゴンに突っ込んでいけるの？　ドラゴンの森で最強のドラゴン、エセルバードさん。人間の中で最強って言われているウィバリーさん。そんな二人が喧嘩《けんか》をしたら、そりゃあ里も街も壊れるよね。もちろん、みんなが怒るのは当たり前です。

怒る以上に呆《あき》れたっていう喧嘩《けんか》の原因は何？

『う～ん、僕、かあ様ととう様の話を聞いたような？　今日で罰は終わりだってとう様が言って、かあ様はもっと罰を与える期間を伸ばそうかしらって。そうしたらとう様が、とっても長い罰だったのに、これ以上はやめてくれって。あれがそうだったのかな？』

長い罰。アリスターそれかも！　他に何か覚えてない？　罰も喧嘩《けんか》に関係ある、とジェロームが

言ってたよね。

『なんだっけ？　う～ん』

アリスターが考えはじめてすぐでした。急にクラウドとジェロームが、僕たちを抱え込むように伏せます。

『衝撃波、強い風が吹きます！　目を瞑《つぶ》ってください!!』

そう言われてすぐに目を瞑《つぶ》りました。

数秒後、今までで一番の強風が僕たちを襲いました。僕は片方の腕でフィルのしっぽを挟《はさ》みつつ、クラウドの服を掴《つか》みます。そして、もう片方の手でクルクルが入っているポケットを押さえます。

『わあぁぁぁなのぉぉぉ!!』

『何も聞こえない！　カナデ、フィル、いるよね!!』

あまりの暴風に、風以外の音が聞こえづらいです。ポケットに入っていたクルクルは、余計に周りの音が聞こえなかったみたいでした。何度も僕とフィルのことを呼んでいました。僕も大丈夫、そばにいるって言っても、それが聞こえなかったらしくて、軽くパニックになっています。

クルクル、大丈夫だから。クラウドが僕たちを守ってくれてるから。怖いのも不安なのも分かるけど、絶対にポケットから出ないでね。小さいクルクルじゃ、この暴風でどこまで飛ばされるか分かんないよ。

どれくらい風が吹いていたのかは分かりません。もしかしたらそんなに長い時間じゃなかったかもしれないけど、でもとっても長く感じました。

『カナデ様、フィル、クルクルも、もう少しですからね』

クラウドの声が大きく聞こえて、そのときに風が弱まってきていることに気づきました。急いでフィルとクルクルに声をかけます。

『カナデ、ボクちゃんといるなの！』

『カナデ、フィル、よかった、ちゃんとそばにいる』

その後すぐに、アリスターとジェロームも確認します。まだ目を開けられないので、声だけだけど、無事そうで本当によかった。

『もう、目を開けても大丈夫です』

『みんな、どこか痛いところはあるか？』

『僕は大丈夫！　カナデたちは？』

改めて、クラウド、ジェローム、アリスターが言いました。

『クルクルも大丈夫！』

『ボクは、ちょっとしっぽがしびしびなの』

あっ、ごめん、フィル。それ暴風のせいっていうか、僕のせいかも。腕にかなり力を入れて、フィルのしっぽを挟《はさ》んでいたから。だって、フィルがどこかに飛ばされないか心配で。

『フィル、その痺《しび》れは、少しすれば治るから待ってろ。が、もしずっと痛いなら言うんだぞ』

『うんなの！』

ジェロームの言葉に、フィルが返事をします。

『カナデ様はいかがですか？』

僕は、クラウドの服を掴《つか》んでいた手を見てみます。そうしたら、手のひらが赤くなっていて、ちょっとだけ血が滲《にじ》んでいました。強く掴《つか》みすぎて、洋服の何かが手に刺さる手前だったみたいです。ボタンかな？　クラウドたちが着ている洋服にはカッコいいボタンがついています。ちょっと角張ってるんだけど、もしかしたらそれを握っていたのかもしれません
クラウドが服から何かの小瓶を出して、僕の手のひらに入っていた液体をかけます。そうしたら、すぐに傷が治りました。ぜんぜんアルコールの消毒みたいに染みなかったし、においもぜんぜんしません。

そんなことをしているうちに、どんどん風は収まってきて、ちょっと強風くらいまでに。さらに数分後には、普通に立てるくらいに弱まりました。

アリスターが、お屋敷を見てもいいかジェロームに確認してから、さっきのへりの部分に乗ります。フィルもそれに続き、僕もクラウドに抱っこしてもらってお屋敷を見ました。

お屋敷は、暴風が吹く前よりも壊れていました。僕たちの部屋の方は無事で、それはよかったです。だって、大切な僕たちの宝物があるんだから。

『あ～あ、直すの大変だね。とう様が直すんだよね？』

『だろうな。それと、ウィバリーおじさんな』

『二人で直すのか？』

『ああ、大工に指示を受けながら、ついでにおねえさんに監視されて、たぶん三日くらいで直すん

じゃないか』

え？　あんなにボロボロなのに？　というかお風呂は改装中だよね？　お風呂改装するよりも、家のボロボロを直す方が早いの？

と、考えているときでした。僕はそのとき気づいていなかったんだけど、いつの間にか爆発も止まっていました。それから風もやんできていたので、周りはとっても静かです。でも、その静けさはいつまでも続きませんでした。

バリバリバリッ!!

今度は目の前に雷が落ちました。僕はビックリして、クラウドにまたまたしがみついてしまいます。

『カナデ様、あの雷は大丈夫です。こちらには絶対に来ませんので。しっかりと狙っていらっしゃいますから』

『そうそう、あれは大丈夫だぞ。さっきの風は、叔父《おじ》さんと、ウィバリーおじさんを止めるために、どうしても必要なんだ。まあ、こっちまで巻き込まれそうになったけどな』

クラウドとジェロームの説明で、お屋敷に目を戻すと、崩れた残骸《ざんがい》の中から、バラバラと破片を落としつつ、ドラゴンのエセルバードさんが顔を出しました。それから男の人もです。

で、周りを見て、お互いを見て、また羽と剣をそれぞれ構えようとしたんだけど――

『あなたたち、いつまでやるつもりなのかしら？』

それは、今までに聞いたことがない、とっても怖い声でした。低くて禍々《まがまが》しくて、それから周りの空気を震わせるような、圧を感じる声です。でも、この声……もしかしてアビアンナさん？

そして、お屋敷の残骸《ざんがい》から、白色のドラゴンが姿を現しました。僕の見たことのないドラゴンです。それから、そのホワイトドラゴンの肩には、騎士の格好《かっこう》をしている、女の人が立っていました。

『カナデ、カナデ』

現れたホワイトドラゴンと女の人を見ていた僕に、アリスターが話しかけてきます。

『フィルもクルクルもよく聞いてね。今からとっても怖いかあ様を見るかもしれないけど、本当のかあ様はとっても優しいって、忘れないでね』

どうしてそんなこと言うの？　理由を聞こうと思ったら、その前に、あの怖い声が再び聞こえてきました。

『私たちはすぐにやめろと言ったわよね。ねえ、ローズマリー？』

やっぱりこの怖い声、アビアンナさんの声だよね。

『あの白色のドラゴンがおねえさんだ。アリスターの話だと、まだおねえさんのドラゴン姿は見ていなかっただろう』

ジェロームが教えてくれました。そうか、やっぱりアビアンナさんでした。でも……こんなに怖い声は聞いたことがありません。

『それから、おねえさんが声をかけたローズマリーさんは、ウィバリーおじさんの奥さんだぞ』

あの騎士さんの格好《かっこう》みたいな洋服を着ているのが、ウィバリーさんの奥さんでした。それはともかく、どうしてローズマリーさんがアビアンナさんの肩に乗っているんだろう？　聞きたいことがいっぱいだったけど、すぐにまた動きがありました。

『その姿勢は何かしら？　まだ暴れたりないのかしら？　ねえ』

そう言うアビアンナさんに、エセルバードさんは片方上げている自分の翼を、ウィバリーさんは自分の剣を見ます。それから、そろ、そろ、ギギ、ギギと、二人とも翼と剣を引っ込めはじめます。その動きは、とってもぎこちないものでした。

『い、いや、これはな』

『ほ、ほら、なんでもないぞ。もうしまう！』

ドラゴン姿のエセルバードさんとアビアンナさんの声は、とってもよく聞こえても、人のウィバリーさんたちの声はこれまで聞こえませんでしたが、今のは大きな声だったのでしっかり聞こえました。

『これは？　そうね、これは何かしら？』

次の瞬間、アビアンナさんが翼を広げたと思ったら、エセルバードさんが飛びました。里を出て、ちょっと向こうまで飛んでいきます。ジュシャーッ!!　バキバキバキッ!!　木々は倒れるわ、地面はえぐれるわ。

それだけでは、ありません。すぐにエセルバードさんの方へ飛んでいったアビアンナさんは、またバリバリッ!!　ピシャッー!!　と雷を落としました。

アビアンナさんの次に動いたのは、ローズマリーさんです。ローズマリーさんがウィバリーさんに何を話していたかは聞こえなかったものの、ウィバリーさんの、落ち着けって声だけは聞こえました。

次の瞬間、ウィバリーさんの姿が消えました。そして、半壊していたお屋敷の壁に、人の形をした穴が開き、そのままやっぱり被害を受けていた裏庭部分にも穴が開きました。

よく見ればその穴には、ウィバリーさんが埋《う》まっています。そしてアビアンナさんみたいにすぐに、ウィバリーさんのところへ移動したローズマリーさんは、ウィバリーさんを覆うように何かを――パキパキッ、ピシッ!! って。あれは氷？

『カナデ、フィル、クルクル、今の何があったか分かる？ 僕はちょっと見えなかったけど』

え？ アリスター、何が？

『ハハッ！ その顔は分かっていないな。ちなみにアリスター、ちょっと見えなかったって、どのあたりが見えなかったんだ？』

ジェロームが楽しそうに言います。

『最初のとう様が飛んだときのかあ様と……あの人間、えと、ウィバリーおじさんが飛んだときのローズマリーさん』

『ああ、そうか。それは仕方がないな。あの動きが一番速かったからな』

『他は見えたよ。かあ様がとう様のお尻《しり》を叩《たた》いて、魔法をビビッてやったのも、ローズマリーさんがウィバリーさんの顔を叩《たた》いて、お尻《しり》も蹴ってた』

ん？ いつそんなことしてたの？ え？ 僕にはまったく分かりません。それに比べて、フィルも最初は分かんなかったけど、あとは分かったそうですし、クルクルもなんとなく見えたみたいです。僕だけ置いてけぼりでした。

そんな僕に、クラウドが解説してくれました。まず最初に、エセルバードさんが飛んだのは、アビアンナさんが羽で、はたき飛ばしたからでした。それで、エセルバードさんは、一気に今いる場所まで飛ばされます。

その次に、アビアンナさんが飛ばしたエセルバードさんのもとへ行き、またも羽でエセルバードさんのお尻《しり》を叩《たた》いたそうです。その後は、雷の魔法を。ここまでが、アビアンナさんとエセルバードさんの流れです。

ローズマリーさんの方は、最初にウィバリーさんのことを蹴り飛ばしました。そして、ウィバリーさんは壁を突き破って裏庭にめり込みます。

それからローズマリーさんは、ウィバリーさんの頬《ほお》を三発叩《たた》くと、もう一回お尻《しり》を蹴り、そのまま氷魔法で包みました。

ん？　え？　あの短時間に、それだけのことをしていたの？　いやいや違くて、アビアンナさんとローズマリーさんは、エセルバードさんたちにそんなことをしたの？　じゃなくて……僕は、あまりのことに、ぼけっとエセルバードさんたちを見ます。今も雷と氷の攻撃は続いていました。

「はちゃく？　けりりゅ？」

『ああ、そうだぞ。速すぎて俺でも見逃すところだったが、しっかりと攻撃していた』

『さすが、アビアンナ様ですね。ローズマリー様もお話は聞いておりましたが』

クラウドに、ジェローム は頷《うなず》きます。

『ローズマリーさんも、かなりの実力者だからな。単独で魔獣の進軍に立ち向かい、街を救ったっていう偉業は、お前も知ってるだろう？』

ん？　何か今、凄《すご》い話をしていた気がするんだけど、どうにも頭に入ってきません。今、目の前で起こっていることにも、ついていけないんだから……

『もう少し経ったら、落ち着くだろうから、それまで俺たちはここで待っていよう。そばに行って巻き込まれてもな』

そう言ってジェロームは、腰につけていたポーチから、小さな袋を出します。袋にはクッキーが入っていて、一枚ずつ僕たちに配ってくれました。みんなで石の周りに座って、クッキーを食べたんだけど、僕の頭の中はハテナでいっぱいでした。

クッキーを食べてからは、クラウドが僕たちの部屋から持ってきてくれた、馬車のおもちゃや、おはじきみたいなもので遊んでいました。

この世界の乗り物は、基本は馬車で、後は魔獣に乗っての移動です。ドラゴンみたいに飛べる人たちは、飛んで移動するんです。鳥族《とりぞく》とかね。鳥族は人の姿に、鳥の羽が生えているそうです。図鑑を見せてもらったら、ワシみたいな大きな羽が背中についていました。

おもちゃで遊んでいる最中も、バシッ‼　パシッ‼　ドガガガッ‼　っていう音が時々聞こえていました。最初の爆発よりも音は小さかったけど、それでもやっぱり気になります。

それにさっきのアビアンナさんたちの話もあって、僕はあんまり遊びに集中できませんでした。フィルたちはまったく気にしていなかったけど。

三十分くらいしてから、ストライドが『そろそろ降りても大丈夫』と呼びに来ました。それから、別館に行ってほしい、とも。別館は庭にある、ちょっと小さな家です。小さいっていっても、大きなお屋敷の三分の一くらいはあるんだけどね。

普通は、エセルバードさんの両親や、アビアンナさんの家族が来たときに使うらしいです。

『屋敷はあのバカのせいでボロボロなので、もう片付けは始まっていて、いくら子供部屋が無事とはいえ、屋敷に入らせないで、と奥様が。私も同意です。あのバカのせいで、アリスター様に何かあっては困りますからね。もちろんカナデ様方にもです』

だって。バカ、それはもちろんねえ。ジェロームが『他の使用人さんたちもバカって言ってるだろう』と話しています。エセルバードさん、この森で一番強いドラゴンなんだよね？

ということで、僕たちは魔獣牧場の方にある別館に向かいます。クラウドに抱っこしてもらったときに周りを確認したら、さっきまでエセルバードさんたちがいた場所にも、ウィバリーさんたちがいた場所にも、もう誰もいませんでした。

ストライドが『メイリースさんを呼んでこなくては』と言っています。エセルバードさんの飛んでいった場所は、木々が倒れて、地面は削《けず》られているからね。

別館に着くと、アリアナと他の使用人さんたちが何人かいました、今、僕たちの部屋を用意しているから、待っていてください、とのことでした。セバスチャンとマーゴは、お屋敷の方で指揮《しき》をとっているみたいです。

そしてクラウドが、僕たちは少しの間ここで暮らすことになるから、必要なものを持ってくる、とお屋敷に行きます。

数十分後、まずはお風呂に入ることになりました。最初の爆発を避けて逃げたときと、その後の暴風で、僕たちの体はかなり汚れています。髪の毛も砂でごわごわのじゃりじゃりです。クリーンの魔法でもよかったけど、ゆっくりしたいだろうってことで、お風呂になりました。

お風呂は、日本の平均的なそれの六倍くらいの広さでした。使用人さんとお風呂に入って、体を洗ってもらって、髪の毛も洗ってもらったら、みんなで湯船に入ります。僕たちが溺《おぼ》れないように、湯船の半分くらいの高さの板を入れてもらっているから、一人で入っても平気です。

最初にフィルとアリスターが飛び込んだら、次にクルクルが、クルクル回転しながらダイブ。最後に僕がゆっくりとお湯に入ります。

ふう、やっぱりお風呂はいいなあ、落ち着くよ。大きなため息をついて、「うえぇぇぇ～い」と言ったら、ジェロームに『ジジくさい』と言われました。と、そこに戻ってきたクラウドが、『失礼ですよ』と怒り出します。

バタバタしていて、やっとお風呂に入ってゆっくりしたら、みんなこうなるんじゃない？　なんて、ちょっとぶすっとしながらみんなを見たら……うん、みんな泳いでいました。フィルは綺麗《きれい》な犬かきで、スイスイスイ～と。アリスターは背泳ぎでスイスイスイ～と。クルクルは……アーティスティックスイミングをしていました。

クルクルの毛が面白いんです。普通の生き物は水に濡《ぬ》れると、毛がぺたあとなって、とっても小さくなります。でも、クルクルは一回ブルブルってするだけで、毛が乾いてしまいます。

しかも、水で濡《ぬ》れれば体が重いはず、と思っていたんだけど、本人的にはそんなことはないらしくて、乾いていなくても普通に飛ぶことができるんだとか。

今は、普通に泳いでいたと思ったらいきなり潜って、逆さまのまま小さな足をひょいと出したり、片方の羽を広げたまま、体の三分の一まで水面から出て、その格好《かっこう》のまま沈んだり。回転しながら水から飛び出たり、ポーズを決めたまま、浮き上がったり。僕やフィルたちは思わず拍手《はくしゅ》してしまいました。

僕は使用人さんに手伝ってもらって、泳ぐ真似《まね》だけして終わりです。僕にしてはそれだけでも合格だと思います。僕は泳ぐ前に、歩く練習からしないとね。

お風呂に入った後は、別館にもあるリラックスルームでまったりします。でも少し経つと、外が騒がしくなってきました。

『だから、最低限は直してからだと言っているでしょう！　まったく、話ができないって言うけど、もともと誰のせいだと思っているの！　早く戻って直してきなさい!!』

「あなたもよ！　こんな状態で話なんてできるわけないわ。いい？　明日までに直す勢いでやらないとダメよ！　もしサボっているのを見つけたら、分かっているわね!!」

窓から外を見てみると、肩を落として、トボトボとお屋敷の方へ歩いていく、エセルバードさんとウィバリーさんの姿がありました。そんな二人を、アビアンナさんとローズマリーさんが、なぜか剣を持って見ています。

＊

『まったく、あの人たちには参っちゃうわ。あれほどやめてと言ったのに』

「アビアンナ、ごめんなさいね。またお屋敷を壊してしまって。あなたの趣味の部屋まで壊すなんて」

『ローズマリー、あなたが謝る必要はないわよ。あの馬鹿二人が悪いのだから。お屋敷はきっちり直させるから心配しないで。でも、時間は大丈夫？　早く帰る予定だったとか』

「いいえ、今回ここへ来る前に、強制的に仕事を片付けさせたのよ。私が自ら見張ってね。だってそうでしょう？　来るまでに何があるか分からなかったし、今みたいになった場合、ここに残る時間も必要だもの。それに、ここの状況がどうなっているか分からなかったから」

『見張り、大変だったでしょう？』

「いつものことよ。それにね、他にも少しゆっくりできる理由があるのよ。義父様《とうさま》がいらしているの。だから、義父様《とうさま》にあちらを頼んできたのよ」

『そうなのね。なら安心ね』

「ええ。でも、ここも異常はないみたいね。私、心配していたのよ」

『ええ、いつも通りよ。ただ、いつも通りだけど、少し問題というか、ある出来事があって、少しバタついているかしら』

「あら、そうなの！　私たち余計なときに来てしまったかしら」

『ううん、いいのよ。それに、森に異変を感じて来てくれたのでしょう。ありがとう』

「いいのよ、私たちの仲じゃない。私たちにできることがあったら、なんでも言ってね」

『ふふ、ありがとう。それじゃあ一つ、あなたにお願いがあるのだけれど、いいかしら』

「ええ、何かしら？」

『本当はね、エセルバードと私、ウィバリーとあなたとで話をしてから、ある人物を紹介するつもりだったの。でもこの状況でしょう。だから、どうしようかと思っていたのよ』

「あら、紹介してくれるドラゴンがいるの？　もしかして赤ちゃん!!」

『違うわよ！　でも、そうじゃないのだけれど、そうでもあるのかしら？　それでね、その人についての説明は、やっぱり全員揃《そろ》ってからの方がいいと思うの。ただそれだと、あの子たちが遊べなくなってしまうから……そこで、あなたにお願いがあるの』

「ええ、なんでも言って」

『今はただ、どうしてここにその子がいるか、理由は聞かずに会ってくれるかしら。あの子も緊張しているから、普通に接してあげてほしいの』

「いいわよ。理由は聞かないわ。後でしっかり、ウィバリーたちが戻ってきたら話してくれるのでしょう？」

『もちろん』

「なら問題ないわよ。それじゃあ、その子のところに案内してくれる？」

『ローズマリー、ありがとう。じゃあ行きましょうか。あっ、でもこれだけは先に。会わせたいのは、人間の子供よ』

「!!」

＊

アビアンナさんたちが別館に入るところまでを見ていたら、アリアナがリラックスルームに来て、僕──カナデとフィル、クルクルは部屋から出ないように言われました。

もともとはエセルバードさんたちの話が終わったら、ウィバリーさん、ローズマリーさんと僕たちが会う予定でした。でもお屋敷があぁなってしまったので、少し予定を変更するんだとか。そのために、僕たちには部屋で待機していてほしいそうです。

三十分後、アビアンナさんがリラックスルームに来ました。僕たちは、ウィバリーさんは置いておき、先にローズマリーさんに会うことが決まったみたいです。ただ、僕が『神の愛し子』であることは改めてウィバリーさんもいるときに伝えたいから、まだ言っちゃダメよ、と言われました。

うん、別に僕は自分から言おうとは思ってないから大丈夫です。フィルたちにも分かりやすいように、『私たちだけの内緒よ』とアビアンナさんが言ったら、フィルたちは『内緒、内緒』と喜んでたから、たぶん大丈夫だと思います。

それから、家族ってことはもう伝えてくれてるみたいで、それについては大丈夫みたいです。うん、どちらかというと、僕はそっちの方が大事です。

『今からローズマリーを呼ぶけれど、みんないいかしら。ちゃんと内緒にしましょうね』

『は～い！』

『はいなのぉ！』

『うん!!』

「あい!!」

僕も一応ね。みんなの反応を見て、アビアンナさんはニッコリします。それから、ドアの前にいるアリアナに、ローズマリーさんを呼ぶように言いました。ドアの向こうで待っててくれたみたいです。

入ってきたローズマリーさんは、とっても綺麗《きれい》な女の人でした。さっき外で見た姿とぜんぜん違います。騎士さんみたいな格好《かっこう》じゃなくて、ドレスを着ていて、髪型も、さっきはアップにしていたと思うんだけど、今は腰までの長い髪がサラサラと光に当たって、とても綺麗《きれい》です。

ウィバリーさんに蹴りを入れて頬《ほお》を叩《たた》いてたなんて、ぜんぜん思えません。剣だって似合わないし。本当にローズマリーさん？

『ちがうひとなの？』

『ぜんぜん違う。別の人間来た』

フィルとクルクルが言いました。

「初めまして。私はエルズワース・ローズマリーよ。少しの間、このドラゴンの里に滞在……お泊まりするの。よろしくね」

「えちょ、かにゃででしゅ！　よろちくおねがいちましゅ！」

『フィルなの!!　よろしくおねがいなのぉ！』

『ボク、クルクル。よろしくね』

『僕はアリスターです！　よろしくお願いします!!』

「ふふ、よろしくね。それとアリスター、あなたには何回か会ったことがあるのよ。でも、あなたが赤ちゃんのときだったから、分からないわよね」

最初の挨拶《あいさつ》をしてから、みんなで一緒にもう一回揃《そろ》って、『よろしくお願いします』をしました。

すると、ローズマリーさんはじっと僕を見て、それからそっと近づいてきました。

「こんなに小さいのね。聞いてはいたけど、実際に見ると。カナデ、抱きしめてもいいかしら？」

ん？　抱きしめる？　別にいいけどなんで？　僕は不思議に思いながらも頷《うなず》きます。そうしたら、ローズマリーさんは、僕とフィルとクルクル、三人いっぺんに抱きしめます。

「こんなに小さいのに、森に一人でいたなんて。まったく何を考えているのかしら」

小さな声だったけど、力強い声で、そう言います。

『いっぴきじゃないなの、いっしょにいたなの、かぞくなの！』

フィルがすぐに訂正します。そうだよね。

『うん、今はボクも家族だもんね』

「そうね、そうよね。家族なのよね、みんな家族でいいわね」

ローズマリーさんの声が、震えているように聞こえました。

それから、すぐに放してくれて、みんなでソファーに座ってお茶を飲みます。アビアンナさんたちにしてみれば、あのエセルバードさんたちの喧嘩《けんか》からの、ようやくのゆっくりタイムです。うん、凄《すご》い時間でした。

二人のエセルバードさんとウィバリーさんへの文句が、止まらない止まらない。いつまでもくだらないことで揉《も》めてとか、喧嘩《けんか》するにもほどがあるとか、人の迷惑も考えないでとか。他には、上に立つ立場なのに、他の民たちに示しがつかない、その辺をもっとしっかり分からせるべきとか、もう少し対応の仕方を考えなくちゃとか。

そんな愚痴《ぐち》が終わった頃、『イングラムたちが帰ってきたから、先に会いますか』と、ストライドがアビアンナさんを呼びに来ました。

そうか、イングラムとラニーは、僕たちのことを知っているもんね。もし彼らが僕たちのことを話してしまったら、内緒の意味がなくなってしまいます。

「あら、イングラムたちが来ているの？」

『ええ、彼らも森の異変を感じたみたいで、心配して来てくれたのよ』

アビアンナさんだけが部屋を出て、数分後、イングラムたちと一緒に戻ってきました。

『久しぶりだな、ローズマリー。元気だったか？』

「ええ、あなたは？」

『私もだ。それにしても、ちょっと出かけていただけなのに、エセルバードとウィバリーは相変わらずだな。ハハハハハッ！』

『笑いごとじゃないのよ』

「そうよ、今もその話をしていて、対策を考えていたところなんだから」

ローズマリーさんとイングラムは知り合いみたいです。ちなみに、イングラムたちは今日は朝から出かけていました。なんでも、ワイルドウルフが数匹、イングラムを追ってきたそうです。

それで、そろそろドラゴンの里に着きそうだからって、迎えに行っていたんだとか。最初は自分たちの森に帰らせようとしたんだけど、結局今ここにいるみたいです。

『あ〜どうにも帰らなくてな。カナデ、フィル、クルクル、そしてアリスター。すまんが、友達になってくれるか？』

そう言って、イングラムがドアの方を見ると、ストライドがドアを開けます。部屋に入ってきたのは、フィルの半分くらいのワイルドウルフでした。しかも——

『パパ〜‼』

と言って、イングラムのお腹の中に潜ると、その場でゴロゴロしはじめます。

『こら、イーライ、挨拶《あいさつ》からだろう』

『あ、ごめんなしゃい。ボク、イーライ、よろしくでしゅ！』

まさかのイングラムの子の登場でした。フィルたちがすぐにイーライのところに行きます。もちろん僕もね。まさかこんな可愛《かわい》い子が来るなんて思いませんでした。追ってきたのは数匹って言ってたけど、こんなに小さいのに数匹でドラゴンの森を移動してきたの？

「どらごんにょ、もり、あぶにゃい。だいじょぶ？」

『ああ、それは大丈夫だ』

イングラムはイーライに、群れの特攻隊長をつけているそうです。

ちなみに、イーライが生まれて一年。そろそろドラゴンの里につれて来て、エセルバードさんたちに会わせようとしていたみたいです。

あと、小さく見えても、結構しっかりしていて、移動するだけなら問題ないんだそうです。

今回イングラムが何も言わないで森を出てきてしまったせいで、イーライが不安になって、ちょっと魔力が不安定になったんだとか。この前の僕と同じ感じかな？　何回も石を使って魔力を出したんだけど、一時間ごとに起こってしまうほどに。それで、どうせ行くことになっていたんだからって、特攻隊長がここまでつれてきたんだそうです。

『ボク、はじめての、おともだちでしゅ！　おともだちいいでしゅか？』

「うん!!」

『おともだちなのぉ!!』

『わ～い、お友達！　ピロロロロ～!!』

『お友達、これからよろしくね!!』

まさかのドタバタから、お友達ができました。

9．イーライと僕たち

イーライとお友達になってから二日。この二日間はとっても楽しかったです。もちろん毎日楽しいけど、突然の友達にテンションが上がってしまいました。お屋敷と敷地は直している最中だから、里で遊びます。

公園遊園地とドームのお菓子《かし》屋さんでしょう、それから魔獣牧場に行ったり、畑のお手伝いをしたり。楽しいことばっかりでした。

あと、乳搾《ちちしぼ》りをしたんです。あの大きな魔獣で、僕にできるのかなって思ってたやつを。なにしろ、足の部分だけでも、僕の背の二倍でした。でも、ちゃんと台が用意してあって、高さは問題ありません。乳搾《ちちしぼ》りのときも、僕の手だけだとダメだけど、ストライドとやったから、こっちも解決です。ただ、ほぼほぼストライドがやっていたかも？　いや、ううん、そんなことない。僕もちゃんとやりました。それで、その搾《しぼ》りたてのミルクを飲ませてもらったんだから。絶対に僕もやったんだからね。初めての乳搾《ちちしぼ》り体験は成功です！

その後の畑仕事も楽しいことばっかりでした。楽しいっていうか、見たことがないものばっかりで面白かったです。よく絵本や子供用アニメなんかで、自分よりも大きな野菜や果物が出てくることがあるけれど、畑にはその本物がありました。

地球と名前は違っても形が似ているもの、完璧に見たことがないもの、どちらもあります。見たことがある方は、ニンジン、ジャガイモ、玉ねぎ、ブロッコリー、カボチャなんかがありました。えっと名前は、ニンジンがニーン、ジャガイモがガイ、玉ねぎがターネ、ブロッコリーがロリー、カボチャがカボチャです。カボチャだけ一緒でした。

そして大きさは、野菜もドラゴンサイズで、全部が僕の体の二倍以上です。だから、収穫が大変でした。

僕たちがお手伝いしたのは、ニーンとガイです。ニーンの方は、葉っぱの部分をフィルとクルクルとイーライが咥《くわ》えて引っ張り、僕とアリスターが土から出ているオレンジ部分を引っ張りました。でも、ピクリともしません。何回かやってもダメで、途中からストライドに手伝ってもらいました。それでなんとかニーンを抜いた瞬間、その反動で僕たちは土に倒れ込んでしまいました。でも、みんなニコニコです。だって、みんなで頑張《がんば》って採《と》ったニーンだからね。

その後、ガイを採《と》ることにしました。これも大変だったけど、ニーンよりも楽でした。なにしろフィルたちがいたからね。土遊びが好きなフィルとイーライ。小さな翼で、凄《すご》い勢いで土を払いのけるクルクル。掘ることが得意なアリスター。そして、まったく戦力にならない僕……

どんどん、どんどん、フィルたちは土を掘っていき、僕は置いてけぼりです。だから、掘った部分が斜めになってしまいました。これじゃダメだから、フィルと場所を交代してまた土を掘ります。

そんな風にして掘っていったら、ガイが見えたときには、畑には大きな穴が開いていました。まるで何か、大きな足跡の中にいるみたいです。

ガイも、ストライドに手伝ってもらいつつ、みんなで持ち上げます。ちなみに、ストライドはドラゴン姿です。今年一番大きなガイを掘り当てたみたいで、さすがに大人ドラゴンがいないと、持ち上げられませんでした。

採《と》ったニーンとガイの間にみんなで並んで、嬉しいのポーズです。しかも、さらに嬉しいことがありました。ちょうど絵師が通りかかって、ささっと僕たちを描いてくれたんです。しかも人数分。人数分なのに三十分もかかりませんでした。それをもらった僕たちは、さらにテンションが上がります。

きちんと絵師さんにありがとうをした僕たちは、その後野菜を持って帰りました。今日はもう遅いから、明日の夕飯に出してくれるそうです。

よかった。実は、お屋敷とお庭の工事が明日には終わりそうで、工事が終わったら、イーライはエセルバードさんたちに挨拶《あいさつ》をして、翌日に先に住んでいる森に帰るんだとか。

だから明日の夜が、最後の夜なんです。せっかくお友達になったのにって、しょんぼりの僕たち。でもその話の後に、また遊ぶ約束をしたから大丈夫。アビアンナさんがイングラムに、必ず遊びに来させてねって、強く言ってくれたしね。

イーライに、自分たちが住んでいる森には遊びに来られないのって、聞かれたんだけど、さすがに今はちょっとね、色々と問題が……だから、アビアンナさんが一応、僕がイングラムたちの森まで行く体力がないってことにして説明してくれました。

そして別館に帰った僕たちは、イーライがイングラムと一緒に、アビアンナさんとお話をしている間に、イーライに渡すプレゼントを考えることにしました。

せっかくお友達になったのに、帰るのが早いから、何か思い出になるものを僕たちの宝物の中からあげることにしたんです。

『う～ん、キラキラがいいなの？』

『それともピカピカかなあ？』

『クルクル、コロコロがいいかも』

「じぇんぶ、いかも。こりぇ、ど？」

みんなの意見が入っているものがいいかなと思い、僕が箱から出したのは、ビー玉みたいな石です。透明な石で、その中にキラキラ、ピカピカしたものが入っています。それから形はまん丸で、コロコロ転がるんです。

『うん、これがいいかも!!』

『おなじのあるなの！　みんなおそろいなの！』

『クルクル～！』

そう、同じ石が五個あって、みんなで一個ずつ。ちょうどいいでしょう？

プレセントが決まったら、アリアナに可愛《かわい》い袋を用意してもらい、そこに石を入れて長めの紐《ひも》で口を結びました。首からかけられるようにしたんです。これなら、持って帰るのが楽になります。

『明日まで内緒だよ。ビックリさせるの！』

『うん、言っちゃダメ』

『なにもいわないなの』

「みんにゃ、しー」

『『しー』』

＊

次の日は、明日イーライが帰るということで、その準備をすることになりました。昨日までに色々買ったからね。それを持って帰るのに、アビアンナさんが袋を用意してくれました。

それは、大きな巾着に、リュックみたいに背負えるように肩掛けの紐《ひも》が付いている袋です。袋はドラゴンの里でよく売られているもので、サイズをきちんと測って買ってきてくれました。イーライと一緒に来た特攻隊長さんと、四匹のワイルドウルフの分も、です。

イーライのは、今のイーライにはちょっと大きいんだけど、でもこれからまだまだ大きくなるからと、少し大きめの袋を用意してくれました。

その中に、どんどん荷物を入れていきます。イングラムたちが買ったお土産《みやげ》の量が凄《すご》いんです。聞いたら、群れは三百匹以上いるんだとか。

大きいものはダメだから、一つの袋にたくさん同じものが入っている、ドームのお菓子《かし》屋さんで買った飴《あめ》と、とっても硬いお煎餅《せんべい》を選びました。

両方とも一つの包装に十五個は入っていて、それを二十五個ずつ買いました。これなら、三百匹以上いても、配るのにギリギリにならなくて済むはずです。だってピッタリ買っていって、もしももらえないワイルドウルフがいたら、大変なことになるって……

うん、そうだろうね。とっても大きなワイルドウルフが喧嘩《けんか》をしたら、エセルバードさんたちじゃないけど、大変なことになります。

それから、群れにいる子ワイルドウルフたちに、ボールを買って帰ります。全部で六個です。みんなで遊べば六個で大丈夫なんだそうです。今は木の実のボールで遊んでるみたいです。前に人間の街で買ったボールは壊れちゃったんだって。

というか、この世界の魔獣は、普通に買い物するんだね。それが普通なの？　お金どうしてるんだろう？　確かにイングラムたちが買い物してるとき、どこからかお金を出して、それをついて来てくれていたストライドが受け取り、代わりに払っていたけど。

あと、自分たちの奥さんへのお土産《みやげ》もあります。何を買ったかは知らないけど、お土産《みやげ》の中で、選ぶのに一番時間がかかっていました。

ちなみに、お土産《みやげ》の袋とか、ゴミにならない？　森にとってゴミはダメじゃない？　と聞いてみました。そうしたら、燃やして炭にして、肥料にするんだそうです。自然のことを考えて、自然に返せるような素材でできていました。

ただ、そんなことを考えない人もいて、そういう人たちは取り締まりの対象になっているとのことです。ドラゴンの里にも時々いるみたいです。

そんなこんなで、巾着袋はぎゅうぎゅう、パンパンです。イーライの巾着袋も、自分のお土産《みやげ》でいっぱいでした。

そしてその日の夜――

エセルバードさんたちは、あれだけのボロボロだったお屋敷を、本当に二日半で直しました。でも、まだ装飾品や細かいものが並んでいないから、今日まで別館で過ごします。

最初にイングラムがイーライの紹介をして、続いてエセルバードさんがウィバリーさんに、ただの人としての僕を紹介します。ウィバリーさんは最初とっても驚いていたけど、すぐにニコニコ、いやニヤニヤしていました。

夜のご飯は今までで一番賑《にぎ》やかで、僕はこんなに大勢でご飯を食べたことなかったから、とっても楽しかったです。

そしてご飯の後は、僕たちのプレゼントの時間です。みんな、ちゃんとここまで内緒でこられました。代表で僕がイーライに渡します。

「えちょ、おちょもだち。ちょっろちか、あしょべにゃかったけど、またあしょぼにぇ。これは、みんにゃおしょろい、おちょもだちきにぇん。どじょ」

『わあ、ありがとでしゅ！　なかみてい？』

「うん！」

中を見たイーライの目が輝いて、凄《すご》い笑顔です。イーライもキラキラ、ピカピカが大好きなんだって。それに、コロコロ転がるものも大好き。僕たちと一緒です。

『わあ、わあ！　しゅごいねえ。ありがとございましゅ！』

『すぐにまた遊びに来てね』

『おともだち、いっぱいあそぶなの！』

『今度はクルクルして遊ぼうね！』

「みんにゃ、どこにいちぇも、ちょもだち！」

『うん！　あそびくるでしゅ！』

よかった。喜んでくれて。イーライだけでなく、みんなもニコニコです。もちろん僕も。その日は、みんなくっついて寝ました。イーライは、僕たちがあげたプレゼントを首にかけたまま。

そして翌朝、ついにさようならの時間になりました。僕たちは門のところでさようならです。

『イーライ、また遊びに来てね。お父さんにはしっかり言っておいたからね』

アビアンナさんが言いました。

『ありがとでしゅ！　またあそびくるでしゅ！』

「まちゃね！」

『すぐきてなの！』

『うんうん、すぐだよ！』

『次もいっぱい遊ぼうね』

「ばばい！」

『『『バイバイ!!』』』

イングラムを先頭に、みんなが歩いていきます。里の門まではストライドも一緒に行き、イングラムさんたち、先に里に来ていたメンバーは、もう少し先まで送ってから戻ってくるそうです。

どんどん姿が小さくなっていって、ついに見えなくなりました。その途端、僕の頬《ほお》が濡《ぬ》れていました。

「うえぇ」

『いっちゃったなの。ふええ』

『ピロロロロ〜』

『うくっ、ヒック』

僕たちみんな泣いていました。この世界に来ての初めてのお別れは本当に寂《さび》しいんです。

『あらあら。みんな泣いてしまったわね。これは当分落ち着きそうにないわ。あなた、話は午後でいいでしょう?』

『ああ、もちろんだ。さあ、みんな行こう』

僕は、クルクルを抱いて、アビアンナさんに抱っこしてもらいます。フィルはクラウドが抱えてくれて、アリスターはエセルバードさんにおんぶしてもらい、みんなで戻りました。

イーライ、またね。またいっぱい遊ぼうね!!


僕たちは別館じゃなくて、直ったお屋敷の方へ行きました。久しぶりに見るお屋敷はしっかり直っています。寂《さび》しくて泣いているけど、そこはしっかり見なくちゃ。

もちろん、アビアンナさんとローズマリーさんが、しっかりとチェックしているけど、僕たちもしっかりチェックしてねって、昨日言われたんです。子供の目線からしっかり見てほしいんだとか。

下の方のように、小さい僕たちにしか見えない世界があるからです。

さらに、僕たちの中でも小さいクルクルは、もし自分だけが入れるような、小さな穴があれば、しっかり調べるって言っていました。

穴？　最初穴なんかあるのかなって思ったんだけど、これが意外とありました。外の魔獣たち用の穴があるんです。

お屋敷の壁や庭には、ところどころに餌台《えさだい》や巣箱が設置してあります。そこに、小鳥やリスみたいな魔獣、うさぎみたいな魔獣、色々な小さい魔獣などが遊びに来ます。

その餌《えさ》やりとか、清掃とかをするために、壁に小さな穴や、簡単な扉がついていました。場所によっては、お屋敷の中まで入れるように網《あみ》が設置してあって、僕たちはお屋敷の中にいても、魔獣たちにご飯をあげることができます。

クルクルはその子たちに会うのが大好きで、壊れた箇所にも設置してあったから、それをしっかり確認したいんだとか。

でも、僕たちがあんまり泣いているから、お屋敷のチェックはちょっとの間中止です。とりあえず直ったリラックスルームに行って、泣きやむのを待つことになりました。アリアナがホットミルクを用意してくれたので、僕たちはそれを泣きながら飲みます。

それから、まだ朝だけど、クッキーも出してもらいました。しかも三種類も。僕以外はクッキーに夢中になり、食べ終わる頃には、すっかり涙が止まっていました。

『さみしい。けど、クッキーだいじなの』

『うん、クッキー大切。しかも三つ食べられた。おやつじゃないけど食べられた』

『イーライとはまた遊べる。でもこのクッキーは今だけ』

フィル、クルクル、アリスターはそう言います。いや、確かにそうなんだけど、なんか納得いきません。みんなそんな感じなの？　だってさっきまで、みんな寂《さび》しい寂《さび》しいって、なんだったら僕よりも泣いていたよね？　それなのに、今泣いているのは僕だけで、みんないつも通りに戻っています。

結局、僕が泣きやんだのは、それから一時間後でした。クッキーに続いて、お煎餅《せんべい》までもらい、それをもそもそ食べていたらみんなに狙われたので、仕方なく涙が止まった感じです。

『お菓子《かし》で無理に止めちゃったかしら。カナデ、悲しいとき、寂《さび》しいときは泣いていいのよ。今涙が止まっていてもね』

うん、大丈夫。ちょっと落ち着いてきました。寂《さび》しいけどもう泣かないと思います。すると、みんなが僕に、早く直ったところを確認しに行こうと誘います。僕は思わずみんなをジト目で見てしまい、アビアンナさんとローズマリーさんに笑われてしまいました。

でも、午後から話し合いということだったので、確かに早く確認しないといけません。まずは玄関ホールからです。一方のアビアンナさんとローズマリーさんは、エセルバードさんたちのところへ行きました。

僕たちは順番に階を回っていって、そうしたらなんと、二ケ所ダメな部分を発見しました。もちろん、しっかり報告しています。

＊

『まったく、あなたたちが何もしなければ、すぐに話をすることができたのに』

「本当よ。そうしたらもっと早く、カナデちゃんのことについて話し合えたのに」

『いや、まったく申し訳ない』

「あの頃の感覚が沸々《ふつふつ》と……」

アビアンナとローズマリーの叱責《しっせき》に、私――エセルバードとウィバリーは頭を下げるしかなかった。

『あのときの馬鹿なやり取りを、今も引きずるなんてあり得ないわ！』

「いい？　これ以上あのときのことを持ち出したら、私たちも容赦《ようしゃ》しないから」

『いや、すでに……』

「数日前のあれは……」

『「何!?」』

『「はい!!」』

カナデたちが屋敷のチェックを始めたところで、アビアンナたちが私たちのもとへ来た。これからカナデたちを改めて紹介する前に、ある程度は話をしておく必要がある。

まず、ウィバリーたちには、手紙で知らせてきた魔力の爆発を、イングラムたちも気づき、ここへ来てくれたことを話した。そして今、ドラゴンの森では大きな問題は起きていない、ということも。

まあ、カナデたちと、あのドラゴン騎士たちの死体のことはあるが、とりあえず、すぐに他の里の部隊まで動かすような問題は起きていないからな。

「そうか、ならよかった。イレイサーがかなり慌《あわ》てていたからな。しかしお前のことだ、この森に何かあっても、そう簡単に問題が大きくなることはないと思っていたが」

イレイサーは、ウィバリーが治めている街の魔法師団長で、少しのことでは動じることのない者だ。その男が慌《あわ》てるなど……それだけ強い反応が起きていたのに、なぜ私たちは気づかなかった？

「まあ、何もないなら別にいい。別にいいが、あっちは別だ。まさかあんなに小さな子供がここにいるなんてな。なぜすぐ俺に知らせなかった。お前たちが保護しているんだから問題はないだろうが、それでもあの子供は人間だ」

『いつ連絡しようかと、一応考えていたのだがな』

「もし、何かがあって連れてこられないのなら、こっちから誰かをよこしてもよかったんだぞ」

『あ～、色々とバタバタしてだな、まずはカナデの周りを固める必要があったんだ』

「あの一緒にいる護衛や、周りに隠れている護衛のことか？」

『まあ、色々だ。それ以外にもな……』

「なんだ、そのはっきりしない言い方は。お前たちはあの子供をどうしたいんだ？」

『ウィバリー、ローズマリー、これから話すことは、カナデにとってとても重要なことだ。カナデのことが外に知られれば、世界を巻き込むことになるかもしれない。いや、おそらくそうなるだろう』
「は？」
『カナデを、カナデたちを、そのような争いに巻き込みたくはない。だからお前たちには真実を話し、カナデをともに守ってもらいたいんだ』
「なんだそれは……」

10．ようやくの話し合い

僕――カナデたちが呼ばれたのは午後、おやつが終わって少し経ってからでした。フンッと気合を入れる僕。そんな僕を見て、同じように気合を入れるフィルとクルクル。ストライドに続いて、クラウドと一緒に、エセルバードさんたちがいる部屋へ向かいました。

『旦那様、カナデ様方をお連れしました』

『ああ、入ってくれ』

エセルバードさんの返事に、僕たちはすぐに部屋に入ります。エセルバードさんたちとウィバリーさんたちが、テーブルを挟《はさ》んで向かい合わせで座っていました。アビアンナさんに呼ばれて、僕たちはエセルバードさんとアビアンナさんの間に座ります。

『会ってすぐに、ウィバリー、お前には名は教えてあるし、ローズマリーはすでに一緒に過ごしているから、今更かもしれんが一応な。カナデ、フィル、クルクルだ』

「かにゃやででしゅ！」

『なんでまた、なまえなの？』

『もう知ってるのに？』

そういうものなんだよ。

「ゆっくり話すのは初めてだな。俺はエルズワース・ウィバリー。このドラゴンの森から一番近くの街、オールソンズを治めている」

「あなた、そんなに難しく言ったらダメよ。もっと簡単に言わないと。カナデちゃんたちはまだ小さいのよ」

「そうか、そうだよな。どうにもうちの子供たちはもう大きいもんだから、その調子で話しちまった。まあ、簡単に言えば、街を守ってる一番偉いおじさんだ！」

一番偉いおじさん。確か聞いた話だと、ウィバリーさんは公爵じゃなかった？　一番偉いってことは、う～ん、地球と同じ感じって考えていいのかな？　でも、今の言い方だと、なんか軽い感じで偉い感じがしません。

『えらいなの？』

『一番？』

『そうそう、偉いおじさんだ』

フィルとクルクルの言葉に、エセルバードさんが答えました。

『まあ、それが一番分かりやすいわね。それでね、カナデ、フィル、クルクル。この前内緒のお話を私としたでしょう？　そのお話をこれからこのおじさんたちにするのだけど、いいかしら』

僕はアビアンナさんに頷《うなず》きます。だってこれからの僕たちのことが決まる、大切なことですから。

『ないしょ、も、いっていいなの？』

『内緒終わり？』

『ええ、終わりよ』

『おわり、うんなの！』

『内緒、面白かったね！』

フィルとクルクルにとっては、楽しい遊びだったようです。でも、ちゃんと今まで内緒にしてて、二匹とも偉いね。僕が本当の二歳児だったら、今頃喋《しゃべ》ってたんじゃないかな？

僕たちの反応を見て、アビアンナさんがエセルバードさんに頷《うなず》きます。

『よし！　ウィバリー、ローズマリー、さっきも言ったが、お前たちだからカナデたちのことを話すし、一緒に守ってほしいと考えている。誰よりも信用できるお前たちだからな』

「分かった。まあ、話を聞いてから、色々と考えるだろうが、お前がそこまで言うんだ。必ず俺たちもカナデたちを守ろう」

ウィバリーさんが大きく頷《うなず》きました。それから、エセルバードさんと握手をします。

え？　僕たちの話はこれからなんだよね？　僕が『神の愛し子』とか、フィルたちと家族で絶対に離れないとか、何も話をしていないのに、守るって約束してくれるの？

僕が思っていることが伝わったのか、エセルバードさんはニッコリしながら、『大丈夫、こいつはこういうやつなんだ』と、小さな声で僕に言いました。

『ありがとうウィバリー、ローズマリー。話が決まったところで早速。まずカナデのことからだ。カナデはただの人間の子供じゃない。神が使わした、「神の愛し子」だ』

イングラムたちのときみたいに、部屋の中がし～んとなります。

ローズマリーさんは口に手を当てて驚いていて、ウィバリーさんはあんぐり口を開けています。これもこの前のイングラムたちみたいで、フィルとクルクルが面白い顔と笑っています。

ダメだよ、今大切な話をしているんだから。いや、僕も面白い顔って思ったけど。それでも、今回の話し合いの中で、たぶん一番の衝撃の話になるはずだから。

「あ～、すまん。もう一回言ってもらえるか？　どうも聞き間違えたらしい。『神の愛し子』様なんて」

『聞き間違えではない。カナデは「神の愛し子」様なんだ』

あ～あ、また面白い顔に。僕も思わずクスッと笑ってしまいました。でもそれ以上に笑ったのは、今度はすぐに現実に戻ったウィバリーさんでした。

「おいおい、まさか！　本当に『神の愛し子』様なのか!!　そうかそうか！　ガハハハハハッ!!」

「あなた失礼よ！　でもまさかカナデちゃんが。いえ、カナデ様が『神の愛し子』様だなんて」

「えちょ、しゃまにゃい。いりゃない。ぼく、かにゃで」

『カナデは、様を付けられるのが嫌なのよ。今まで通りに話してほしいのよね』

「でも」と言うローズマリーさんですが、それでも何回か言ったら分かってくれて、もとの「カナデちゃん」に戻りました。「ちゃん」もいらないんだけどな。

そして、それを聞いてさらに笑ったウィバリーさんは「傲慢《ごうまん》な『神の愛し子』じゃなくてよかった。それだと面倒だった」と言いました。その瞬間、ウィバリーさんの体は後ろに反り返って、そのままソファーの後ろに落ちました。僕もフィルたちもビックリです。

「ほほほ、ごめんなさいね。あなた！　今の言い方はないわよ。もちろんカナデちゃんはそんな子ではないけれど、傲慢《ごうまん》な、面倒だったなんて、本人の前で言うことではないわ。それに笑いすぎよ！」

『今のは、ローズマリーがウィバリーを叱《しか》っただけだから、心配しないでね』

え？　叱《しか》っただけで、後ろにひっくり返ったの？　どうして？　もしかして、この前の喧嘩《けんか》のときみたく、ローズマリーさんが素早くウィバリーさんの頭を叩《たた》いたとか？　それでひっくり返ったのかな？

「いてて」と言いながら起き上がったウィバリーさんは、それからニヤリと僕を見て笑います。なんだかイングラムたちと似ています。あっちはニヤァ、こっちはニヤリ。もしかして、これからイングラムたちと同じ感じになる？

『おい、そんな顔をしてると、カナデたちに嫌われるぞ。なにしろ、イングラムたちのこともあるからな。そう言えば分かるだろう？』

「そんな顔ってなんだ。俺は普通だろう？」

『そのニヤけ顔をやめろと言っているんだ。ほら見てみろ、カナデたちの表情を。イングラムたちのときと同様だから分かる。お前のことを不審者として見ているぞ』

アビアンナさんが、この前の、イングラムたちと初めて会ったときのことを、ウィバリーさんたちに話します。そうしたら、ウィバリーさんはまた大笑いです。あいつらは戦っているときや、普通にしているときならばそれなりにカッコいいが、本当の姿を見たらなって。

ウィバリーさんも、同じように笑っているのに。それにウィバリーさんの場合は、ローズマリーさんにやっつけられる姿を見てるから、イングラムたちよりもダメな印象があります。

さらにジト目で見る僕たち。そんな僕たちだったので、『そんな顔をしていると、可愛《かわい》い顔が台なしよ』とアビアンナさん言われてしまいました。

なんとか表情を戻した僕たちは、ウィバリーさんたちに、僕のステータスボードを見せることになりました。一応の仲直りをして、親友関係に戻ったエセルバードさんたちです。お互いの言うことが嘘だなんて思わないけど、ちゃんとした、目に見える証拠みたいなものは見せないといけません。

僕がステータスボードを一人で出したら、もうそんなことができるのかと、二人とも驚いていました。そしてステータスの『神の愛し子』のところで、「本当だ。本当に表示があるぞ」と、また少しだけ笑います。

その後は、全属性と羽魔法のところで止まりました。やっぱりそこが気になるよね。他の部分は相変わらず分からないものばっかりだし。

「さすがだな、全属性だとは。前回の『神の愛し子』も、そうだったか？」

『途中からな。初めは使える属性も数個だった』

「それに、全属性の隣に表示されてる羽魔法ってなんだ？」

『ああ、それはな……』

エセルバードさんが説明しようとしたときでした。ストライドがドアをノックして、イーライを送りに行ったイングラムたちが帰ってきたって知らせてくれました。そこで、イングラムたちとも一緒に、羽魔法について、詳しく話すことにしました。

もちろん来たのはイングラムとラニーです。イングラムはちゃんと約束を守ってくれて、他の一緒に来たメンバーには、僕たちのことを話していません。だから、二匹だけで部屋に来ました。

『よし、揃《そろ》ったな。これから説明する羽魔法だが、私たちが知っている限りだが、こんな魔法は見たことがない。羽魔法は新しい魔法だと思っている。イングラムたちもそうだろう？』

『ああ、エセルバード、我らも見たこともなかったし、聞いたこともな』

『ウィバリー、お前たちはどうだ？』

「俺もないな。ローズマリー、お前は？」

「私もないわね。羽ということは、羽がいっぱい出る魔法かしら？」

『あ〜、それだったらまだよかったんだが。今から実際に見せるが、驚くなよ。というか、騒ぐなよ。今この魔法に関しては、カナデたちには屋敷の中だけで使えと言ってある』

そこまで話してから、エセルバードさんは僕たちに羽魔法をやっていいって言いました。

「おい、やらせるって、確かに表示はされていたし、ステータスボードも出せるが、もう魔法が使えるのか？」

エセルバードさんは少し困った顔をしたものの、何も答えないで、僕たちには『さあ』と促します。僕たちはすぐに魔力を溜《た》めはじめ、クルクルも僕のお尻《しり》を上げる準備をします。

うんうん、魔力を溜《た》めるのはいい感じです。さあ、次は羽を思い浮かべて……これもすぐにできました。鏡がないからクルクルが教えてくれます。

と、ここでイングラムたちとウィバリーさんたちを見ます。イングラムたちはあのだらしない表情をしているけど、まだ伏せをしていないからいい方かな。ローズマリーさんはビックリ、ウィバリーさんはちょっと笑ってる？

これから飛ぶからよく見ててね。相変わらず高さはフィルの足先が入るくらいだけど、そこへクルクルが待ってましたって感じで、僕の腰を掴《つか》んでお尻《しり》を上げます。そして——

すいすいすい〜！　僕たちは部屋の中を飛びます。Uターンはフィルに手伝ってもらいました。

もちろん、すいすい飛ぶのが終わったら、変わる羽も見せます。パッパッパッと。ここまでの流れは、今までで一番よかったかもしれません。

最後は僕たち三人の共同作業。そっとフィルに乗っかって、部屋の中を一周して戻ってきました。

まだ羽が出せていたから、もう少しだけすいすい飛んで、羽が消えたらソファーに戻りました。

うん、やっぱり飛ぶのは楽しいね。

「とぶにょ、たのち！」

『ボクもなの！　それにすきなはねにできるなの！』

『みんな一緒に飛ぶの楽しいよね！』

喜んでいたら、アビアンナさんに『ちょっと静かにしましょうね』と言われたので静かにしたら、また部屋の中がし～んとなりました。

みんなを見たら……さっきまでだらしなくしていたイングラムたちも、何を聞いても見ても笑っていたウィバリーさんも、ビックリしていたローズマリーさんも、全員が真顔になっていました。

そういえば、イングラムたちも飛ぶところは見たことあるけど、羽を変えるところは初めてかもしれません。

『と、こんな感じだ。これがカナデたちの羽魔法だ』

エセルバードさんがそう言った後、僕たちは一旦部屋を出ることになりました。ウィバリーさんは、真顔からあのニヤつき顔に戻って、僕たちのことを、小さいのに凄《すご》い魔法が使えるなって褒《ほ》めてくれました。

僕たちはアリスターのところに戻ります。

『ほめてもらえたなの！　うれしいなの！』

『また練習しようね』

「みんにゃ、いぱい、とべりゅといいにぇ」

＊

カナデたちがウィバリーに褒《ほ》められて、ニコニコ可愛《かわい》い顔を見せながら、私——エセルバードたちがいる部屋から出ていった。そして部屋の中には沈黙が漂う。その沈黙を破ったのは、ウィバリーの大きなため息だった。それと同時に、彼はソファーにドシっと座り直す。

それを皮切りに、イングラムたちも力を抜いてため息をつく。ローズマリーも普段の様子に戻った。

『ねえ、カナデたちは凄《すご》いでしょう？　あんなに小さいのに、あんなに素晴らしい魔法を使えるのよ』

「そうね、本当に凄《すご》いわ。それに可愛《かわい》い魔法ね。あんな小さい羽をパタパタさせて、まるで教会に描かれている天使みたいだわ」

『でしょう！　私もそう思っていたのよ‼』

アビアンナとローズマリーが盛り上がりはじめる。いや、今そこはいいんだ。確かに可愛《かわい》くて天使みたいだが、今はこの羽魔法について話さなければいけない。

「まさか、あんな魔法があるとは。確かに見たことがない魔法だな。そしてかなり問題だ」

『やはり、お前もそう思うか？』

「ああ」

『イングラム、お前はどう思う？』

『フェンリル様が新たな力を使う。それは喜ばしいことだが、今までに羽で空を飛ぶフェンリル様がいたか？　風の魔法を使い飛ぶことはあったがな……これは問題だ』

『これが外に広まれば、カナデの存在もこの世界各国に伝わる可能性がある。そうなると、カナデが「神の愛し子」だと気づかれ、攫《さら》われる可能性がある』

「そしてそれに加え、羽で飛ぶフェンリルのフィルだ。こちらもまだ赤ん坊だからな。今のうちに攫《さら》い、奴隷の首輪をつけてしまえば、か」

『だから私は、今まで誰にも連絡をせずに来たんだ』

私は、カナデたちを保護したときからの流れを手短に話した。

まずは私の方の準備が整ってから、ウィバリーたちに連絡を取ろうと思っていたこと。

元々ただの人間として、カナデのことはウィバリーに連絡する考えだった。あの喧嘩《けんか》以来、会っていなかったが、それでもやはり人間で信用できるのはウィバリーだったからだ。

そして、フィルのことも連絡する予定だったことを、イングラムに話す。

が、いざ二人に手紙を出そうとすると、カナデたちが色々とやらかし。その対応をしているうちに連絡が遅れ、その間にウィバリーたちから連絡が、またイングラムたちもここへ向かっていることが気配で分かったので、ちょうどいいと待っていたことを伝える。

「カナデがここへ来たのは、イレイサーが魔力の爆発を感じた頃か？」

『ああ、そうだ』

「そうなるとだ。その短い期間に、カナデたちはあの羽魔法ができるまでに成長したと」

私は大きく頷《うなず》く。ウィバリーはまた大きなため息をついた。ただ、今回のため息は、カナデたちに感心したためだ。

「さすが『神の愛し子』と、その契約魔獣といったところか」

『私たちはそれだけではないと思っている』

「どういうことだ？」

歴代の『神の愛し子』様は、もちろん全属性を使いこなし、様々な知識を人々や魔獣たちに伝えることで、この世界を導いてくださった。しかし、確かに一般の者からしたら、最初からかなりの能力をお持ちだったが、それでも大人になるまでは、ゆっくりと成長されたと伝えられている。

『だから私たちは、これは「神の愛し子」は関係なく、もともとカナデには魔力の才能があり。そのため、このような魔法を作り出してしまっているのでは、と考えている』

「最初からそれなら、じゃあ、『神の愛し子』として魔法の能力が目覚めたら？」

『だから問題なんだ。ただ、今私は、未来を心配するよりも、この状況を心配する方が先だと考えている』

「あ～まあ確かに。まずは今をどうにかしないとな」

『フィル様も、これからまた新しい魔法、いや、何をされるか分からんからな。カナデ様と家族で同じ魔法を使うということは……もしカナデ様が新しい魔法を生み出せば、今回のように同じ魔法をやりたいと、また新しい魔法が成功してしまうかもしれない。問題が増えるだけだ。だが、そういうところも、さすが我らがフェンリル様だ！』

「喜んでいる場合か！　だが、イングラムの言う通りの可能性もあるな」

『で、だ。今のカナデたちに必要なのは一般常識だ。何しろまだ小さな子供で、一般常識など、まだまだこれからだからな。それには、お前たちの力が必要になるという話だ』

『そういうことならば、我らが全力で……』

『イングラム、分かっているか？　目立たないようにやるんだぞ？』

『わ、分かっている！』

「俺の方も、もちろん力を貸そう。だが」

『なんだ？』

「お前、他にも俺に話すことがあるだろう？　カナデの今後住む場所と、完璧な後《うし》ろ盾《だて》の話だ」

さすがウィバリー。私が話をする前に、それについて言ってくるとは。

『先に伝えておくが、私のところに残るにしても、お前のところへ行くにしても、カナデたちを引き離すのはやめてほしい。彼らはすでに家族だ。家族を引き離すなど、そんなことはしたくない。カナデたちは自分たちで家族になることを決めた。あんなに小さい子たちが自分たちでだぞ。彼らの絆《きずな》はそれだけ深い』

「ふん、そんなことは分かっている。だが、それをカナデたちの口から聞かないとな。とりあえずそのことから話を進めよう。他のことはそれからだ。きっとカナデたちは今、別れさせられるかもと、それにどこで暮らすのかと不安なはずだろう。まずはその不安を取り除いてやろうじゃないか」

＊

また僕――カナデたちが呼ばれたのは、一時間後くらいでした。エセルバードさんたちのところへ戻ると、ついにこれからの僕たちの話をすることになりました。

僕もフィルもクルクルも、ピシッと背筋を伸ばしてソファーに座ります。クルクルは声で『ピシッ!!』って言いました。

なんでわざわざ声に出したのかなって思ったら、しっかり背筋を伸ばしているけど、体がまん丸で分かりにくいからだそうです。

エセルバードさんたちは何度か見たことあるから、分かると思うよ？　あっ、でも、ウィバリーさんたちとイングラムたちは分からないか。クルクルのピシッの姿は初めてだもんね。

クルクルが背筋を伸ばすときは、小さな足がピョッって出るんです。ワタボコのまん丸に突然可愛《かわい》い足が生えた感じです。

最初に見たとき、何してるのって聞いたら、ピシッの姿勢をしてるって教えてくれました。だから、ワタボコに足が生えていたら、クルクルが姿勢を正しているんだと分かるようになりました。

アビアンナさんが説明したら、ローズマリーさんは「可愛《かわい》い可愛《かわい》い」と、ウィバリーさんは「足を払ったら、そのまま転がっていきそうだな」と言いました。

その言葉で、クルクルは蹴りを入れる動きをします。フィルは唸《うな》って、僕もウィバリーさんを睨《にら》みます。ウィバリーさんはローズマリーさんに、また倒されていました。

僕たちに敵認定されたウィバリーさんが起き上がった後、クルクルは蹴りを入れる姿勢のまま、話し合いが始まりました。

ウィバリーさんにまず最初に言われたのは、エセルバードさんと同じく、好きな方で暮らせばいい、ということでした。無理に人間の住む街には連れていかない、僕たちをバラバラにはしないのは絶対だ、と言ってくれました。

それは決定だから、あとはこれからの話を聞いて、僕たちが好きな方を選ぶんです。しかもすぐに決めなくてよくて、ウィバリーさんたちはこれから二週間、ドラゴンの里に滞在する予定だから、帰る少し前までに決めてくれればいいって。

それに、もしウィバリーさんたちのところへ行って、やっぱり帰ってきたいと思ったら、そうしてもいいそうです。

「いちゅでも、かえりゅ、い？」

『ああ、もちろんだ！　カナデたちの部屋も、いつ帰ってきてもいいように、そのままにしておくからな』

エセルバードさんやウィバリーさんたちが、そんなことまで考えてくれていたなんて。いつでも帰ってきていい。僕はとっても安心しました。

これから詳しい話を聞いて、もしかしたらウィバリーさんのところに行くかもしれない。でも合わなかったらどうしようって心配だったんです。

「いちゅでもかえりゅ、ありがちょ」

『何を言ってる。カナデたちはもう、ほとんど私たちの息子みたいなもんだからな』

「おい、俺たちの息子にもなるかもしれないんだぞ」

『ふっ、どうだか』

「お前！」

『ちょっと、なに揉《も》めてるのよ。これはカナデたちにとって大切なことなのだから！』

「そうよ！　どちらが息子ということはないのよ！　そういうのはね、自然な流れで決めるんですからね！」

エセルバードさんたちが怒られました。でも僕はちょっとニヤニヤしてしまいます。だって息子だって。ふへへ、なんか嬉しいなあ。

『……カナデ。よし、じゃあ話を進めるか』

「ははっ、そうだな」

それからの話は、前に聞いていたことを詳しくした感じでした。まず、僕はこの世界で暮らすために、これから色々と勉強をします。ただ勉強といっても、学校へ行くのではなく、普通の小さな子供が、自然に勉強するような。例えば、洞窟《どうくつ》に行ったときに何か知りたいことがあったら聞いたり、これは危ないものだから近づかないようにしましょうって注意してもらったり、この道具の使い方はこうですよって教えてもらったり。そんな風に、流れで学んでいく感じです。今までと変わりません。

ただ今の段階では、僕はドラゴンと人間、共通のことを学んでいきます。これから少しずつドラゴンと人間の違いも出てくるだろうという話です。

アビアンナさんがごわごわの赤い木の実を出しました。この木の実は、ドラゴンは大好きなんだけど、人間には毒で、お腹を壊したり、気持ち悪くなったり、頭痛がしたりするんだとか。だから、僕は絶対に食べちゃダメです。

こんな風に、ドラゴンと人間では違う部分があり、それは普段の生活の中にもあります。まあ、人間は飛んで移動しないとかはもちろん、ちょっとした違いから大きな違いまで色々です。

そういう違いを、ウィバリーさんのお家に行けば教えてもらえるし、行かない場合は、時々ドラゴンの里に、ウィバリーさんの街から誰かが来て、教えてくれるそうです。

それは、僕だけではありませんでした。フィルやクルクルたちも、どこで暮らすことになっても、エセルバードさんやイングラムたちが色々教えてくれるとのことでした。

『だから、カナデたちがどこで暮らすにしろ安心してくれ』

「魔法でも、使える魔法と使えない魔法があるんだぞ。例えば、人間はカナデみたいに契約の魔法を使えるが、ドラゴンは使えないんだ。そういうのも教えてやるからな」

へえ、そうなんだ。僕は、魔法はみんな一緒なんだと思っていました。そうか、そういうのも教えてもらえるんだね。でも、どうしてドラゴンは契約魔法が使えないんだろう？

「ドラゴンの場合はふくじゅ……」

「あなた、今はそれはいいのよ。もっと簡単な違いから教えてあげないと」

ふくじゅ？　何？　そんな話をしながら、時間は過ぎていきました。

話し合いが終わったのは、夜のご飯のちょっと前です。あの後は、ウィバリーさんの街のことについて聞きました。ドラゴンの里よりは小さいけど、人間や獣人たちが暮らす街としては、かなり大きいとか、首都にも近いので、珍しいものがいっぱいあるとか。

ちなみに、僕たちがそのままドラゴンの里で暮らすとしても、ウィバリーさんの街には必ず行くことになりました。これも勉強の一環です。

また、ドラゴンの里ではなかなか他の種族には会えないけど、ウィバリーさんの街では、獣人がいっぱい住んでいるし、エルフも少ないけど住んでいるんだとか。

僕、獣人にもエルフにも会ってみたい！　小説やアニメと同じなのかな？　それとも全然違うのかな？

そして話し合いの最後には、最初に言われたように、今回話したことをふまえて、これからのことは僕たちが決めていいということでした。決めるのはウィバリーさんたちが帰る二日前です。もしウィバリーさんたちについていくなら、準備が必要だからね。

どっちの生活を選んでも、僕たちを絶対に守ってくれる――僕たちはそれを聞いて、ニコニコで部屋から出ていきます。

なお、二週間の間、今の僕たちの生活を知るために、明日からはウィバリーさんたちと行動します。そして初日の明日は、僕たちの魔法をもう少し見てみたいってことで、なんと羽魔法以外を練習してみることになりました。

そう、魔力を溜《た》める練習がかなり上手くいってるから、前に言っていた通り、初級の魔法を一つ、練習を始めようって話です。グッドフォローさん曰《いわ》く――

『羽魔法なんて新魔法をそれだけ使っているんだから、問題ないよ』

言われてみたら、僕たちはもう魔法を使っていました。でも、ちゃんとした魔法は初めてです。練習を頑張《がんば》らなくちゃ。

でも、ちゃんとどっちで暮らすかも考えます。それは、僕とフィルとクルクルだけで話し合います。

そしてなんだかんだとすぐに寝る時間に。今日は僕たちの部屋にあるスモールハウスで寝ます。でもその前に、スモールハウスに用意してもらったテーブルに集まって話し合いです。

「ばりーしゃん、こわいひとにゃかった」

ウィバリーさんのウィが言えなかったら、ウィバリーさんに『バリー』でいいって言ってもらいました。

『ローズマリーさんも、とってもやさしいなの！』

『それに、僕たちが選んでいいって約束、守ってくれる。でも、僕を笑ったのはダメ。また笑ったら攻撃！』

ほら、そっちに関しては敵認定されてるよ。明日から何もなければいいけど。クルクルの攻撃、結構強いから。最近は色々技を編み出してるし。フィルとの連携攻撃もあるし。それに……まあ、あっちは……アビアンナさんとローズマリーさんも、ノリノリだったなあ。

「どち、しゅるか、みんにゃできめりゅ」

『ボク、まだきめてないなの』

『ボクも』

もちろん、僕だってそうだよ。でも今のところは、このままエセルバードさんのところにいたいかな。ただ僕の気持ちは、今はフィルたちには言いません。自分でちゃんと考えるのが大事ですから。一週間くらいしたら自分たちの気持ちを話して、最終的にどうするか決めるつもりです。

『ボク、いっしょうけんめい、かんがえるなの！』

『ボクも！　しっかり考えて、その他のことも考える！』

「ほかこちょ？」

『うん、もしかしたら向こういく。だから、笑われたときの新しい攻撃も考えておく！』

うん、それは頑張《がんば》って。応援してるよ。と、心の中で思いながら、今日の話し合いを終わりにします。ここからは自分で考える時間です。

でも、ウィバリーさんたちと話して、そしてみんなが僕たちのことをあんなに真剣に考えてくれているのが分かったので、お別れはあるかもしれないけど、不安はなくなりました。

ベッドに入った僕たちは、明日からの魔法の練習について話します。僕はなんの魔法にしようかな？　羽魔法ですっかり考えるの忘れてました。う～ん、エセルバードさんたちに基本の魔法は見せてもらったけど、どの属性もカッコよかったよね。

「ふぃりゅ、まほ、にゃんにしゅる?」

『ボクはつちまほうなの! それでどろにするなの!』

どうしても自分が好きな、泥遊びの泥を出したいんだね。あっ! でもそれなら、やっぱり僕は水魔法かな。もしフィルが土魔法に成功しても、その土魔法を発展させた泥魔法は、すぐにはできないかもしれません。そんなとき、僕がフィルの土魔法に、水魔法を使えば泥になります。そうすれば泥魔法ができるまでは、僕がフィルのお手伝いをできます。いつも僕はフィルとクルクルに色々手伝ってもらってるから、それくらいはやってあげたいです。よし、水魔法に決めた!! 明日、楽しみだなあ。

*

『よし、これならば今度こそ』

私——コースタスクは今、あるところへ来ている。それは、ドラゴンの森から少し離れた地下の洞窟《どうくつ》で、世界で私以外、知らないであろう場所だ。

私がここを見つけたのは本当に偶然だった。あの日の私はある者たちに死ぬ寸前まで追い詰められていた。このときの私には二つの道があった。そのまま自ら命を絶つか。それともやつらに捕まり、この身を全世界に晒《さら》されて、大勢の馬鹿どもの前で処刑されるか。

馬鹿どもの前で処刑される? なぜ私がそんなことをされなくてはならない? あの方のもたら

す未来こそが、我々に幸福をもたらすというのに。それを認めず、異端者として、あの方を封印した者たちに殺されるなど。

そうして私は自ら命を絶つことに決め、やつらが追いつく前に、見つからないであろう場所へひそみ、そこで毒を飲もうとした。しかしその瞬間、突然の地震で私は毒の瓶《びん》を落としてしまい、しかもその地震で地割れが発生し、死のうと思っていたのに、思わずそこから離れてしまった。

地震が一旦収まり、私の前には大きな地割れがあった。そのとき私はある違和感を抱き、すぐにでも死ななければ、やつらに追いつかれてしまうと思いながらも、風魔法を使って地割れの中を降りていった。

どれくらい降りただろうか。地上の光が細く見えるくらいまでくると、地質が変わり、ごつごつとした岩のような手ざわりの場所になった。その岩のような部分を魔法で削《けず》る。かなり硬かったが、それでも私の魔法なら、どうにか削《けず》ることができ、そして穴が開いた。

大きな洞窟《どうくつ》に繋《つな》がったようだ。そのときまた地震が起きたので、私は急いで洞窟《どうくつ》に入り、自分で開けた穴を塞《ふさ》ぐ。もちろん私が掘ってきた場所、全てが埋《う》まるくらいに、だ。やつらに少しでも見つからないようにするためだった。

洞窟《どうくつ》の中に入っても、なかなか地震は収まらなかった。その間、上から大きな石が落ちてきたこともあったが、私に当たることはなかった。そうして、ようやく地震が収まると、私は洞窟内《どうくつない》を調べるため歩きはじめた。

どちらが入口か、地上に続く道はあるのか、そのときの私にはそんなことはまったく関係なく、何かに導かれるように、どんどん洞窟《どうくつ》を進んでいった。

どんどん下へ行く感覚で洞窟《どうくつ》を進んでいったが、分かれ道などはなく、ただただまっすぐ歩く。どれだけ進んだか。体感的に三十分くらいだっただろうか。突然目の前に広い空間が現れ、そして――

私はあれを見つけた。それは世界では悪として知られるものだ。しかし、その存在を本当と考える者、誰かの作り話だと考える者、半分は作り話で半分は本当の話だと言う者も。

ちなみに、私は信じていなかった。そんなものが存在していたのなら、この世界はすでになくなっているだろうと思ったからだ。

しかし、それは私の前に現れた、封印された状態で。話は本当だったのだ。まさかこんな場所に封印されているとは。しかもこれが封印されたのは、何百年も昔の話で、こんな地下の洞窟《どうくつ》ならば、誰も分からなくて当然だろう。今回の地震がなければ、私も辿《たど》りつけなかったはずだ。

これを私が再び動かすことができれば、我々を散々馬鹿にし、あの方を封印したやつらに復讐することができる。そしてあの方を復活させ、今度こそ我々の理想の世界が生まれるのだ。

それからの私は、外がどうなっているか分からずとも、時間が経てばやつらは諦《あきら》めて遠くに去ると考え、しばらくこの洞窟《どうくつ》で生きることにした。

幸いなことに、私は水魔法が使えたため、水に困ることはない。とりあえず、洞窟《どうくつ》に生えていた素材を集めて回復薬を作った。初級の回復薬しか作れなかったが、何もないよりはましだ。それを一週間ほども飲み続けて、かなり体力が回復した。

次の問題だったのは食糧だ。いくら水があっても、何も食べないわけにはいかない。そこで、私は魔獣を狩り食糧にした。だがこれが大変だった。この洞窟《どうくつ》にはあれが封印されているせいか、弱い魔獣は寄ってこず、強い魔獣しかいなかったのだ。

そのため魔獣に殺されそうになることもしばしばだった。せっかく体を回復しても、次の瞬間には死にそうになったことが何度となくあった。しかし、それでも私は生き抜いた。

なお、水を使って即席の時計を作り、一日の時間を計っていた。

そして一ヶ月経ったであろう頃に、私は地上への道を探すため、あのものとは反対の、まだ洞窟《どうくつ》で行ったことのない方まで足を伸ばした。だが、なかなか出口は見つからず、最終的には自分で地上への道を作ることになった。

面倒ではあったが、どうせあと一ヶ月は洞窟《どうくつ》で過ごす予定だったからな。少しずつ上へと穴を掘っていく。もし地上に出ても、この洞窟《どうくつ》を見つけられないように、あれを見つけられないように、出口にする場所を選んで掘りはじめたのだが……

選んだ場所が、硬い岩盤だったため、最初は掘るのに苦労した。が、後半は問題なく掘ることができ、半月後には地上に到達することに成功した。

そして、見つからないように少々穴を塞《ふさ》ぎ直し、残りの半月を洞窟《どうくつ》で過ごすと、ようやく私は地上へ出た。

王都に戻ると、私は死んだことになっていた。これは好都合だった。これで誰も私を気にする者はいない。こうして私は新たに仲間を集めながら、あの方の復活を目指したのだ。

前回は私の考えが甘く、その機会を逃してしまった。しかし今度こそは。今回は新たに力の計算をし直し、完全に、いやそれ以上に力を集めることができた。これで、今目の前にあるものを復活させれば、その後はあの方を復活させるのみ。

二週間後だ。二週間後、これを復活させる。

11. まずは水と土の魔力を感じよう!!

次の日、不安も消えてぐっすり眠れた僕——カナデたちは、朝からとっても元気です。朝のご飯もしっかり食べて、新しい魔法の練習をします。

今日はお屋敷の地下へ行きました。地下があるなんて知らなかったんだけど、地下の半分を倉庫みたいに使っていて、残りの半分をエセルバードさんたちの魔法の練習用の部屋にしてありました。体育館みたいな感じです。

まさかまだ、お屋敷の中で見ていない場所があったなんて。

ちなみに、お風呂の改装は、エセルバードさんたちの喧嘩《けんか》のせいで遅れることになりました。それを聞いた僕たちとアリスターは、ジト目でエセルバードさんたちを見ました。アビアンナさんとローズマリーさんもね。そして、イングラムたちも。

実は、みんながお風呂に入るのを楽しみにしていたんです。イングラムたちもお風呂が大好きなんだそうです。お風呂に入ったことがあるのか聞いたら、なんと棲処《すみか》の森の近くに温泉があるんだとか。

ちゃんと地下から湧《わ》いていて、すっごく熱いから、別の場所に源泉を引いてきて、水魔法で少しぬるくして入っている、ということです。なんか効能についても色々言っていたけど、結局のところ、素晴らしい温泉だって言っていました。

しかも、いろんな魔獣たちが集まってきて、みんなで仲良く使っているみたいです。

温泉の話を聞いたフィルたちは、イングラムの森に遊びに行きたいと、大はしゃぎです。

でもフィルが行ったら大騒ぎになっちゃうから、それは却下になりました。群れのリーダーになるならまだしも、と。

もちろんリーダーにならずに行ってもいいけど、群れのワイルドウルフたちに、なんにも話さずに行けば大騒ぎになって、温泉に入れないどころか、すぐには帰れなくなるだろうということでした。

ちゃんと事情を話してからなら大丈夫です。だからそれまでは遊びに行けません。イングラムは必ず話をするから待っていてくれって言いました。

体育館に来た僕たちは、まずはちゃんと魔力が溜《た》められるか、いつもみたいに練習を始めます。何回かそれを繰り返して魔力が一定なのも確認しました。完璧だったから、すぐに新しい魔法を練習することにします。

グッドフォローさんは、まず僕たちに、なんの魔法が使いたいか聞いてきました。もちろん僕は水魔法でフィルは土魔法って即答します。

『やっぱりそれなんだね。まあ最初もそうだったし、最初の魔法にはそれがいいかもしれないね。じゃあ、僕たちがこれから練習する魔法を見せるよ』

アビアンナさんがやってくれた土魔法は、泥団子ならぬ、土団子でした。土団子の周りをサラサラの砂が舞っています。大きさは僕の顔くらいです。

グッドフォローさんがやった水魔法は、やっぱり僕の顔くらいの水ボールを一つ出し、周りには小さい水の玉が、何個も舞っていました。

『これがカナデたちに教える、それぞれの初級魔法だよ』

うんうん、フィルは土団子に喜んでいるし、僕も今見せてもらった水魔法ができるようになれば、フィルのお手伝いができるね。

『おだんごできるなの！　ボクがんばってれんしゅうするなの‼』

「ぼくも！　いちょけんめ、れんちゅしゅりゅ！」

『よし！　早速練習をしようか。まずはいつもみたいに、僕たちとやってみよう。きっと今までと違う感じがするけど、心配しないで魔力を感じているんだよ』

僕たちの肩に手を乗せて、まずは僕たちが魔力を溜《た》めたら、グッドフォローさんとアビアンナさんがそれぞれ、僕たちの魔力に自分たちの魔力を合わせます。

グッドフォローさんが肩に手を乗せてから、それはすぐに起こりました。いつもと違って、魔力が跳《は》ねるような感じがしたんです。それから、ぽちゃんって感じもしたし、ちょろちょろって感じもしました。

『どうかな？　いつもと違う感じはする？』

「えちょ、はにぇりゅ、ぽちゃん、ちょりょちょりょ」

『うん、しっかり感じられたね。どうかな、その感じたものは、水みたいじゃない？』

そういえばそうです。これは水です。僕の溜《た》めた魔力が水になったみたいに感じるんです。

『今感じている魔力を溜《た》められるようになれば、初級の水魔法が使えるようになるよ』

ふわぁぁぁ！　凄《すご》い！　これが水魔法の魔力なんだ！　でも……前に水魔法をやったときに、こんな感じしたかな？

「まえ、みじゅのかんじ、ちなかった」

『あのときは、カナデたちは魔力に慣れていなかったからね。それに、無理やり僕が水の魔法ができるようにしたし。今カナデたちは、自分の魔力のことをよく分かっているだろう？　だから、しっかりと感じることができるようになったんだよ』

そうか。あのときは魔力が爆発しちゃうって、初めての魔力にバタバタしました。自分で魔力を溜《た》めたわけでもなかったし。フィルの方も魔力の感じが変わったみたいです。今はサラサラで、ふわふわで、ザラザラ、ごわごわ、とフィルが言いました。サラサラ、ふわふわなのに、ザラザラとごわごわも感じるんだ。面白いね。色々な種類の土が混ざった感じなのかな？

引き続き感覚を掴《つか》むために、何回かグッドフォローさんたちと一緒に練習です。

『うん、僕がやっているとはいえ、簡単に水属性の魔力に変えられるようになったね。カナデ、どうかな？　一人でやってみる？』

「う〜、もっかいいちょ！」

『分かった。しっかりと感じることが大事だからね。中途半端にやるんじゃなくて、ちゃんともう一回聞いてくるのは大切だよ』

グッドフォローさんは僕の頭を撫《な》でて、もう一回魔力を溜《た》めてくれます。うん、最初よりも、もっともっと魔力が水に変わった感じがしてきました。フィルも同じみたいで、ううん、僕よりもちょっと早く、土の魔力をよく感じられるようになったみたいです。

『土、魔力、ファッサァ〜！』って、なんかよく分からないことを言いながら喜んでいました。

『ファッサァ〜』って何？　僕も土魔法を練習するようになったら、そう感じるのかもしれません。

あっ、そうだ。ちょうどいいから一つ聞いてみようかな？

「えちょ、まりょくちゃめりゅ。いまはおみじゅ」

『うん、そうだね』

「しょれで、ちゃめて、ぶん！」

『はは、確かにブンって感じかな？　それがどうかした？』

僕は一生懸命聞きました。僕たちはまず魔力を溜《た》めて、そして羽のことを考えて、それで羽が出ます。でも、それまでにはとっても時間がかかっていました。

今度の練習はそのときよりもちょっと難しいです。溜《た》めるときにただの魔力じゃなくて、お水の魔力のことを考えて溜《た》めて、たぶんこの後は、見せてもらった水ボールのことを考えるはずです。

それも絶対時間がかかるはずです。

でも、エセルバードさんもグッドフォローさんも、他のドラゴンたちも、すぐに魔法が使えます。考えている様子がありません。前から不思議に思っていたけど、どうやって魔法を使っているの？

僕はいつもは言葉が微妙だから、重要な部分だけを短く伝えようとするけれど……こればっかりはそうもいかなくて、グッドフォローさんはやっぱり途中で分からなくなってしまいました。体育館にいる大人全員が僕の周りに集まって、話を解読することになりました。

フィルの相手をしてくれていたアビアンナさんも、フィルに『少し休憩《きゅうけい》しましょう』と言って、こっちに来てくれました。

『あ～まとめると、カナデたちは魔法を使うとき、使うまでに魔力を溜《た》めて、それから羽魔法のことを考えて羽を出す。だからかなり時間がかかる。ここまではあってるかな？』

「あい！」

『それで、今度も水の魔力のことを考えて、それから魔法のことを考えると、やっぱり時間がかかる。それもあっているかしら？』

「あい！」

『でも僕たちはすぐに魔法が使える。それはどうしてか。僕たちの魔法のことを聞いたんだね』

「あちゃり!!」

よかった。なんとか伝わりました。ふう、魔法の練習よりも疲れたかもしれません。それにこんなにいっぱい話したのは久しぶりです。思わずおでこをふきふきしたら、誰かの笑い声がしました。

見たらウィバリーさんが笑っていて、子供なのにおじさんみたいだなって言いました。そして、ローズマリーさんに頭を叩《たた》かれます。おじさんじゃないよ！　元は中学生だよ！

『ははは、可愛《かわい》いじゃないか。僕たちの魔法の話だね。僕たちはね……』

グッドフォローさんによると、新しい魔法を練習するときや、難しい魔法を使うときなんかは、大人でも魔力を溜《た》めることから始めるらしいです。

ただ、僕たちが最初にやった魔力だけ溜《た》めることは、さすがにやりません。しっかりと属性をイメージしてから、魔法を放ちます。そこは、今の僕たちと変わりません。

とはいえ、元々の属性の魔力の感覚は分かっているから、ほぼ一瞬で溜《た》められるんだとか。そう言って黙ったグッドフォローさんですが、次の瞬間には『今、魔力を溜《た》めた』と言いました。

え？　今の一瞬で？　僕はまだ、他の人の魔力を感じることはできないけど、溜《た》まっているみたいです。

『こうやって、慣れればすぐに魔力を溜《た》めることができるんだ。それと、ほぼ同時に魔法のことも考える』

だから、魔力が溜《た》まった瞬間には魔法が放てるんだそうです。

ただ溜《た》めると言っても、しっかりと属性の魔力を分かっていないといけません。それができるようになるのが十四歳とか十五歳なんだとか。

洞窟《どうくつ》に入れるのは十五歳以上だったのも、それに関係しているようです。

『魔力を溜《た》めて、魔法を使う』

グッドフォローさんは、一瞬で水ボールを出します。

『まあ、結局は慣れだね。何回も何回も繰り返し練習して、みんな魔法がサッと使えるようになるんだ』

「いやあ、お前たちはそれでいいよな。俺たちはもう少し面倒だが。まあ、俺には関係ないがな！ハハハハハッ！」

そう言ったのはウィバリーさんでした。どういうことだろう？

でも、それは置いておいて、グッドフォローさんが僕たちに言います。

『カナデたちは、同じ歳の子に比べて、しっかり魔力を溜《た》めることができているし、長い間溜《た》めていられる。もう羽魔法も使っているし、今日からは新しい魔法を練習してるしね。それはカナデたちが、僕たちの話をしっかり聞いて、一生懸命練習しているからだ。これからも頑張《がんば》って、でもやりすぎないように、練習していこうね』

「あい!!」

『はいなの!!　れんしゅう、がんばるなの!!　それでどろだんごつくるなの!!』

うん、そうだね！　一緒に泥団子作ろうね。それにしても、さっきのウィバリーさんの言ったことはなんだったのかな？

『よし、そろそろ休憩《きゅうけい》は終わりにしようか。どうする、僕とこのまま練習する？　それとも、一人でやってみる？』

グッドフォローさんに言われたけれど、僕は首を横に振ります。

「うんちょ、ひちょり‼」

『うん、じゃあやってみようか！』

いよいよ一人で練習です。もちろんフィルも一匹で練習します。ちゃんとグッドフォローさんとやった、水の魔力を思い出して。水、水……

すぐに魔力が溜《た》まりました。でも水の魔力ではありません。いつもの普通の魔力でした。このまだと羽魔法の練習になってしまいます。

「まほ、ちゃまっちゃ、でも、いちゅもといちょ」

『うん、今のだと、いつもは成功だけど、水の魔力だと失敗かな。でもちゃんと魔力は溜《た》められているから、後はしっかりと水を意識しよう。僕との練習を思い出してね』

「あい‼」

失敗じゃないけど失敗。よし、次だよ次。最初はみんな上手くできないもんね。何回も何回も練習するんだから。

『フィルもいつもの魔力は成功ね。でも、土の魔力は失敗』

『しっぱいしちゃったなの。でも、つぎがんばるなの！』

フィルも失敗したみたいですが、すぐにまた魔力を溜《た》めはじめます。僕も負けていられません。

それからも僕たちは何回も練習をしました。でも、すぐに魔力は溜《た》まるものの、僕たちが使いたい魔力は溜《た》まりません。そのうち、二回目の休憩《きゅうけい》になりました。

う〜ん、どうして上手くできないんだろう？　もう少し強く水のことを考えた方がいいのかな？

それとも、グッドフォローさんとの感覚を考えながらやった方がいい？　それか、どっちももっと強く考えないとダメ？

「ほう、簡単にやり方を聞いてこないで、しっかり自分たちで考えているじゃないか」

ウィバリーさんの言葉に、アビアンナさんが反応します。

『カナデたちはいつもこうよ。自分たちで頑張《がんば》って、どうにもできずに困ったら、やっと聞いてくるの。だから、私たちはなるべく、余計なことを言わないようにしているのよ。それに教えたところで、すぐにできるわけではないもの』

「カナデたちのことを、俺のところの新人騎士連中に聞かせてやりたいぜ。まったく、今回入隊した連中ときたら。少しでも何かできないと、すぐに方法がないか聞いてくる。しかも、結局できないと、あっさり放り出して他のことをやろうとする。で、何も習得できず、中途半端なままだ」

『なんだそれは？　お前のところの騎士たちはそんな者ばかりだったか？』

エセルバードさんが尋《たず》ねました。

「前々から、ちょっとなと思う連中はいたんだが、去年くらいから一気にそんなやつが増えた。なんて言うんだろうな、平和ボケしてるっつうか、剣も魔法も簡単に考えていて、危機感てもんがないんだ」

ウィバリーさんの愚痴《ぐち》が始まり、やがて話題に加わったアビアンナさんとローズマリーさんの方が盛り上がってきました。

アビアンナさんが『本当にそうだわ！』って言ったのを皮切りに、ローズマリーさんが『最近の若者はなってない』って言いはじめたんです。

ついこの間、新しいドラゴン騎士さんたちが入隊したそうです。もちろんちゃんと試験をして、合格しています。

でも最近、その騎士さんたちのレベルが下がったんだとか。エセルバードさんたちも、ウィバリーさんたちも偉い人ですが、最初に部隊に入ったときは、もちろん一番下の階級からです。

それで、かつての自分たちと比べてみたところ……

『最近じゃ、本当に人任せの隊員ばっかりで、あげくミスをしても人のせいにしようとするし』

アビアンナさんがヒートアップしています。

「まったくよ。それに、大した練習もしていないのに、いざ実戦で外へ出て、怪我《けが》をしたらこっちのせい。そのまま騎士を辞めるんだもの！」

『考えが甘いのよ！　練習はしない、でも剣も魔法も、ちゃちゃっと使いたいだなんて』

「お互い同じみたいね。ねえ、私は新人だけの研修をやった方がいいと思うのよ。甘えた根性のまま
まじゃ、他の騎士たちの士気にも関わるし、何より街を守る騎士が、そんなんじゃいけないと思うの！」

『そうね。やっぱりやらないとダメよね。そうだわ！　研修は私たちがやるっていうのはどうかしら。それで三ヶ月くらい、自然の中で過ごすのよ。人間だと二ヶ月くらいかしら。それで、根性を叩《たた》き直すの』

「いいわねそれ！　やる内容としては……」

「あにょ」

話に置いていかれている僕は、グッドフォローさんに声をかけます。

『え、あ、なんだい？』

「も、れんちゅうちてい？」

『あ、ああ、もちろん。こんなところで話を聞いてたら、僕たちが巻き込まれる……』

グッドフォローさんの言葉は、最後の方が聞こえませんでした。でも……なんか、グッドフォローさんもエセルバードさんもウィバリーさんも、ちょっと顔色が悪いように見えます。それに、なんとも言えない、嫌そうな困っているような表情をしているようにも思えました。どうしたのかな？　まあ、いっか。僕たちは魔法の練習です！


話が凄《すご》く盛り上がっている、アビアンナさんとローズマリーさん。二人の話を頷《うなず》くだけで、何も言わないエセルバードさんとウィバリーさん。そして魔法の練習をしながら、キャッキャッと騒いでいる僕たちと、教えてくれるグッドフォローさんとストライド。

僕たちが騒いでいるのは、ほんの一瞬だけフィルが、土の魔力を出すことができたからです。スッと出てスッと消えた感じだけど、グッドフォローさんたちは気づいたんだとか。今、僕たちは『やったあ』と、みんなで飛び回っています。

『こんなに早く、一瞬でも魔力を出せるなんて凄《すご》いね。さすがにこれは、今日中にはできないと思っていたよ』

グッドフォローさんが感心しています。

「ふぃりゅ、しゅごい!!」

『凄《すご》い凄《すご》い!!　ささ！　次はもっと溜《た》めなくちゃ！　う〜ん、やっぱり今日は応援だけにしようと思ったけど、クルクルも練習しよう！』

クルクルも魔力を溜《た》める練習を始めたので、僕も負けないように頑張《がんば》らなくちゃ!!　喜ぶのは終わり、すぐに元の位置に戻り、練習再開です。

そして、ようやくアビアンナさんたちのお話が終わって、僕たちの魔法の練習も、あと少しで終わりの時間になった頃――

ついにできました。まずはクルクルが、魔力を一定に綺麗《きれい》に溜《た》められるようになりました。クルクルは今までも、魔力を溜《た》められていたんだけど、魔力を一定にできませんでした。それができるようになったんです。

そしてその後、僕もできるようになりました。さっきのフィルみたいに、一瞬水の魔力を感じて、それがすぐにスッと消えたんです。僕はバッとグッドフォローさんたちを見ました。

そうしたらグッドフォローさんはなぜかニヤニヤ、いつも笑わないストライドもニコッと一瞬笑い『よくできました』と言ってくれます。

これで、みんなちょっとだけど、それぞれの魔力を出すことができました。みんなで集まって、またジャンプして走り回ります。

『なんだ、本当にできたのか!?』

ちょっとグッタリしているエセルバードさんとウィバリーさん、そしてなぜかニコニコのアビアンナさんとローズマリーさんが僕たちのところに来ました。どうも、さっきフィルができたときは、話に夢中で気づいてなかったみたいです。

「おいおい、本当にできたのか」

『本当だよ。僕たちが間違えるわけないからね。ほんの一瞬だったけど、ちゃんとそれぞれの魔力を感じたよ』

グッドフォローさんが、ウィバリーさんに言います。

『カナデ、フィル、クルクル、凄《すご》いわね！』

「もう！　凄《すご》すぎて私、抱きしめちゃうわ‼」

ローズマリーさんが、僕たちをまとめてギュッと抱きしめ、それぞれ頭を撫《な》でてくれました。僕たちは嬉しくてニコニコします。でもすぐに、く、苦しい～って……抱きしめられすぎて、僕たちは、ぐえってなってしまいました。

『ダメよ、ローズマリー！　カナデたちが危ないわ‼』

「あ、あら、ごめんなさいね。思わず力を入れすぎちゃったわ」

『ローズマリー、あなたは剣や魔法を使わずに強い魔獣を倒してしまうほど力が強いのだから、気をつけないと』

え？　アビアンナさん今なんて言ったの？　剣も魔法も使わずに、力で倒す？　ん？　ローズマリーさんを見上げると、いつもの優しい笑顔だったんだけど……う～ん。

『まさか一日で、一瞬でも属性のある魔力を出せるようになるとは』

エセルバードさんも驚いています。

「最初の、魔力を溜《た》めるだけの練習のときはどうだったんだ？」

『あのときもこんな感じだったな。まあ、今回は今までの練習のことがあったからかもしれないが。最初のときは本当に初めての練習なのにすぐにできて驚いたぞ』

「ほう」

ウィバリーさんがまたニヤリと笑いました。

それはともかく、なんと頑張《がんば》った僕たちにご褒美《ほうび》があるそうです。使いたい魔法を、アビアンナさんとグッドフォローさんの手伝いでやらせてくれるそうです。

ただクルクルの場合は、まだそこまでできないから、今日の夜ご飯のときにデザートを一つ多く出してくれることになりました。しかも、クルクルが食べたいものならなんでもいいんです。クルクルは大喜びです。もちろん、僕たちもね。

最初の練習と同じく、僕たちはそれぞれ一緒に魔力を溜《た》めます。うんうん、これこれ。この感覚。一瞬だけだったけど感じた、水の魔力です。

『いいかい。いつもと一緒だよ。これからやる魔法を思い浮かべるんだ。そして、僕がそれを放て、いや今回は出せと言ったら、カナデたちは出ろって考える。声に出してもいい。そうすれば魔法が出るからね。あ、そうそう、手を前に出すのを忘れずにね』

「ん？　声に出してもいい？」

なんかウィバリーさんが言ったような？　まあ、いいか。

『じゃあ、行くよ！』

「あい！」

『うんなの‼』

すぐに返事をして、僕たちはそのときを待ちます。しっかりと両方の手を前に出して、手のひらを上にします。そこに水ボールが乗る感じです。そして――

『出せ‼』

「でちぇ‼」

『でるなの‼』

僕たちはお互いに何も言わなかったけど、二人とも声を出していました。そっちの方が魔法が出ると思ったんです。

声を出した数秒後、僕たちの前にはそれぞれの魔法ボールが現れました。グッドフォローさんたちが見せてくれた魔法ボールよりも、とっても小さかったけど、ちゃんと出たんです。

『魔法、できたあ‼』

僕たちの周りを飛び回るクルクル。それぞれの魔法ボールを見つめる僕とフィル。羽以外の、僕たちの初めての魔法です。最初の道ができちゃったときの魔法は別です。あれは、自分で魔力を溜《た》めたわけじゃないし、石に魔力を流せなくて、仕方なく出した魔法ですから。

でも今回は違います。頑張《がんば》って魔力を溜《た》める練習をして、手伝ってもらっていても、しっかり自分で使った魔法です。

少しして魔法ボールが消えてしまいました。あ〜あ、消えちゃった。でも、今日一瞬でも魔力が出たから、頑張《がんば》って練習すれば、今度は一人でできるよね！　みんなで顔を見合わせて、ニコッと笑います。と、そのとき——

「は？　おかしいだろう」

ウィバリーさんがそう言いました。

え？　おかしい？　何が？　みんなが振り向きました。そこには驚きながら、眉間《みけん》に皺《しわ》を寄せているウィバリーさんとその隣でやっぱり普通に驚いているローズマリーさんがいます。

『なんだ二人とも、何かおかしいところがあったか？　確かに短時間の練習で、一瞬とはいえその属性の魔力を出したが。それに最後の魔法は、お前たちでも時々やるだろう』

小さい子が魔力が溜《た》まってしまったとき、魔力を吸ってくれる石がない場合に、大人か、実力のある人と一緒に魔法を使って魔力を放出するという、僕たちがやってもらったやつです。

だからエセルバードさんは、別におかしなことはないだろう、と。うんうん、そうだよね。それが普通なら、今日の僕たちを借りて魔法をやらせてもらったのは、別におかしなことじゃないよね。

だって手伝ってもらえば、魔法ができるんだから。

『ボクたちおかしいなの？』

『今までと一緒だよね？』

「うん、いちょ」

でもウィバリーさんは、あの変な顔のまま言います。

「いやいやいや、どう考えてもおかしいだろう！　カナデたちがやっているのはドラゴン魔法だ！　普通ドラゴンだからそれができるんだろう!?」

体育館の中がし～んとなりました。と、そのとき、なぜか途中で外に出ていったイングラムたちが戻ってきました。

『なぜ皆黙って固まっているんだ？　そろそろ練習の時間は終わりだろう？　どうしても外に行かなければならず、練習を見られなかったのは残念だが。どうだった？』

でも、またし～んとしてしまいます。

え？　ドラゴン魔法って何？　僕たちは普通に魔法を習って練習していただけです。

ただ、グッドフォローさんが一言。

『あっ……』

え？　もしかしてウィバリーさんが言った通りなの？　でも僕たちがやったのは、羽魔法と水魔法、それから土魔法で。ドラゴン魔法なんてやっていません。

大体ドラゴン魔法ってどんなの？　属性にないってことは、僕たちの羽魔法みたいな感じかな？

グッドフォローさんの声に、エセルバードさんたち、みんなが戻ってきました。

『ドラゴン魔法……』

「ああ、そうだ！　ドラゴン魔法だ。お前たち、もしかして今まで気づいていなかったのか？　これはどう考えてもドラゴンたちが使う魔法だろうが！　人間、フェンリルが使う魔法じゃない」

「まさか、アビアンナ、あなたも気づいていなかったの？」

『嫌だわ、今まで何も不思議に思わないで、ずっとカナデたちの魔法を見てきたなんて。なんで初めての魔法のときに気づかなかったのかしら』

『あ～あのときのカナデたちの魔法、あれの印象が凄《すご》すぎて、そっちまで意識が行かず、そのまま何も不思議に思わずに、ここまで来てしまったか。いや、魔法を放つ前に、気づかなければいけなかったのに』

みんなどうしたの？　イングラムたちは僕たちと同じく事情が分からず、困惑しています。体育館の中が、バタバタ、ザワザワしています。

あれ？　そういえばクラウドは？　クラウドを見たら、彼はいつも通り……と思いきや、クルクルが近くで見ると、いつもよりも二ミリ目を見開いていたそうです。よく分かったね。

練習はちょうど終わりだったから、そのまま体育館から出ることにします。

僕は不思議に思いながらも、魔法ができてよかったね、とフィルたちとニコニコしながら移動します。

エセルバードさんは、ぶつぶつ何か言って歩いています。

アビアンナさんは、私としたことが、なんで気づかなかったのって。

ローズマリーさんは、それを考えながら、これからのことも考えないとって。

イングラムたちは僕たちの横を、いつも通りについて歩いてきます。うん、イングラムたちが普段通りでよかった。

そうして、僕たちがリラックスルームに入ると、アリスターも飛ぶ練習から戻ってきていました。

『カナデ、みんなどうだった？　魔力溜《た》められた？』

すぐに僕たちは、アリスターに今日の練習のことを報告します。それを聞いたアリスターは、とっても喜んでくれて、次は自分の練習の話を聞かせてくれました。今日は壁に大きな穴を開けなかったそうです。爪《つめ》は刺さっちゃったけど……

僕たちはその話を聞いて、アリスターに拍手《はくしゅ》をします。だって、いつも一回は穴を開けていましたから。今日の僕たち、みんな凄《すご》い!!

と、喜んでいたら、アリスターがエセルバードさんたちを見て、変な雰囲気《ふんいき》に気づきました。

『とう様は、変な困った顔によくなるけど、かあ様も今日は変な顔。みんな変な顔してるね』

セバスチャンがお茶を運んできてくれて、エセルバードさんとウィバリーさんが、それを一気に飲み干し——

『はあ～』

エセルバードさんは、大きな大きなため息をつきました。

「あ～」

それはウィバリーさんも同じです。しかも、アビアンナさんとローズマリーさんも、小さなため息をついていました。

『おい、お前たち、本当にどうしたんだ。魔法の練習は上手くいったんだろう？　さすがカナデ様とフィル様じゃないか。クルクルも上手くできたんだろう？』

相変わらず、イングラムは僕たちを様付けして呼んできます。様はいらないって言ってるのに。後でまた言わなくちゃ。でも今はこっち。本当にみんな、どうしちゃったんだろう。

『まさか私たちの魔法を使っていたとは』

「エセルバード、さすがの俺も、今回は驚いたぞ。しかもお前たちは、カナデたちの魔法を普通に見ていたしな。それで、さっきのお前が簡単に話していた、カナデたちの最初の魔法ってのはなんだ？　それはドラゴン魔法が関係あるのか？」

エセルバードさんが、僕たちが初めて魔法を使ったときの話をします。ケサオの花に酔ったときのことから、僕たちが初魔法を使ったときのことまで詳しくです。

そして話を聞き終わったとき、ウィバリーさんは大笑いし、ローズマリーさんは苦笑いでした。

「ハハハハハッ‼　そうか結界を破って、大きな長い道が二本できたか！　それは凄《すご》い！　凄《すご》いぞ、カナデ、フィル！」

「そんなに凄《すご》かったのね」

『溜《た》まっていた魔力量から、かなりの魔法を放つとは思っていたが、私の予想など軽く超えてな。しかしそうか、そのときに気づいていれば。いや魔法をやる前に、どうして〝詠唱〟という考えに至らなかったのか』

『そうよね、普通にいつも通り魔法を使ってしまっていたわ。それに、カナデたちも何も問題なかったから』

『そういえば、ドラゴン語もそうだな。ウィバリー、これはお前たちも気づいていないんじゃないか？　まるで違和感がないからな。カナデたちは今、ドラゴン語を話しているぞ』

と、ここでまた部屋の中がし～んとなります。なんか今日は、よくし～んとなります。そんなにし～んとなるような話してるかな？

「あ～そうか。ここではドラゴン語だったな」

「あらあら、まあ」

そう、今僕たちはドラゴン語で話をしています。それはここにきてからずっとです。クルクルもドラゴン語を話しています。覚えたんだとか。ただ、魔獣は他の魔獣の言葉を覚えるのが早いみたいです。仲良くできる魔獣、襲ってくる魔獣、色々大事な情報交換ができるように、らしいです。

そしてウィバリーさんたちやイングラムたちも、今はドラゴン語を話しています。それは、ここがドラゴンの里だから。行った場所の言葉に合わせて話すんだとか。

もしエセルバードさんたちがウィバリーさんの街へ行けば、人間の言葉を話すし、イングラムの群れがいる森へ行けば、ワイルドウルフの言葉で話すそうです。

ただ、もちろん何個も言葉が話せる人ばっかりではありません。もし他の場所に行って話せないときは、片言やジェスチャー、またはあらかじめメモしておいて、それを相手に見せるとか。他にも、通訳を頼むときもあるみたいです。

ちなみに、エセルバードさんたちは十の言葉を話せます。凄《すご》いよね。ウィバリーさんたちもイングラムたちも、僕たちが違和感なくドラゴン語を話していたから、ぜんぜん気づかなかったそうです。

『はあ、言葉のこともあったんだから、もう少ししっかりと考えておくべきだった。ドラゴン魔法もそれと同じような感じか？　あまりにも違和感なく、最初から使えてしまったからな』

「まあ、最初に詠唱のことを教えなかったお前もな。だが、使えてしまったものはしょうがない。外で使うのも、この森なら問題はないが」

え？　僕たちの魔法、何か問題があるの？　最初の魔法はやりすぎて失敗しちゃったけど、他の魔法は失敗してないよ。話を聞いていた僕は、だんだんと不安になってしまいました。

「まほ、じゃめ？　ぼくもふぃりゅも、くりゅくりゅも、ちっぱい？」

『ふお!!　まほうしっぱいしたなの!?』

『ボク、まだ魔力溜《た》めただけ!!』

『あっ、違うぞ、誰も魔法は失敗していないからな。心配しなくて大丈夫だ』

エセルバードさんが言います。

「ほんちょ？　だじょぶ？」

『ええ、大丈夫よ。ごめんなさいね、私たちがあんまり驚いて色々話したから、不安にさせてしまったわね』

アビアンナさんもそう話してくれました。

「あなた、カナデたちが分かるように、きちんと話してあげないと」

「ああ、そうだな、ローズマリー。俺たちだけで話してたらダメだな。悪かったな、カナデ。別にお前たちの魔法に問題があるわけじゃないんだ。いや問題なんだが、魔法はしっかりとできているから安心しろ」

ウィバリーさんの言葉に、僕たちは首を傾《かし》げてしまいます。問題ないのに問題？　でも魔法はちゃんとできてる？　え？

「あなた、余計混乱させてどうするのよ‼」

「いや、だってそう言うしかないだろう！　しっかり魔法は使えてるって言ったんだから、いいじゃないか！」

「だから、あなたはダメだって言ってるのよ。カルヴァンとフィランダーのときもそうだったけど、混乱する言い方は控えてくださいって、教育係のネリーたちにも言われたでしょう！」

カルヴァンとフィランダーは、ウィバリーさんとローズマリーさんの子供だと、アビアンナさんが教えてくれました。

カルヴァンがお兄さんで、今はウィバリーさんがここに来ているから、代わりに、ウィバリーさんのお父さんと街を任されています。フィランダーは冒険者をしていて、今は少し遠くに行ってるみたいです。

「あなたに任せられないわ。エセルバードも危ないし、私とアビアンナが説明するから、あなたたちは黙っていてください！」

「ちっ、分かったよ」

『あ、ああ。頼む』

アビアンナさんとローズマリーさんの話で、僕たちはまさかの事実を知ることになりました。ドラゴンの言葉を話してるって聞いたときと同じくらいの衝撃でした。

まず、僕たちが魔法を使うこと自体は、何も問題はありませんでした。

そして羽魔法は新しい魔法で、よく分かってないから、今はとりあえず問題なしということにしておきます。

これから、他の魔法を覚えることになっても、それも問題はありません。

確かに他の魔法を習いたての子よりも早く、僕たちは色々と習得しているけれど、これは個人差があるので問題なしです。

エセルバードさんの関係者以外、僕たちが魔法の練習をしていることを知っているドラゴンはいません。もし、もう練習しているって他のドラゴンに気づかれても、魔法の練習のことも速度も、個人差で押し通すから問題なしだそうです。

じゃあ、何が問題なのか。それは、僕たちがドラゴンではないのに、ドラゴン魔法を使っていたことでした。

全世界のドラゴンたち、みんなが使っている魔法を、ドラゴン魔法と言います。

人間や獣人たちが使う魔法を、人魔法や獣人魔法と言い、この二つは同じものだそうです。

それから、エルフが使うのが精霊魔法です。エルフが水の魔法を使っても、それは確かに精霊魔法だし、炎の魔法を使っても、エルフの精霊魔法と呼ぶんです。

なぜ種族ごとに呼びわけるかというと、使い方が違うからです。アビアンナさんたちが分かりやすく、魔法を使って教えてくれることになりました。小さい僕たちにしっかり違いを分からせるためか、間違い探しゲームだそうです。ゲームと言われて、フィルたちはやる気満々です。

『どこが違うか、よく見ていてね』

「しっかりと違う部分があるわよ」

乗り出す僕たち。アリスターは知ってるから、口に手を当てて、話さないようにしています。

まずはアビアンナさんの魔法から。アビアンナさんもローズマリーさんも、土の魔法が使えるので、それで間違い探しをします。フィルも練習している土ボールの魔法です。すぐにアビアンナさんが、土ボールを出しました。

パッと出た土ボールは、さっきまで見ていたものと同じで、土ボールと、その周りに砂がシュルシュルと舞っています。

『ちゃんと見たかしら？』

僕たちは頷《うなず》きます。アビアンナさんも頷《うなず》いて、すぐに土ボールを消しました。フィルがちょっとだけ残念がっていました。どれだけ土で遊ぶのが好きなんだろうね。

続いてすぐに、ローズマリーさんが同じ魔法をやります。

『アースボール！』

あれ？　ローズマリーさんの手の上に、土ボールが出ました。同じ形で、同じように土ボールの周りを風で砂が舞っています。そして僕たちに確認させたあと、ローズマリーさんもすぐに土ボールを消しました。またもやフィルは残念がります。

フィル、ちゃんと見てた？　何が違うか分かった？　僕は分かったよ。アビアンナさんが『間違いが分かった人』と聞いてきたので、僕もクルクルも手を挙げます。それを見ていたフィルも、慌《あわ》てて手を上げます。

『じゃあフィル、何が違ったか教えてくれる？』

『えとねえ、アビママは、なにもいってなかったなの。でもマリーママは、なにかいったなの。そしたらつちボールでたなの！』

ああ、ちゃんと分かっていたみたいです。僕たちが手を挙げたから、慌《あわ》ててよく分かっていないのに手を挙げたのかと思っていました。

『分かったわ。カナデとクルクルも同じかしら？』

『同じ！　何か言ってた！』

「あーちゅぼりゅ、いっちぇちゃ」

『みんな正解よ!!』

みんな拍手《はくしゅ》。アリスターも一緒に拍手《はくしゅ》してくれました。でも、なんでローズマリーさんは、「アースボール」と言ったんだろう？

「あのね。私たち人が使う魔法は、詠唱が必要なの。詠唱っていうのは、そうね。魔法の名前を言うってことかしら。今、魔力を溜《た》めて、魔法の名前のアースボールと言ったから出たのよ。それが、人魔法」

『ドラゴン魔法は、言葉はいらないの。ただやりたい魔法を、しっかりと思い浮かべればいいのよ』

そうか、種族によって、魔法を発動させるまでのやり方が違うんだね。

「やりかちゃ、ちがう」

『ええ、そうよ。そしてみんな自分たちのやり方でしか、魔法が使えないの。ローズマリーたち人間は、ドラゴン魔法のやり方では魔法が出ないし、獣人たちもそれは一緒。エルフたちも、ドラゴン魔法や人魔法は使えないの』

「みんにゃ、ばりゃばりゃ。ちゅかえない。ぼくたちも、ちがうまほ、ちゅかえない」

『そう！　ちゃんと分かったみたいね。フィルとクルクルはどうかしら』

アビアンナさんが言います。

『ぼくたち、ほかのまほうのやりかた、ダメなの！』

『違うやり方だと、魔法が出ない！』

「みんな、ちゃんと分かって凄《すご》いわね。よく話を聞いていました。ご褒《ほう》美《び》の飴《あめ》よ」

そう言ってローズマリーさんが、一つずつ飴《あめ》をくれました。アリスターには、静かに黙っていたご褒《ほう》美《び》ということで、同じく飴《あめ》をあげていました。

『さあ、魔法のことをお勉強したら、次の話をしようかしら。これがカナデたちの問題なのよ』

僕たちの問題？　なんだろう？　僕たちの魔法で、違うところがあった？　みんなで一緒に考えます。でもやっぱり分かりません。十分くらいして、仕方なくアビアンナさんたちに正解を聞くことにしました。

「えちょ、わかりゃにゃい」

『まちがいさがし、しっぱいなの』

『残念、飴貰《あめもら》えない』

『僕も分かんないや』

『ふふ、じゃあ正解を発表しようかしら。正解を言う前に、カナデ、フィル、今日は特別に、これからもう一回魔法をやりましょう。私たちが手伝うわ。今日やった、水と土の魔法よ』

いつもは決められた時間しか魔法はやらないけど、今日は特別です。慣れてきた羽魔法も、ちゃんと決められた時間しかやっていません。

『やったあ！』ってした後、すぐに魔法を使う準備です。今回は僕たちが自分で魔力を溜《た》めなくていいそうです。だから、僕たちはただ立って、魔力を溜《た》めてもらうのを待つだけです。すぐにグッドフォローさんとアビアンナさんが、僕たちにそれぞれの魔力を溜《た》めてくれます。

うんうん、この感じ。明日からはこの感覚を忘れずに、頑張《がんば》って練習しなくちゃね。

そして魔力が溜《た》まれば、両方の手を出して、僕は水ボールのことを、フィルは土ボールのことを考えて……グッドフォローさんの掛け声で、『出ろ』と叫《さけ》びました。

次の瞬間にはお互いの手の上に、それぞれの魔法ボールが出ました。手を前に出したり、引いてみたり、ちょっと横に動いてみたり。水ボールはしっかり僕についてきます。フィルの方も同じでした。

そのときグッドフォローさんに、ボールを飛ばすときはどうするのかって聞いてみたところ、飛ばすときも飛んでいけって考えることが大切なんだそうです。魔法を出すときと同じでした。

最初はぜんぜん動かないか、目の前に落ちる程度だけど、慣れてくればだんだんと距離が伸びていくみたいです。もちろん手伝ってもらえば、遠くに飛ばせるとのことでした。

『じゃあ、せっかくだからやってみる？　あっちの壁の方に飛ばしてみよう。すぐにクリーンで綺《き》麗《れい》にするから大丈夫だよ』

僕たちが『飛んでいけ』と考えながら、グッドフォローさんの合図で実際に飛ばします。このときも『飛べ』と口に出してもいいし、心の中で言ってもいいそうです。

でも一人で練習するときは、声に出した方がいいみたいです。なら、最初から口に出そうと思います。

『――よし、今だ！』

「とでぇ!!」

『とぶなの!!』

シュッと両方の魔法ボールが飛び、壁にペシャッと当たって崩れました。成功です。みんなで拍《はく》手《しゅ》しました。

拍手《はくしゅ》が終わると、アビアンナさんからの質問です。楽しくて忘れるところでした。そうだよ、今僕たちの魔法が問題って、話してたんです。僕たちは、えへへへへと笑います。

『じゃあ、質問よ。今カナデたちがやった魔法は、私とローズマリー、どちらの魔法のやり方と同じだったかしら？』

どちらの？　それはもちろん、アビアンナさんです。そう僕が言う前に、フィルとクルクルがどっちかなって言い出しました。魔法を出すときに声に出してたよねって。

そこへ、アリスターが説明してくれました。

『マリーママが言ったのは、魔法を使うのに必要な言葉。でもフィルたちは「出ろ」とか「飛べ」って言っただけでしょう？　それは心の中で考えてもいいやつだから、詠唱じゃないよ』

『そうなの？　う～ん、こころのなかでかんがえてもいいのは、じゅもんじゃないの？』

『マリーママ、マリーママの魔法は、呪文を心の中で考えるだけじゃ、出ない？』

「ええ、心で考えるだけじゃ、魔法はでないわ」

『ね、だからフィルたちは、何も言わないで魔法ができるんだよ』

アリスターの説明に、フィルとクルクルはなんとなくだけど納得したらしいです。アリスターにありがとうを言って、また僕たちの魔法がアビアンナさんとローズマリーさんのどっちと同じか、考えはじめてます。そして――

『じゃあ、もう一回聞くわね。私とローズマリー、どちらの魔法と同じかしら？』

「あびまま！」

『うんなの！　なにもいわないまほうだから、アビママのまほうなの！』

『詠唱しなかった。呪文言わなかった』

『正解よ！　そう、カナデたちは私たちと同じ魔法の使い方をしたわ！』

拍手《はくしゅ》をする僕たち。またまた飴《あめ》を一つずつもらいました。

『じゃあ、ここからは私の話をよく聞いてね』

今、僕たちはアビアンナさんと同じ魔法の使い方をしました。詠唱しないで魔法を使う。それは誰が使える魔法なのか？　そうそう、詠唱なしの魔法を使えるのはドラゴンたちだけです。ん？　ドラゴンしか使えない？

アビアンナさんに『じゃあ、僕たちが使える魔法は？』と聞かれました。僕は、僕が人間の詠唱する魔法、フィルは魔獣が使う魔法って答えました。でも、アリスターが言います。

『あれ？　なんでカナデたちは人間と魔獣なのに、僕たちのドラゴン魔法を使っているの？』

僕たちは顔を見合わせます。そう言われてみれば、どうして人間の僕がドラゴン魔法を？　それにフィルだって。

『アリスターの言う通り、これが、カナデたちの問題なのよ』

僕たちの魔法の問題……そうだよ、おかしいよね。他の種族の魔法を使えるなんて。そんなことあるのかな？

『ぼくのまほう、ドラゴンまほうなの？　じゃあアースボールとかじゅもんとか、おぼえなくていいなの？　らくらくでいいなの！』

それが、フィルの最初の感想です。確かにそうかもしれないけど、これはアビアンナさんたちが言う通り問題なんじゃ……

『さあ、そこまで分かったら、ここからはゆっくりソファーに座って話そう』

エセルバードさんの声がけで、みんなでソファーに座り、一旦お茶を飲むことにしました。

『さて、みんなとりあえず落ち着いたか。というか、私がようやく落ち着いた感じなのだが』

エセルバードさんが苦笑いしながら、そう言いました。

これから、どうして僕たちがドラゴン魔法を使えたのか、その理由についてみんなで考えます。

みんなといっても、ここにいる大人たちですが。

僕も、まあ、本当は中学生だし、考えられないわけじゃないけど。この世界の魔法については分からないので、エセルバードさんたちの話を聞いていました。

まず最初の意見です。僕とフィルは何も知らないままこの世界に来て、ドラゴンの里でお世話になりました。

その中で、ドラゴンの魔法、体験、知識が、気づかないうちに体に影響を及ぼして、魔力の性質が変わったのではないか、ということでした。

でも、僕たちが最初に魔法を使ったのは、ケサオの花で酔って、体に魔力が溜《た》まってしまったときです。

この時点での僕たちは、そこまでドラゴンに影響されているとは思えないということで、この意見は却下になりました。

次の意見は、ただ単に、最初にやった魔法が、ドラゴン魔法だったからというものです。

人生初めての魔法を使うときに、僕たちの魔力とドラゴンの魔力が混ざったことで、僕たちの魔力がドラゴンの魔力に変化してしまったのかもしれないということでした。

ちなみに、これはウィバリーさんの意見です。でも、エセルバードさんは反対します。

『確かにそういうこともあるかもしれないが、街では、治療院《ちりょういん》で色々な種族が働いているだろう。

そしてそこには新生児も治療《ちりょう》に来る。グッドフォローも時々、他の種族の住んでいる場所へ出かけ治療《ちりょう》をしている。新生児が違う種族の魔法を受けて、その種族の魔法を使うようになったなんて話は聞いたことないぞ』

「あ〜まあ、そうだな」

『でも、絶対にないとも言い切れないでしょう？　あの国のことまでは、私たちは知らないもの』

『そうだな。向こうの情報はなかなかな。じゃあこれは、一旦保留にしておこう』

そしてこれが、最後の理由です。それは僕が『神の愛し子』だから。もともとどの魔法を使ってもよかったんだけど、たまたま最初にやった魔法がドラゴン魔法で、自然とそのまま使えるようになったのではないか、ということでした。

フィルの方は、『神の愛し子』の僕と契約しているからではないかと。また『神の愛し子』だよ。本当に面倒だねこれ。神様、今からでもいいから、『神の愛し子』をやめてくれないかな。

普通の人間と魔獣として、それぞれの魔法を頑張《がんば》って練習して、強い魔法を使えるようになる、それじゃダメなの？　本当に『神の愛し子』が理由かどうかは、まだ分からないけどさ。

「たまたま『神の愛し子』であるカナデがここに現れて、たまたま最初の魔法がドラゴン魔法だったから、ドラゴン魔法が定着したってことか？」

『まあ、そんなところだな』

「しかしそれだと、もし人間の、俺たちのところへ来ていたら、俺たちの魔法になっていた。また、イングラムたち、ワイルドウルフたちのところに現れていたら、フィルはそのままだが、カナデも魔獣たちが使う魔法を使うことになっていたってことだぞ。まあ、その前に、カナデがイングラムたちのところで暮らせるとは思っていないが」

『もし我々のもとに降臨されていたら、お前たちのどちらかに話をしに来ただろう。素晴らしい「神の愛し子」様だろうと、さすがに人間を保護することはできん』

『だが、私はこの考えが、今のところ一番しっくりくるのだが』

「それは俺もそうだが。それにしてもな。もし……」

急にウィバリーさんが黙りました。

『なんだ、急に黙って。どうしたんだ』

「いや、なあ。俺は今、大変なことを考えたぞ」

『だから、それはなんだ？』

「前回の『神の愛し子』様。俺たちは実際に見てはいないが、彼は様々な魔法を使い、世界を守ってくださったと、学校の歴史の授業で習ったろ？」

『ああ、そうだな。半分寝ていたが』

「俺もだ」

『ちょっと、サボっていたことはどうでもいいのよ。その授業がどうしたの？』

「本当よ。そんな不真面目《ふまじめ》なあなたが、覚えてたことって？」

アビアンナさんとローズマリーさんがツッコミました。

「だから、今言ったろ。様々な魔法を使っていた、と。それで、今までの俺たちの話した内容を合わせれば……」

『合わせれば？』

「カナデたちは、ドラゴン魔法だけじゃなく、人と魔獣の魔法も、エルフの精霊魔法も、それ以外の魔法も、全ての魔法が使えるかもしれないってことなんじゃないのか？」

ウィバリーさんの言葉で、部屋の中に今日何度目かの沈黙が訪れました。

『ハハッ、まさか！　まさかな』

最初に復活したのは、エセルバードさんでした。それからすぐに、みんなも苦笑します。イングラムたちだけは、あのだらしない顔をして、僕たちを見てきました。そして、『さすがカナデ様とフィル様とクルクル』だって。クルクルはまだ練習してないけど、多分一緒だろうから、さすがだと言っていました。

待って、イングラム。まだ全部できるって、決まったわけじゃないからね。そういうこともあるかもしれないって、色々な理由を考えているだけだからね。ほら、だって二番目に話し合った、最初にやったのが、たまたまドラゴン魔法で、僕たちの魔力がドラゴン魔法の性質に変わったたって。あれも一旦保留中だし。

僕が考えているようなことを、エセルバードさんたちも言います。

『もしかしたらだろう？「神の愛し子」様の話がどこまで本当か』

「俺だって、前回の『神の愛し子』様のときに生きていたわけじゃないし、寝ながら授業を受けていたからな。うろ覚えだが、様々な魔法ってことは、そういうことだろう？　嘘のことを後世に伝えるか？『神の愛し子』様だぞ？」

『アビアンナ、ローズマリー、君たちはしっかり授業を受けていたんだろう？　どう思う？』

『え、あ、そうよね。確かに授業では、いくつかの魔法が使えたと習ったわね。でも全てじゃなくて三種類だったわよね』

「ええ。確か人魔法、ドラゴン魔法、精霊魔法だったわ。他にも、この世界には色々魔法があるけれど、使えたのはその三種類だと」

「ほらみろ、普通の人間やドラゴンなんかじゃ、他の魔法を使ったなんて話は聞かないが、『神の愛し子』様は使えてるじゃないか。他には何か覚えてないか？」

「覚えてないかって、あなたたちも同じ授業を受けたでしょう？　少しも覚えていないの？　本当に全部寝ていたのね」

「全部じゃない。大切なところは聞いていた。毎回十分は起きていたぞ」

十分？　それは何十分のうちの十分？　なんて考えていたら……

『それを全部って言うんじゃないの？　八十分授業で十分⁉』

あ～うん、それはもうほぼ全部だね。エセルバードさんとウィバリーさんが、そっぽを向きます。

もしかして、他の授業も寝てたんじゃ？　後でアビアンナさんたちに、学校での話を聞いてみようかな？

と、それはいいとして。前の『神の愛し子』も、いろんな魔法、三種類の魔法が使えたんだ。じゃあ、やっぱりウィバリーさんの言うとおり、僕もそうなのかな？

「他には何か、魔法関連でカナデに関係するようなことがあったかしら」

それから色々、授業で習ったことを思い出すアビアンナさんたち。そして何もできずに、それをただ聞いているだけのエセルバードさんたち。『そうなのか⁉　そんなことが⁉』って。本当に授業を聞いていなかったんだね。

アビアンナさんたちが思い出したのは──魔法の練習をしていて、湖の水を干上がらせたとか。森を丸ごと燃やしそうになったとか。山を半分に割るように、真っ二つにしたとか。

他にも、ある地方で何十年に一度と言われるような野菜の不作と、食用の魔獣の減少が同時にきたとき『神の愛し子』が訪れ、食料のために、森の奥にいた凶悪な魔獣を狩ることに。

ただその狩りのときに、もちろん街からは離れていたんだけど、『神の愛し子』の放った魔法で街の三分の一が消えたんだとか。たまたまそのとき、街の住人は他の場所に集まっていて、怪我人《けがにん》は一人もいなかったそうです。

どうしてそんなことになったのか。それは『神の愛し子』が、調子に乗って、魔力の調整を忘れたからでした。その後『神の愛し子』は、そのときの『神の愛し子』を保護していた王様に、とっても怒られたみたいです。うん、当たり前だよね。

『確かかなりノリのいい「神の愛し子」様で、すぐに調子に乗るから、国王陛下に、度々怒られていたみたいよ』

「でもそれ以外はとても素晴らしい方で、どれだけの人々が救われたか分からないそうよ。みんなにとても愛された、ただ調子に乗りすぎる『神の愛し子』様と、教科書に載っていたわよね」

調子に乗りすぎる……今の話の感じだと、かなり迷惑かけてるよね。それでも愛されたなんて、本当にいい人だったんだろうな。

『そういえば、そんなこと書いてあったような？』

エセルバードさんが頼りなさそうに言います。

「おい、今の話から、何かカナデとの共通点はないか？」

『それだけで分かるわけないだろう。魔力の、魔法の、というよりも、今のは「神の愛し子」様の失敗談だ』

「あ〜まあ、そうか」

『ただ、魔法の能力関係なしなら一つだけ、似たようなことがあったな。ほら、あれだ、話したろう。最初の魔法のとき、結界を破って道が二本できたと』

「確かに似てるな。山を真っ二つにしたやつに」

『しかしあれは、カナデたちが自らやろうとしたわけではなく、溜《た》まった魔力を放出するために、無理やり放ったようなものだからな』

「それから分かるのは、魔力量は前回の『神の愛し子』様よりも少し少ないくらいってことか？」

『お前も見ただろう、カナデのステータスボード。魔力量が分からないからな、カナデはまだ小さい。これから成長して、どれだけ魔力量が増えるか。それに、魔力量が多くても、本来だったらすぐにたくさんの魔力は使えないだろう？』

エセルバードさんの言う通り、はじめから全部の魔力を使えるわけじゃないそうです。体が成長するにつれて、だんだんと一回に使える量が増えていくんだとか。

ちなみに、頑張《がんば》って練習や鍛錬を続ければ、魔力量は上がっていくということでした。エセルバードさんたちも後からいっぱい魔力量が増えたみたいで、今もそれは続いているそうです。

「はあ、結局分からないことばかりだな」

みんなが静かになります。そんな中、ウィバリーさんが急にニヤリと笑いました。

「……だがまだやれることはある。ここは少しでも可能性を確かめてみようじゃないか」

12. 初めての人魔法、お茶ボール？

次の日、昨日に引き続き、僕たちはまた体育館にいます。これから、僕とフィルの魔法の実験です。実験っていっても、難しいものではなく、半分くらいはいつもの僕たちの魔法の練習と同じなんだとか。魔力を溜《た》める、僕だったら水のことを考え、フィルだったら土のことを考えます。

違うところは、今日はグッドフォローさんとアビアンナさんと一緒に魔法をやらないで、ウィバリーさん、ローズマリーさんと魔法をやるところです。他にも違うところはあるらしいんだけど、それはその時々で教えてくれるということでした。

「よし、今日はよろしくな、カナデ！」

バシッ‼　ウィバリーさんに肩を叩《たた》かれて、僕は『おっとっと』と前に転びそうになりました。

それを見たフィルとクルクルが怒って、ウィバリーさんに突撃します。フィルはウィバリーさんの背中にへばりついて、肩をがぶがぶ。クルクルは勢いをつけて飛んで、頭に蹴りを何発か入れます。その後は、鼻に向かってつつく攻撃。最後には足で唇《くちびる》を引っ張っていました。

「わ、悪い！　力の加減を間違えたんだ！」

急いで二匹を振り払って逃げるウィバリーさん。でも、逃げた先までフィルたちに追いかけられて、もう一回攻撃されていました。

フィルたちの突撃が終われば、次はアビアンナさんとローズマリーさんにも怒られて、最後には僕に謝ってくれました。その後、ボソボソ独り言を呟《つぶや》いていました。これならフィルたちは狩りができるとか、かなりの戦闘むきだとかなんとか。

と、こんな感じでハプニングはあったものの、今日の練習と実験の開始です。まずはウォーミングアップで、なんでもない普通の魔力を溜《た》める練習からです。これはもう、すぐにできます。それに、一定にもできています。

何回か魔力を溜《た》める練習をしたら、次は僕はウィバリーさんと、フィルはローズマリーさんと魔力を溜《た》めてみます。ウィバリーさんたちとは初めてだから、属性の魔力を溜《た》める前に、普通の魔力を一緒に溜《た》められるかやってみるんだそうです。

溜《た》められなかったり、僕たちの魔力にウィバリーさんたちの魔力が混ざらなかったら、これからやろうとしている、属性魔法はできません。

ウィバリーさんは、そっと僕の肩に手を乗せます。今度は僕を叩《たた》かないように気をつけてくれました。うん、今くらいだったら大丈夫です。

ウィバリーさんが肩に手を乗せてすぐ、今までに感じたことのない魔力が、僕の中に入ってきました。なんて言うんだろう。「熱っ!!」ってほどじゃないんだけど。う～ん、表現に困る。一番あっているのは、イングラムたちの、僕たちに対しての、あのテンションが上がってるときの感じ？　こう変に熱気があって、こっちにグイグイきて、面倒な感じ。面倒……魔力が面倒。もしかして魔力って、その人の性格によって性質が変わる？　なら、イングラムたちの魔力は？　……うん、とりあえず考えないようにしよう。今はこっちが大事です。

面倒な……じゃなくて、ウィバリーさんの魔力を感じて、すぐにウィバリーさんの魔力と僕の魔力が混ざりました。

「ずいぶん馴染《なじ》むな。グッドフォロー、お前のときも、こんなにすぐに魔力が馴染《なじ》んだのか？」

『そうだね、すぐだったね』

「そうか。種族が違うと馴染《なじ》むまでに時間がかかるんだが。まあ、これはそこまで問題じゃないな。よし、あと何回かやったら、水の魔法をやるぞ」

「うん!!」

その後四回、普通の魔力を馴染《なじ》ませて、溜《た》める練習をして終了です。フィルの方もほぼ同時にそこまで終わりました。次はいよいよ属性の魔力を溜《た》めます。

「いいか、これも同じだからな。カナデは自分で水の魔力の溜《た》めることを考える。俺はカナデの魔力を俺の魔力で水の属性に変えるかな」

水の魔力を溜《た》める。これも、魔力を溜《た》めはじめてからすぐに溜《た》まりました。感覚も一緒です。

「よし、これも上手くいったな。ローズマリー、君の方はどうだ？」

「こっちも大丈夫よ。フィルちゃん、魔力を溜《た》めるのが上手ね。いっぱい練習している証拠ね。偉いわ」

『えへへなのぉ』

いいなあ、フィルは褒《ほ》めてもらって。僕はじっとフィルとローズマリーさんを見てしまいます。

「あなた！」

ローズマリーさんがウィバリーさんに顔をクイクイっとして、慌《あわ》ててウィバリーさんが言います。

「カ、カナデも上手く魔力が溜《た》められているぞ！　うん、凄《すご》いぞ！」

……なんか違う気がする。褒《ほ》めてくもらったのは嬉しいんだけど……

その後、この属性の魔力を溜《た》める練習も全部で五回しました。

そして、いよいよ魔法を使います。ここで、今までやったことのないことをします。

今回は水ボールのことは考えず、出ろとも考えないで、何も考えないままウォーターボールって言うだけでいいそうです。

「みじゅぼりゅ、かんがえにゃい？」

「ああ、何も考えないでいい。ウォーターボールって言うだけだ」

僕は魔法を使う前に、試しに『ウォーターボール』と言ってみました。

「おちゃぼりゅ！」

『お茶ボール』と言ってしまいました。お茶……ウィバリーさんも、エセルバードさんたちも、僕を見て苦笑いです。

「お茶ボール……あ〜そうか、その問題もあったか。カナデはまだ小さいんだもんな。完璧に喋《しゃべ》れるようになるには、もう少しかかるよな」

『あ〜、これはいけるのか？』

「どうかしら。こんな小さい子が魔法を使うことなんて、普通はないものね」

『私たちのときも、カナデたちじゃないが、しっかり考えるということを一番にやっていたからな。口に出したとしても、その気持ちを言っただけだし』

『でも、なんだかんだ、今まで色々できたから、カナデなら大丈夫じゃないかしら。もし本当に全部の魔法ができるとして、少しくらいなら、神様がなんとかしてくれてそうだもの』

え？　そんな感じ？　でもあの神様、なんとも言えないんだよね。あっ、アビアンナさんが言ったことに、フィルとクルクルが反応しています。あ〜あ、二匹のときのポーズを決めて、ダメ神様の歌を歌いはじめてしまいました。

「完璧にフィルちゃんたちの神様の印象は、あれになっちゃったのね。聞いていたら、私も不安になってきちゃったわ」

でしょう？　ダメダメなんだもん。その神様がなんとかしてくれる？　大丈夫？

『でも、やってみるしかないわ。契約のときは言葉がはっきりしていなくても、しっかり契約できたもの』

「あの、魔法陣を使わない契約ってやつか」

『ああ。カナデたちの話を聞いたところ、カナデは『契約』ときちんと言えていなかった。まあ、魔法陣を描かないのも問題だが、それでも契約はできている』

「じゃあ、とりあえずやってみるか。カナデの場合、それでできなきゃ、言葉がダメでできないのか、それともやっぱり魔法自体、ドラゴン魔法しかできないのか、分からなくなるが。フィルがいるからな。フィルができるかできないか。俺たちの後は、イングラムたちの魔獣の魔法をやってもらおう。教えられればだが……」

みんながイングラムたちを見ます。イングラムたちはニヤニヤだらしなくしています……

今日の朝、フィルがバッタみたいな昆虫を捕まえました。大きさはフィルより少し小さいくらいのバッタです。それが美味《おい》しいって聞いたもんだから、フィルは魔獣のみんなと分けて食べました。それで、イングラムたちはフィルからものをもらったことが嬉しすぎて、朝からずっとこの調子です。

「よし！　やってみるぞ！」

イングラムたちを見るのをやめ、ウィバリーさんが言いました。もう一回手順を確認します。水の魔力が溜《た》まったら、何も考えずに、ウォーターボールと言う。フィルはアースボールと言う。それだけ。

確認した後、ウィバリーさんと一緒に水の魔力を溜《た》めて、フィルの方も準備は万端。そして——

「よし！　二人とも、言っていいぞ!!」

「おちゃぼーりゅ!!」

『アースボールなの!!』

次の瞬間、前に出した手の上には水ボールが、そしてフィルの顔の前には土ボールが出ていました。おお！　何も考えてないのに水ボールが出ました!!　フィルも土ボールが出てしっぽぶんぶんです。

『カナデ、でたなの！』

「うん！　できちゃ!!」

「……できたな」

「できたわね」

『あ～カナデ、フィル、何も考えなかったよな？　水のことも土のことも。ボールのことも全部だぞ』

「かんがえちぇ、にゃい！」

『ボクもなの！　うんとねえ、かんがえるのダメだから、かんがえないように、ダメダメかみさまってかんがえてたなの』

おお、フィル凄《すご》いね、別のことを考えながら、ちゃんとアースボールって言ったんだ。

『……なら、大丈夫そうだな。いや、大丈夫ではないのだが』

『これは決定かしら。カナデは「神の愛し子」だから、他の種族の魔法を使えて、フィルの場合は、ちょっとまだ分からないけど、カナデの家族だからとか』

「まあ、待て。やはりここはイングラムたちの魔法をやらせてみよう。ただ、こっちは教える方が問題だが。イングラム！　馬鹿みたいに転がってニヤニヤしてないで、こっちにきて、お前の魔法をフィルに教えろ！」

待ってましたとばかりに、イングラムが勢いよくこっちに走ってきました。そして、ベロを出してヘッヘッと笑い、しっぽはぶんぶんさせます。う～ん、もう大きな犬です。

『フィル様‼　我々の魔法をお教えします！　我らの魔法はおそらく一番簡単です。フィル様が土の魔法を出したいのであれば、土のことをちょっと考えて、ドババババッ‼　シュルシュルと、自分がやりたい魔法を出すだけです！』

……え？　なんて？　あまりの衝撃に、水ボールが消えました。フィルの方の土ボールもです。フィルはそれからニッコリしたままじっとイングラムを見ています。たぶん、フィルも今の説明が分かっていません。クルクルはフィルの頭の上で『けっ！』と言いました。

もちろん反応できないのは僕たちだけではありません。まあ、クルクルはちゃんと反応してるけど、エセルバードさんとウィバリーさんは無表情でイングラムを見ていて、他のみんなは『あ～あ』って顔をしていました。

「……おい、今の説明はなんだ？」

『だから、やりたい属性をちょっと考えて、後はやりたい魔法をシュババババッと』

『そんな説明で分かるか！』

エセルバードさんたちがイングラムに、分かりやすく説明しろとか、もっと細かく説明しろとか言います。でも、いくら言ってもイングラムたちは同じことしか言わないし、魔法のことを細かく考えたことなんてないって言います。

『あれ、ダメ』

「くりゅくりゅ？」

『あの説明はダメ。教えるの無理、先生になれない。ボク、もしカナデたちみたいに、色々魔法ができても、イングラムに習いたくない』

『ボクは、まほうなんでもいいなの』

『ダメ、フィル。ちゃんと先生選ぶ！　先生選び大切！』

……なんかクルクル、凄《すご》いね。ちゃんと考えていて。僕たちの中で体は一番小さくても、一番しっかりしてる。僕たちよりも年上だからかな？　いや、僕も元は中学生だけど、もしかして中学生だった僕よりもしっかりしてる？

エセルバードさんたちとイングラムたちは昔からの知り合いで、何度もイングラムの魔法を見てきました。それで、昔からこんな感じで魔法を使っていたのかって、何度も聞き返しています。

『じゃあ、あの魔獣討伐の依頼のときは？』

『ああ、あれはシュバババではなく、シュドドドドだ』

『それじゃあ、国王陛下の護衛に参加していたときは？』

『あれはそうだな。確かズバババババだったな。他にもそのときそのときによって……』

イングラムは、全部音で説明します。これはダメだと、エセルバードさんたちは、今度はラニーに聞きます。でも、回答は同じでした。違うことと言ったら、言い方くらいです。

イングラムはシュバババだけど、自分がシュシュシュッだとか、シュドドドドじゃなくて、シュドォオォだとか。これにはエセルバードさんたち全員が頭を抱えてしまいました。

いや、イングラムたちの説明で、誰が分かるんだろう？　ほら、フィルなんてシュパパパ、シュボボボって音に合わせてジャンプしたり、走ったり、音で遊びはじめちゃったし。

クルクルに至っては、しばらくはイングラムたちをジト目で見ていたんだけど、その後は完全に無視です。時間がもったいないって自主練習を始めようとしてるし。

みんなの話を待っていられなくて、僕とフィルもクルクルと一緒に自主練習をすることにしました。先生はグッドフォローさんです。グッドフォローさんも、あんな話を聞いていられないって、僕たちの方へ来たんです。

『う〜ん。昔から「ちょっとその魔法は？」と思うこともあったけど、あんなに酷いとは思わなかったよ。他の魔獣たちもそうなのか、それともイングラムたちだけがああなのか。調べた方がいいかもね』

「みんにゃ、ちりゃにゃかっちゃ？」

『いや、エセルバードたちじゃないけど、しっかりと魔法を使っていると思っていたんだよ』

あっ、グッドフォローさんも、そう思ってたんだ。何度も一緒に行動してたんだね。

『イングラムたちはあれでも、トップレベルの魔獣だからね。魔法の威力も相当なものだ。だからそれだけしっかりと魔法を使っているはずだと。なのに、それがあんな感覚だけで使っていたなんて、わざわざ聞かなかったから、知らなかったんだよ』

　イングラムたちの魔法がどんなものか、僕たちはまだ見たことがありません。でも、今のグッドフォローさんの話を聞いた限り、かなり凄《すご》い魔法みたいです。本当、そんな凄《すご》い魔法が、音だけでいいの？

　今日は時間がなくなってきたので、明日イングラムたちが魔法を見せてくれるそうです。それを見て、もう一回話を聞いて、それでも今みたいに分からないなら、僕たちは魔獣魔法をやらない方がいいかもしれません。

　エセルバードさんたちが考えているように、僕たちが全部の種族の魔法が使えるなら、魔獣魔法も使えるはずです。でも、音のみの魔法なら、もしかしたらまずい魔法を使うことになっちゃうかも。そう、お屋敷に穴を開けるような。

　シュバババって思うときの強さが関係していて、もし強く考えすぎちゃったら？　予想以上に強い魔法を放ってしまうことになります。ちょっと魔力を溜《た》めてとは言っていたけど、色々な条件が重なったら、どうなるか分かりません。

『ボクも魔獣、でもしっかり考えて魔法やる。じゃないと危ない』

　クルクルが言います。

『ボクは、みんなとおなじまほうなら、どれでもいいなの』

『フィル、ダメ。もし変な魔法を使ったら、みんなが怪我《けが》しちゃうかも』

『ふお!?　みんなけがしちゃうなの!?』

『もしかしたら怪我《けが》する。だからしっかり練習できる魔法、練習する』

『わかったなの！　ちゃんとれんしゅうするなの！』

『ははは、クルクルが一番しっかりしてるね。イングラムたちも、クルクルを見習った方がいいみたいだ。さあ、みんな移動しようか』

グッドフォローさんに促され、僕たちはエセルバードさんたちを残して、体育館を出ます。体育館を出るときも、エセルバードさんたちはまだまだ話し合いの最中でした。

結局、今日の魔法を確かめる時間はこれで終わりました。僕は人間だから当たり前かもしれないけど、フィルも人魔法が使えるということでした。

そう言えば、精霊魔法はどんな魔法なのかな？　いつか精霊魔法も見てみたいかも。精霊魔法を使えるというエルフにもいつか会えるかな？

もしエルフが魔法の説明をしてくれることがあったら、イングラムたちみたいな説明じゃないといいな。もう音はいいよ。

それにもう一つ気になることがあります。精霊魔法ということは、この世界には精霊がいるのかな？　小説とかに出てくる、ちゃんと姿が見える精霊？　それとも光だけの精霊？　小さい蝶々《ちょうちょう》みたいな精霊か、人型の精霊？　今度落ち着いたら聞いてみようかな？

『カナデ、明日、イングラムの魔法分かんなかったら、すぐにいつもの練習する。時間もったいない』

「う、うん」

『フィル、ちゃんと考えて練習する』

『わかったなの!! ちゃんとかんがえて、まほうやるなの！』

クルクル、僕の頭をパシパシ足で叩《たた》かないで……


そして次の日、昨日話していた通り、僕たちはイングラムたちの魔法を見ることにします。的《まと》があった方がやりやすいってことで、どこから連れてきたのか、大きな大きなサイみたいな魔獣が急《きゅう》遽《きょ》用意されました。

地球のサイの六倍はあるし、ツノと牙が大きく、背中にはトゲがいっぱいついていて、見た目はとっても怖い魔獣でした。

『この魔獣はラナソーンと言って、かなり凶暴な魔獣なんだぞ』

エセルバードさんが教えてくれました。見た目だけではないようです。この背中のトゲを飛ばすことができるんだとか。その威力は、お屋敷の壁を簡単に貫通させちゃうほどです。個体によっては、岩も貫通させちゃうらしいです。

他にも、このトゲが刺さるとなかなか抜けなくて大変で、ドラゴンの里でも一年に数回、ラナソーンのトゲの被害が出ているとのこと。トゲは魔法だけじゃ抜けないみたいで、聞いた感じ、地球でいうところの手術をするみたいです。

痛みをなくす薬を飲んで、それから魔法でトゲの刺さっている場所を開いて、ゆっくりゆっくり抜きます。そうしないと、途中でトゲが折れちゃって、さらに大変なことになるんだそうです。こうして、やっとトゲを抜いたら、今度は通常の治癒魔法をかけます。

怪我《けが》を治した後も大変で、ケサオの花のときと似ているそうです。あのとき僕たちは、ケサオの花の影響でまた具合が悪くなるかもしれないからって、グッドフォローさんに薬を貰《もら》って飲んだんだけど、あれと同じとのこと。

ラナソーンのこのトゲはただ単に攻撃するのとは別に、食糧を狩るためでもあるので、トゲが刺さると、そこからどんどん毒が広がって、具合が悪くなります。ラナソーンはそれで動けなくなったところを襲うそうです。

だから、その毒が完全になくなるまで、二ヶ月くらい薬を飲むんです。

もちろん牙やツノで攻撃したり、踏みつけてきたりで、このドラゴンの森で暮らしている、厄介《やっかい》な魔獣トップ10に入るくらいの魔獣ということでした。

で、そのラナソーンがどうしてここにいるか。里の近くで、ちょうど木の実拾いをしていたドラゴン親子を襲おうとしていたそうです。しかも三頭も。急いでドラゴン騎士が倒しに行ったので、ドラゴン親子に怪我《けが》はなしでした。

そのうちの一頭が昨日の夜、エセルバードさんのところに来ました。このラナソーン。厄介《やっかい》なのにとっても美味《おい》しいんだって。一番美味《おい》しい食べ方は、トゲに気をつけて皮を剥《は》いで、丸焼きにすることです。それで軽く塩を振って食べます。

今日の夜のご飯は、ラナソーンの丸焼きで決定です。イングラムたちが魔法を使うならちょうどいいって、ツノと牙を切断してもらいます。ツノと牙、そしてトゲは、防具になったり武器になったりするので、捨てる部分はほとんどありません。

『しっかり根元で切ってくれ』

エセルバードさんがイングラムに言います。

『分かっている』

「ちゃんと魔法の説明をしながらやるんだぞ。と言っても、昨日と変わらんだろうが、それでも一応な」

『私はしっかり説明している。なぜみんな、分からんのだ』

昨日のあれが説明？　音はたくさん教えてもらったけどね。

いよいよイングラムが魔法を使います。ラナソーンの前に、イングラムが立ちました。

『刃《やいば》の魔法を使う。その方が綺麗《きれい》に切ることができるからな。いいか、魔力をちょっと溜《た》めて、シュッだ。よし、やるぞ！』

今日の音はシュッでした。イングラムが軽く飛び上がります。

『魔力をちょっと溜《た》めて、シュッ!!』

うん、今言ったままです。同時に、ラナソーンのツノがボトッと下に落ちました。ツノのあったおでこの部分が綺麗《きれい》に平らになっています。今の一瞬で魔法を使ったみたいです。

水魔法とか土魔法みたいに、魔法が見えなかったから、魔法を使ったって言われても、なんとも言えません。

「やっぱり変わんねえじゃないか」

「あなた、言葉遣い！　気をつけて、カナデたちの前よ」

「あ、ああ。変わらないじゃないか。それどころか、魔法も見えてないし。風じゃ見えにくいに決まってるだろう。お前、闇魔法が使えただろう？　それでやり直せ。丁寧《ていねい》にだ」

『そうか？　分かった』

　イングラムは、すぐにやり直しますが……

『いいか、ちょっと魔力を溜《た》めて、狙いを定めてシュッだ。いや、スパッか？　シュッスパッ!!』

　説明は『狙いを定めて』という言葉が増えて、音が進化しただけでした。でも、今度の魔法はしっかりと見えました。黒い三日月みたいなものがイングラムの前に出たと思ったら、それが飛んでいって、スパッと牙を切り落としました。今のが闇魔法だって。

『何も変わらない。けっ！』

　頭の上でクルクルがそう言いました。うん、でも魔法は見られたから。

「……ダメだな、これは」

『そうだな。これじゃあ教えられないな』

　エセルバードさんたちも話がまとまったみたいです。イングラムは僕たちの前に来て、お座りしたと思ったら、『どうだ！』って感じで、ドヤ顔で僕たちを見てきました。

　フィルは新しい魔法に、凄《すご》いなのって喜んで、僕もちゃんと魔法は見せてもらったし、カッコいい魔法だったから拍手《はくしゅ》をしました。クルクルは、魔法以外はダメだって。でも、魔法を見せてもらったから、それはちゃんとありがとうをしていました。

僕たちの反応を見たからか、イングラムの顔がにへらぁと崩れました。そして、他にも魔法を見せるぞって魔獣の前に行こうとします。でもラニーが、今度は自分が魔法を見せるって言い出しました。

『待て、ラニー！　私がお見せするのだ！』

『イングラム様はもうやったではないですか！　次は私です！』

喧嘩《けんか》が始まってしまいました……その後は僕たちはイングラムたちを放って、ストライドが魔獣を捌《さば》くのを見学します。

トゲを綺麗《きれい》に取った後、ベリベリベリって綺麗《きれい》に皮を剥《は》いだストライドに、僕たちは拍手《はくしゅ》します。

そして、集められた素材を見せてもらいました。その間、イングラムたちはずっと揉《も》めていました。

それから、クルクルがじっとトゲを見ながら、なんかぶつぶつ独り言を呟《つぶや》いていました。

結局、イングラムたちは揉《も》めたまま、そして最後にはアビアンナさんとローズマリーさんの雷が落ちて、二匹はばたんきゅうです。エセルバードさんとウィバリーさんに、やめろって言ってるのにやめないからだって言われながら、ずるずる体育館から連れ出されました。

今日グッドフォローさんは、治療院《ちりょういん》でお仕事だったから来てなくて、だから治療院《ちりょういん》まで行って治療《ちりょう》してもらうそうです。それに今は、アビアンナさんたちから離れていた方がいいとかなんとか、エセルバードさんが言います。そして、夕方ごろ帰る、とセバスチャンに伝えていました。

僕たちは、ストライドのラナソーン解体を見た後は、自主練習をしました。ただ、水魔法と土魔法の練習はなしです。グッドフォローさんはいないし、アビアンナさんたちはエセルバードさんたちの相手をしていたので。

だから、しっかり羽魔法の練習をしました。僕は羽を大きくする練習で、フィルはもっと自由に飛ぶ練習です。あれだけすいすい飛べているのになんで、と聞いたら、飛んだまま宙返りがしたいんだって。

だから、それの練習のために、まずはでんぐり返しからと、一生懸命でんぐり返しの練習をしていました。宙返りの練習ででんぐり返し？　雰囲気《ふんいき》が似ているからいいのかな？

クルクルは……ずっとストライドと話していました。とっても真剣な顔で、声をかけちゃダメって感じでした。僕もフィルも近寄れません。それに、ストライドも凄《すご》く真剣な顔で、頷《うなず》いたり、何かをメモったりしています。

それが終わると、今度はラナソーンの素材の周りをぐるぐる見て回っていました。トゲは加工する前は、手を切ったり、毒が付いたり、危ないから触らなかったけど、ツノと牙は触って、それでまた何かお話ししていました。もちろん加工した後はトゲも触れます。

お昼ご飯の時間になって食堂に行くと、もうアリスターが戻ってきていて、今日の練習の成果を聞かせてくれました。今日は最初は上手く飛べていたんだけど、最後の方、二回失敗しちゃって、床と天井に穴を開けちゃったみたいです。

床と天井、どういう飛び方をしたんだろうね。まっすぐ飛んで突っ込むなら壁でしょう？

と、そんな話をしているときも、クルクルはドアのところでストライドと話をしていました。み

んなが席についていて、ようやくクルクルも僕たちのところに来ます。最後、ストライドが、

『少々お待ちくださいね。しっかり作成いたします』

と言っていました。

『よろしくお願いします』

クルクルはそう返しています。僕の少し横、テーブルの上に、クルクル専用の椅子が置いてあるんだけど、それに座ったクルクルに、何を話していたか聞いてみました。

「くりゅぅりゅ、じゅっとおはなち。にゃに、はにゃちてたにょ？」

『内緒。少し待ってて』

それだけ言って終わってしまいました。う〜ん。気になるけど、クルクルが待っててって言うんじゃしょうがないよね。

ご飯を食べ終わった僕たちは、外に出て、小さな公園の一つに遊びに行きます。小さな公園は地球の公園を少し広くした感じで、そこの屋台で売っていたアイス餅《もち》を買ってもらいました。

アイスを包んだお餅《もち》を棒に刺したものです。アイスそのものは地球と同じです。ただ味と色は違いました。種類は色々、僕はいちご味のする木の実のアイスにしました。

アイスを選ぶと、その場でお餅《もち》で包んで、棒を刺したらでき上がりです。その上にトッピングでクッキーを砕いたものをかけたり、ソースをかけたり、飴《あめ》を上から垂《た》らしてくれたりします。僕は飴《あめ》をかけてもらいました。

フィルはチョコレート味の木の実に、僕の選んだアイスの木の実のソースをかけてもらい、クル

クルはクッキーと飴《あめ》、どちらもかけてもらっていました。アリスターはアイスはハーフ&ハーフにしてもらい、ソースをかけてもらいます。

そしていざ食べてみると……アイスは『ひやぁ～、フワフワ～』って溶けて、その気持ちよさと美味《おい》しさに、お餅《もち》が合わさって、とっても美味でした。

アイスを包んでいるお餅《もち》は、大福を売っている和菓子屋さんから仕入れているみたいで、美味《おい》しくないわけがなかったんです。

食べ終わった後、僕たちはお店の人に拍手《はくしゅ》をしました。そうしたらお店の人が喜んでくれて、お土産《みやげ》にアイスをくれたので、ニコニコでお屋敷に帰ります。アビアンナさんの氷魔法で冷やして帰るから、溶ける心配はありません。

帰り道で、アビアンナさんはふと足を止め、言いました。

『ローズマリー、今日は気をつけた方がよさそうよ』

ローズマリーさんもアビアンナさんが見ている方角を見て、ニヤッと笑い、「そうね」と言いました。僕たちも二人が見ている方を見ようとしますが、『なんでもないわ、気にしないで帰りましょう』と歩きはじめてしまったので分かりませんでした。その後、アビアンナさんたちは、何かコソコソ話をしていました。

『また昼間からお酒を飲んで』

「それであれだけ揉《も》めたっていうのに」

『また同じようなことをするなら、今度こそその場で』

「そうよね。今回はカナデたちのこともあるのだから。あんなくだらないことを再び起こして、カナデたちの話が遅れないように、しっかりと見ておかないと。そしてアビアンナ、あなたの言う通り、何か起こせば、そのときはその場で」

『ふふ、私、新しい魔法の練習に、ちょうどいいと思っているのだけど』

「あら、私も、新しいナイフを調達したばかりなのよ」

『あら、じゃあ二人とも、ちょうどいいわね』

「ええ、そうね。楽しみねえ」

『本当に』

＊

次の日の朝、目が覚めて支度をしていると、急にクラウドが駆け寄ってきました。それを『何々？』と思っていたら、今度はいきなりドアが開き、アリスターを抱っこしたジェロームが入ってきて『すぐに避難するぞ』と言います。

避難する場所は、この前も避難した別館です。何が起こったか聞きたかったけど、僕たちを抱き上げたクラウドが急いでいるようだったので、静かに抱かれて別館に移動します。

ただ、移動しているときに、お屋敷を確かめたところ、これといって何か爆発音がするとか、建物が壊れているとか、そういうのはありません。それに、あの里に危険を知らせる鐘《かね》の音も、石の音も聞こえていません。だから、なんでこんなに慌《あわ》てているのかな、なんて考えていました。

そして別館に移動すると、一応ということで、クラウドとジェロームが結界を張ってくれました。

ジェロームたちがいいって言うまで、別館で過ごすことにします。

「にゃにか、あちゃ？」

『ダメダメなこと、あったなの？』

『でも、この前よりも静か』

『あ～今日のはな……』

言いかけたジェローム。でもその前にアリスターが口を開きました。

『かあ様とマリーママが、とう様たちを怒ってたんだ。なんでだろうね？　今日はとう様たち暴れてないのに。それにかあ様、怒ってるんだけど、ニヤニヤしてたの。僕、前にかあ様のあの顔見たことがある。いつだっけ？』

え？　またエセルバードさんたちが怒られてるの？　この前散々怒られたじゃん。それなのにまた怒られるなんて、一体何をしたの？

でも、う～ん。アリスターの言う通り、今日はエセルバードさんたち暴れてないよね？　静かに怒られてるの？　それで避難？　ん？

みんなで考え込んでしまいます。そこで、アリスターがあることを思い出しました。

『あっ！　少し前のアレに似てるんだ！　においも似てるし。でもそのときは、もっと怒ってて、壁が壊れたんだけど』

「こわれちゃ？」

『うん、綺麗《きれい》に壁が剥《は》がれて、そのままの形で倒れたんだ』

『でもここに来るとき、何も壊れてなかった』

『アビママは、おこると、なにかこわれるなの？』

『うん。とう様のことでとっても怒ってるときは、時々壊れるんだ。僕のときはないよ。怒られることはあるけど、何も壊れない』

そっか、アビアンナさんがエセルバードさんを怒るときは、何かが壊れるんだね。でもそんなアビアンナさんと、やっぱりアビアンナさんみたいに強いローズマリーさんが一緒に怒っているのに、何も壊れていない。今日はそんなに怒ってないってことかな？　じゃあ、なんで避難？

『そうそう、それでね。たぶんとう様たちはお酒のことで怒られてるんだよ。ケサオじゃないお酒のにおいが、リラックスルームからしてたもん』

と、ここでジェロームが、何が起こっているか教えてくれました。

結論から言えば、アリスターの言う通りでした。昨日、夕方頃帰ってくるって言って外出したエセルバードさんたちは、夜のご飯になっても帰ってこなかったそうです。

どうもね、イングラムたちを連れて出ていって、治療《ちりょう》をしてもらってから、ずっとみんなでお酒を飲んでいたらしいです。そう、僕たちがアイスを食べる前から。

それで、夜中に帰ってきても、ずっと飲んでいて、今朝はもちろん二日酔いです。それと、リラックスルームが大変なことになったみたいです。酒瓶とおつまみやお皿が散乱していて、新しく変えた絨毯《じゅうたん》、ソファーが台なしになってしまったんだとか。だから、アビアンナさんたちが怒ってしまって……

そりゃあ、そんなことになってたら、アビアンナさんたちも怒るよね。それで、いつ何が壊れるか分からないから、僕たちは別館に避難したというわけです。

『でも、いつもよりかあ様怒ってない？　静かだよ』

『それは、怒るついでに、叔父《おじ》さんたちで新しい魔法と技のじっけ……』

ジェロームが話している最中、一緒に避難してきたストライドが咳払《せきばら》いをしました。すると、ジェロームが『あっ』という顔をした後に――

『いや、うん。今日は家が直ったばかりだから、おねえさんたちも手加減してるらしいんだ。でも、お仕置きはしっかりしてるぞ。確か新しい魔法と技を考えたから、それでお仕置きしてるはずだ』

『かあ様とマリーママのお仕置き、静かなのある？　そんなことできる？』

『まあ、色々あるんだ』

『ふ～ん』

この前みたいに、危険なことはないみたいです。まったくエセルバードさんたちも、ちゃんとお酒の量を決めて飲まないと。アビアンナさんたちが怒るのは当たり前だよ。しっかり怒られてね。

でもまさか、エセルバードさんたちをお仕置きした、アビアンナさんたちの新しい魔法と技が、この後、里や森を守るために使われるなんて、思ってもいませんでした。

それと、ジェロームは新しい魔法、技でお仕置きしてるって言ってたけど、実際はどうも実験していたみたいです。お仕置きという名の実験です。

僕は後に、アビアンナさんたちがその魔法を使っているとき、『あのとき、実験しておいてよかったわ』と言っているのを、しっかりと聞きました。

でもこのときの僕は、そんなこと分かるわけもありません。

夕方にお屋敷に戻って、リラックスルームへ行ったら、部屋は綺麗《きれい》に片付いていて、いつも通りでした。ただ、ソファーや絨毯《じゅうたん》には、倒れて動かないエセルバードさんたちがいました。

『シャキッとしなさい！』

「いつまで寝ているの！」

エセルバードさんたちは、アビアンナさんたちに引きずられて部屋から出ていきました。


エセルバードさんたちがお酒を飲みすぎたせいで、その日の魔法の話し合いは中止になりました。次の日にちゃんと話し合いはしたんだけど、結局、魔獣魔法は一旦保留ということになりました。あの説明と魔法の使い方ではね。イングラムたちは残念がっていたけどしょうがありません。

それから、フィルは、魔獣魔法についてしっかり話せる魔獣に説明を頼むから、今はイングラムたちに見せてもらった魔法は忘れるように、と言われていました。もちろん僕たちにもなんだけど、特にフィルには強く言っていました。

なんとなくで魔法を使って被害が出るといけないし、僕たちが怪我《けが》をするかもしれませんし。しかもフィルは、羽魔法のときも他の練習のときも、一匹で考えて色々とやっているので。

羽の属性を変えたときだって、最初は飛ぶ練習をしていたはずなのに、いつに間にか羽を変える練習をしていました。それで、しっかり成功させてもいます。

魔獣魔法の方も、よく分からないまま、『練習してみよう』でできてしまったら困るから、念入りに言われていました。

あとは保留になっていた護衛の件です。これも話には聞いていたけど、しっかりとは決められていませんでした。夜中にエセルバードさんたちでお話ししたみたいです。その結果、まだ誰がつくかは分からないけど、イングラムのところから二匹、ウィバリーさんのところから二人、護衛が来ることになりました。

もちろんこれは決定ではなくて、お試しとのことです。僕たちが気づいていない、隠れている護衛のドラゴンたちも入れたら、その人数と頭数が限界なんだとか。これで護衛に支障が出ないか試してみて、大丈夫ならそのまま、ダメなら一匹と一人にしてもらうそうです。

ちなみに、近くで守るのはなしです。というか、今はほとんどみんなと一緒ですから。僕たちとアリスターは練習でちょっと離れることはあるけど、あとは一日ずっと一緒か、ほぼ一緒です。そうなるとクラウドとジェローム二人がいつも一緒にいることになります。近くで守るには、ドラゴンの場合、二人がちょうどいいとのことです。

突然ドラゴンに変身したときに、お互いが邪魔にならない人数が二人とのことでした。

ただ、それはドラゴンの里にいる場合です。まだ決めてはいないけど、もし僕たちがウィバリーさんたちが住む街へ行ったら、護衛も人に合わせたものに変わります。

そのときは、逆にエセルバードさんのところから、陰で護衛してくれるドラゴンが二匹、そしてクラウドがついてきてくれます。

僕は、クラウドがついてきてくれると聞いて、安心しました。でも、クラウドはいいのかな？　ドラゴンの里から出ることになっても。

クラウドがいいなら、僕は何も言わないけど。でも、本当は嫌なのに、命令で僕たちと一緒に来るなら……ちゃんと言ってくれれば僕は、エセルバードさんにお願いするから。

僕たちだって、クラウドが嫌だって思う場所に、無理やりついてきてほしくありません。それに暮らしにくいとか、食べものが合わないとか、そういうのもあると思います。クラウドがそんな生活を送るなんてダメです！

そんな話をたくさんして、午前中は終了しました。午後はみんなで公園遊園地に行って遊びます。次の日からはいつも通りの生活です。ただちょっと違うのは、夜、みんなとおやすみなさいをした後の、ベッドの上での話し合いです。前にもしたことがあるけど、そろそろ答えを出す時間が近づいているので、それはもう毎日しっかりと話し合いをしました。

ドラゴンの里だと、人間について学ぶのが大変です。人間の街へ行けば、僕たちの体に合った生活ができ、新しいものもいっぱいあります。

でも、人間の街はまだ見たことがないから、本当に行っても大丈夫なのか、すぐに慣れることができるのか、それが心配です。ご飯とかお菓子《かし》とか、食べものに関しては大丈夫だと思うけど、ドラゴンの里の美味《おい》しいものは食べられなくなってしまいます。

いずれにせよ、一番大切なのは、僕たち三人を引き裂く人たちがいないかってことです。エセルバードさんたちは、イングラムやウィバリーさんたちにもそこはしっかり伝えてくれています。

ウィバリーさんやローズマリーさんを信用していないわけではありません。でも、やっぱり会ったばかりだし、それにどうにも地球での経験から、他の人をまだそこまで信用できないんです。

フィルとクルクルも同じでした。フィルは地球で馬鹿な飼い主に捨てられたし、クルクルはこの森から出たことがないのはもちろん、他のドラゴンや僕たちと話しはじめたばっかりです。だから、あんまり、こう『行きたい‼』って強くは思えないみたいです。

「うんちょ、いまのきもちはなしゅ。ぼく、ここのこりちゃい」

『ボクもなの』

『ボクも。みんな優しい。でも、他の人のこと分からない。エセパパ言ってた。人が色々教えに来てくれるって。だから色々教えてもらってから考えて、それで遊びに行くならいいかも』

確かに色々教えてくれるって言ってたもんね。うん、クルクルの言う通り、勉強してから遊びに行くのもいいかもしれないね。

「わかっちゃ。まちゃ、あちたかんがえりゅ」

『わかったなの！』

『ちゃんと考える』

まあ、僕の気持ちとしては八割くらい決まってるんだけどね。

＊

『皆集まったな。これからについて知らせる』

私――コースタスクの前には今、十人の幹部が集まっている。私が幹部の一人であるピロートに向かって合図をすると、ピロートはすぐに、鎖でしっかりと縛《しば》られている箱をテーブルの上へと置いた。

「コースタスク様、これは？」

今聞いてきたのは、ピロートの次に、長きにわたって私についてきているビルトルートだ。

「かなり厳重そうだけど、どれだけのものがしまってあるのかしら」

今のはミランダだ。この者は数年前に我々の仲間になったが、かなりの力を持っており、すぐに幹部へと上がっている。

ただ、この者が私のもとへ来たのは、あの方のためではなく、ただ単にあの方が目覚めたときの世界を見てみたかった、というものだった。そう、あの方によって恐怖し、苦しむ人々の姿が見たい、と。それさえ見せてくれれば、いくらでも力を貸す、と。

少々問題のある者だが、力は本物だからな。それに、理由は違えどあの方の復活を望んでいるのは確かだ。私も、私の言う通りに動いてくれるのであれば問題はないため、組織に残し、またミランダが動きやすいように幹部にした。

ミランダも、何も文句を言わずに、私の指示に従っている。まあ、今まで話してきたことが嘘で、何かしようと思っていたとしても、私の力を分かっているだろうからな、そう簡単に手は出してこないだろう。ミランダが強くとも、力では到底私に敵《かな》わない。

「それに、随分禍々《まがまが》しい気を感じるが？」

今のはジェルロウだ。今集まっている幹部の中で一番強い者が、ジェルロウだ。まあ、この男も私に比べれば大したことはないが。それでも、もしかしたら、今この世界で私を除き、一番強い男かもしれない。

このジェルロウは、各国で指名手配されている男でもある。各国といっても、ジェルロウが一度も訪れたことのない国もある。それだけこの男が世界から恐れられているということだ。

何をやったかと言えば……この世のすべての罪を犯してきている。子供の頃にやった小さな盗みから、一般人の殺害、王族の殺害、さらに仲間を率いてどれだけの街を消してきたことか。

さらに問題になったのは、そこに至るまでの行為である。ジェルロウに慈悲《じひ》という言葉はなく、子供も大人も関係なく、目的の邪魔になる全ての者の命を奪っていく。それは善人だろうが犯罪者だろうが変わりなく、全ての者がジェルロウの標的だった。

「これには封印の魔法がかかっている。それも何重にもな。私は前回これを開けようとして、さらに封印を重ねることになってしまった。そういう風に仕掛けがしてあったのだろう」

私は当時、一応箱は開けられた。しかしその後半年の間、思うように動けなくなった。そして箱はといえば、開けて数分もしないうちに自動的に封印の魔法が再発動し、最初のときよりも厳重に封印されてしまう。

「なんだその封印は？　そこまで厳重な封印の魔法は聞いたことがないぞ？　それにまた自動的に封印がされるなんて」

ジェルロウが言う。

「それだけこの箱に封印の魔法をかけた人物の魔力が強かったか、魔法に長《た》けていたか。それともその両方か」

「でも半年も動けなかったなんて、コースタスク、あなたいつそんなことになっていたの？　私全然気づかなかったわ」

「それはそうだろう。ミランダ、お前たちが私のもとへ来る前だからな」

「それでコースタスク様、この箱の中には何が？」

「ビルトルート、今度の作戦で、一番重要なものが入っている」

「へえ、そんなもんが入ってんのか。で、まだ封印されてるみたいだが、どうすんだ？」

「ジェルロウよ、私は今回の作戦で、あるものを目覚めさせる予定でいる」

「あるもの？　目覚めさせる？　それは一体」

私は箱の中身を見せる前に、部屋と箱に結界を張った。前回この箱を開けたとき、私が隠れ家に使用していた廃村が、全てが吹き飛んでいる。そのせいで、私は半年動くことができなくなったのだ。

私がいつも以上に強い結界を張ったことで、集まった者たちは皆、すぐに態勢を整える。それだけ危ないものだと認識したのだろう。

慎重に封印解除にかかる。ここまで来るのに、どれだけ時間がかかったか。封印解除の魔法を学び、そしてさらに腕を磨《みが》き、中のものを抑えるための力もつけてきた。もう前回のときのような失敗はしない。そしてもう一つの失敗も……

私の魔力が上がった瞬間、鎖が粉々に砕け散った。その途端、箱から漏れていた禍々しい気配は強さを増し、一瞬で私とピロート以外の全員が結界ギリギリまで下がった。

「いいか、開けるぞ」

私はゆっくり箱を開ける。一気に禍々《まがまが》しく強い気配が溢《あふ》れ出した。ビルトルート、ミランダ、ジェルロウはもちろん立っていたが、あまりの勢いに膝《ひざ》をつく者も出た。そして、その禍々《まがまが》しい気配が少し弱まると、全員が箱の中を覗《のぞ》き込んだ。

「これは……」

「心臓？」

「気持ち悪り～な。なんで動いてんだよ」

ビルトルート、ミランダ、ジェルロウが呟《つぶや》いた。

「これはあるものを復活させるための心臓だ」

「これだけの禍々《まがまが》しい心臓って、一体どんな生き物だよ」

「ジェルロウだけでなく、お前たちも話くらいは聞いたことがあるだろう。かつて馬鹿な者たちがこれを怒らせ、そのために世界が滅びそうになった、と。しかしなんとかそれを封印し、それ以降誰もその存在がどこに封印されたか知らされることはなく、そのうちその話自体が、作り話だとされた」

「……まさか⁉」

「ちょっとちょっと、本当なの？　私だってアレは作り話だって思っているのよ」

「おいおい、まさか実在するっていうのか？」

またも、ビルトルート、ミランダ、ジェルロウが口を開いた。

「私はそれを見つけた。そして、それを復活させる準備も整っている。あとはこの心臓を与えれば」

もちろんやつを従わせるのは大変だろう。私たちにも被害が出るかもしれない。だが――

「いいか、これからの計画を説明する――」

異世界ゆるり紀行
～子育てしながら冒険者します～
1～15
水無月静琉
Minazuki Shizuru
シリーズ累計110万部(電子含む)突破!!
2024年7月
TVアニメ
放送開始!!
(テレ東・BSテレ東ほか)
1～15巻
好評発売中!
コミックス
1～8巻
好評発売中!
子連れ冒険者の
のんびりファンタジー!
神様のミスで命を落とし、転生した茅野巧。様々なスキルを授かり異世界に送られると、そこは魔物が蠢く森の中だった。タクミはその森で双子と思しき幼い男女の子供を発見し、アレン、エレナと名づけて保護する。アレンとエレナの成長を見守りながらの、のんびり冒険者生活がスタートする!
異世界ゆるり紀行 ～子育てしながら冒険者します～
水無月静琉
転生したら、双子を保護しました。
子連れ冒険者の異世界のんびりファンタジー!
特別賞受賞作!
異世界ゆるり紀行 ～子育てしながら冒険者します～
水無月静琉
みずなともみ
転生したら、幼い双子を保護しました。
シリーズ累計15万部!!
◉各定価:1320円(10%税込) ◉Illustration:やまかわ
◉漫画:みずなともみ B6判 ◉各定価:748円(10%税込)

Re:Monster
リ・モンスター
1〜9・外伝
8.5
暗黒大陸編1〜4
金斬児狐
Kanekiru Kogitsune
シリーズ累計
170万部
(電子含む)
突破!
2024年4月4日〜!
TVアニメ
放送開始!!
(TOKYO MX、BS11ほか)
ネットで話題沸騰!
怪物転生
ファンタジー
最弱ゴブリンの下克上物語 大好評発売中!
【小説】
1〜9巻/外伝/8・5巻
◉各定価：1320円(10%税込)
◉illustration：ヤマーダ
新章
【小説】
1〜4巻(以下続刊)
◉各定価：1320円(10%税込)
◉illustration：NAJI柳田
コミカライズも大好評!
【漫画】
1〜11巻(以下続刊)
◉各定価：748円(10%税込)
◉漫画：小早川ハルヨシ

デスゲームと化したVRMMO－RPG「THE NEW GATE」は、最強プレイヤー・シンの活躍により解放のときを迎えようとしていた。しかし、最後のモンスターを討った直後、シンは現実と化した500年後のゲーム世界へ飛ばされてしまう。デスゲームから"リアル異世界"へ——伝説の剣士となった青年が、再び戦場に舞い降りる！

各定価:1320円（10%税込）
1～22巻好評発売中!

illustration：魔界の住民（1～9巻）
KeG（10～11巻）
晩杯あきら（12巻～）

漫画：三輪ヨシユキ
各定価：748円（10%税込）

アルファポリスHPにて大好評連載中!

アルファポリス 漫画 検索

●各定価：1320円(10%税込)
●illustration：マツモトミツアキ
1~19巻好評発売中!!

異世界へと召喚された平凡な高校生、深澄真。彼は女神に「顔が不細工」と罵られ、問答無用で最果ての荒野に飛ばされてしまう。人の温もりを求めて彷徨う真だが、仲間になった美女達は、元竜と元蜘蛛!?　とことん不運、されどチートな真の異世界珍道中が始まった!

2期までに
原作シリーズもチェック!

漫画：木野コトラ
●各定価：748円(10%税込)●B6判
コミックス1~13巻好評発売中!!

この作品に対する皆様のご意見・ご感想をお待ちしております。
おハガキ・お手紙は以下の宛先にお送りください。

【宛先】
〒150-6019 東京都渋谷区恵比寿4-20-3 恵比寿ｶﾞｰﾃﾞﾝﾌﾟﾚｲｽﾀﾜｰ19F
（株）アルファポリス　書籍感想係

メールフォームでのご意見・ご感想は右のＱＲコードから、
あるいは以下のワードで検索をかけてください。

アルファポリス　書籍の感想　検索

ご感想はこちらから

本書はWebサイト「アルファポリス」（https://www.alphapolis.co.jp/）に投稿されたものを、改題、改稿のうえ、書籍化したものです。

もふもふ相棒《あいぼう》と異世界《いせかい》で新生活《しんせいかつ》!! 2
神《かみ》の愛《いと》し子《ご》？　そんなことは知《し》りません!!

ありぽん

2024年 3月 30日初版発行

編集－加藤純・宮坂剛
編集長－太田鉄平
発行者－梶本雄介
発行所－株式会社アルファポリス
〒150-6019 東京都渋谷区恵比寿4-20-3 恵比寿ｶﾞｰﾃﾞﾝﾌﾟﾚｲｽﾀﾜｰ19F
TEL 03-6277-1601（営業） 03-6277-1602（編集）
URL https://www.alphapolis.co.jp/
発売元－株式会社星雲社（共同出版社・流通責任出版社）
〒112-0005 東京都文京区水道1-3-30
TEL 03-3868-3275
装丁・本文イラスト－.suke
装丁デザイン－AFTERGLOW
印刷－図書印刷株式会社

価格はカバーに表示されてあります。
落丁乱丁の場合はアルファポリスまでご連絡ください。
送料は小社負担でお取り替えします。
©Aripon 2024.Printed in Japan
ISBN978-4-434-33601-0 C0093